GrafiTäter & GrafiTote

Ard u.a.: Der Mörder kennt die Satzung nicht - Der Mörder würgt den Motor ab - Der Mörder bittet zum Diktat - Der Mörder kommt auf sanften Pfoten - Der Mörder kommt auf Krankenschein - Der Mörder bricht den Wanderstab - Der Mörder packt die Rute aus - Der Mörder schwänzt den Unterricht - Der Mörder zieht die Turnschuh an - Der Mörder bläst die Kerzen aus - Der Mörder ist immer der Gärtner • Die Meute von Hörde • Good bye, Brunhilde • *Leo P. Ard/Michael Illner:* Flotter Dreier - Gemischtes Doppel • *Leo P. Ard/Reinhard Junge:* Der Witwenschüttler - Meine Niere, deine Niere - Die Waffen des Ekels - Das Ekel schlägt zurück - Bonner Roulette • *Dorothee Becker:* Mord verjährt nicht - Der rankende Tod • *Jacques Berndorf:* Eifel-Feuer - Eifel-Schnee - Eifel-Filz - Eifel-Gold - Eifel-Blues • *Horst Bieber:* Kaiserhof • *Horst Eckert:* Bittere Delikatessen - Annas Erbe • *Anatol Feid:* Tote schweigen besser • *Christoph Güsken:* Bis dann, Schnüffler • *Harald Irnberger:* Das Schweigen der Kurschatten - Geil - Stimmbruch - Richtfest • *Andreas Izquierdo:* Das Doppeldings - Der Saumord • *Reinhard Junge/Leo P. Ard:* Das Ekel von Datteln • *Reinhard Junge:* Totes Kreuz - Klassenfahrt • *Jürgen Kehrer:* Bären und Bullen - Spinozas Rache - Schuß und Gegenschuß - Wilsberg und die Wiedertäufer - Kein Fall für Wilsberg - Killer nach Leipzig - Gottesgemüse - In alter Freundschaft - Und die Toten läßt man ruhen • *Agnes Kottmann:* Tote streiken nicht • *Leenders/Bay/Leenders:* Feine Milde - Jenseits von Uedem - Belsazars Ende - Königsschießen • *Fabian Lenk:* Brandaktuell • *Hartwig Liedtke:* Tod auf Rezept - Klinisch tot • *Reiner Nikula:* Laurins Garten - Tödliches Schach - Ein Stückchen Hirn • *Theo Pointner:* Scheinheilige Samariter - Tore, Punkte, Doppelmord • *Werner Schmitz:* Mord in Echt - Nahtlos braun - Dienst nach Vorschuß - Auf Teufel komm raus • *Gabriella Wollenhaupt:* Killt Grappa! - Grappa und der Wolf - Grappa fängt Feuer - Grappa dreht durch - Grappa macht Theater - Grappas Treibjagd - Grappas Versuchung

© 1996 by GRAFIT Verlag GmbH
Chemnitzer Str. 31, D-44139 Dortmund
Alle Rechte vorbehalten.
Umschlagfoto: Matthias Zölle
Satz: HEVO GmbH, Dortmund
Druck und Bindearbeiten: Fuldaer Verlagsanstalt
ISBN 3-89425-060-7
2. 3. 4. 5./98 97 96

Andreas Izquierdo

Das Doppeldings

Kriminalroman

Der Autor

Andreas Izquierdo wurde am 9.8.1968 in Euskirchen geboren. Aufgewachsen ist er in Iversheim, zur Schule gegangen in Bad Münstereifel. Nach dem Abitur sammelte er erste Erfahrungen im Medienrummel – bei Zeitungen und Rundfunk –, die durch einen Preis bei einem bundesweiten Wettbewerb für Nachwuchsjournalisten gekrönt wurden.

In *Der Saumord* (1995) ließ Izquierdo seinen Helden Jupp Schmitz das erste Mal in Dörresheim und Umgebung recherchieren. Die Literaturzeitschrift *Listen* schrieb über dieses Krimidebüt: »*Der Saumord* von Andreas Izquierdo läßt für den deutschen Krimi hoffen ... Izquierdo liefert eine genaue und urkomische Schilderung des dumpf-anarchischen Provinzmilieus.«

Für Pilar

Ich stellt mein Sach auf Geld und Gut. Juchhe!
Darüber verlor ich Freud und Mut. O weh!
Die Münze rollte hier und dort
Und hascht ich sie an einem Ort,
Am andern war sie fort.

(Johann Wolfgang von Goethe)

Daß das mal klar ist

Alle Personen in diesem Roman sind frei erfunden, wie das bei Romanen so üblich ist. Dörresheim und Matzerath gibt es nicht, Marlberg schon, aber auf dem Michelsberg steht natürlich kein Schloß, sondern immer noch eine Kapelle.

Ein Korken von einer Scherbe

Jupp war gerade bei »Blüh« von »Blüh im Glanze dieses Glückes, blühe deutsches Vaterland ...«, als er kam.

Er stand neben Lothar im Dress der Nationalelf und schmetterte die Nationalhymne aus Leibeskräften. Sein Gesicht war feierlich, fast hatte er das Gefühl, daß ihm gleich ein Tränchen der Rührung über die Wange kullern würde, was sich beim Millionenpublikum, das ihm beim Singen zusah, mächtig gut machen würde.

Natürlich war es das Endspiel um die Fußballweltmeisterschaft gegen ... wen auch immer, und Jupp hatte noch die Chance, Torschützenkönig des Turniers zu werden. Lodda, Jupp nannte ihn liebevoll so, flüsterte ihm gleich nach der Hymne zu, daß er ihm heute ein paar Bälle auflegen würde, er solle bloß steil durch die Mitte gehen, dann könne er ihm ein butterweiches Päßchen in die krummen Beine spielen.

Jupp nickte ehrfürchtig und sagte: »Die erste Nuß is für dich, Lodda.«

Dann pfiff der Schiedsrichter das Spiel an.

Jupp angelte sich den Ball am eigenen Sechszehner und sprintete elegant los, den Manndecker, der eigens für ihn abgestellt wurde, weil seine Gefährlichkeit in Fußballerkreisen mehr als gefürchtet war, im Nacken. Jupp vernaschte drei Gegner noch vor der Mittellinie, den heißen Atem des Manndeckers immer noch hinter sich, und spielte den Ball auf Lothar.

Dann ging Jupp steil durch die Mitte, und Lothar legte ihm ein butterweiches Päßchen vor, genau wie er es gesagt hatte. Natürlich pflückte Jupp den Ball wie eine reife Frucht aus der Luft, führte ihn elegant mit dem Außenrist zu Boden, umkurvte in unvergleichlicher Dynamik und Geschmeidigkeit vier Verteidiger, dann den Torwart, blieb vor der Torlinie stehen, hob den Ball auf den Spann und begann eine kleine Jongliereinlage für das kreischende Publikum. Jupp winkte freundlich und nickte Lothar zu, der herantrabte und sich zu ihm stellte.

»Der erste is für dich, Lodda!« sagte Jupp feierlich und spielte ihm den Ball zärtlich auf den Kopf. Lothar kickte ihn ins Tor und nahm Jupp in den Arm. Plötzlich waren alle da: Rudi, Klinsi, Thomas, Andy und Matthias und warfen sich jubelnd über die beiden. Jupp war selig vor lauter Rührung.

Danach wieder die Nationalhymne.

Das Spiel ging weiter, und Deutschland handelte sich gerade den Ausgleich ein, als Jupp sich nach einem brutalen Foul seines eigens für ihn abgestellten Manndeckers an der Seitenauslinie behandeln ließ. Die Betreuer machten besorgte Gesichter, als sie Jupps malträtiertes Bein sahen, und brachten ihm schonend bei, daß er ausgewechselt werden müsse. Aber nicht nur das: Er würde nie wieder Fußball spielen können.

Jupp schubste den Betreuer zur Seite und betrat unter ehrfürchtigen Gemurmel des Publikums den Platz.

Noch eine Minute zu spielen.

Deutschland hatte Freistoß – dreißig Meter vor dem Kasten des Gegners. Jupp humpelte zu Lothar, legte seinen Arm um seine Schulter und fragte flüsternd, was zu tun sei. Lothar sah ihn ernst an.

»Nur du kannst es machen!« sagte er.

»Ich muß aber mit links schießen!« antwortete Jupp. »Ich glaub, mein rechtes Bein is gebrochen!«

Lothar nickte besorgt und meinte feierlich: »Wir sind alle bei dir. Hau 'n rein – für Deutschland!«

Jupp hatte das Gefühl, daß er gleich losheulen müßte, und schluckte schwer. Dann trat Lothar zur Seite.

Jupp legte sich den Ball zurecht und nahm zehn Schritte Anlauf. Es war so still geworden, daß er die Stimme von Heribert hören konnte, der es sich auch diesmal nicht hatte nehmen lassen, das Spiel zu kommentieren. Jupp berechnete die Flugbahn des Balles, entschied sich für einen Gewaltschuß und humpelte los. Plötzlich löste er sich von seinem Körper, schwebte über dem Spielfeld und sah sich selbst in Zeitlupe den Ball mit dem linken Vollspann treten, schulbuchmäßig den Körper über den Ball gelehnt.

Mit unvorstellbarer Geschwindigkeit zischte die Kugel los, langsam aufsteigend, wie vorher berechnet, an den ungläubigen Gesichtern der Mauer vorbei und krachte schon im nächsten Moment in den Winkel, ohne daß der Torwart sich bewegt hatte. Der Schuß war so hart, daß er den Ball überhaupt nicht hatte kommen sehen.

Jupp riß die Arme nach oben und schrie sich die Seele aus dem Leib. Und wieder sprangen ihm alle entgegen: Rudi, Klinsi, Lodda, Matthias und Thomas, rissen ihn zu Boden und jubelten. Jupp verschwand unter den Körpern seiner Mitspieler, so daß er nicht mehr sehen konnte, daß Berti Rainer die Hand gab und zufrieden lächelnd in die Kabine ging. Jupp keuchte unter dem Gewicht seiner Fußballfreunde und hörte sich »Runter!« japsen.

Dann wieder die Nationalhymne.

»Blüh!« keuchte Jupp und lächelte glücklich.

»Hä?«

Jupp erschrak. Das hatte er wohl laut gesagt.

»Was soll das heißen: ›Blüh‹?« wollte Sabine wissen.

Jupp überlegte angestrengt. Warum fiel ihm keine Ausrede ein, wenn er eine brauchte.

»Würdest du mir *bitte* sagen, was ›Blüh‹ heißt, Josef!«

Ihre Stimme hatte bereits etwas Bedrohliches, fand Jupp. Zwei untrügliche Zeichen sprachen für eine herannahende Krise: die eigenartige Betonung von *bitte*, und Sabine nannte ihn bereits Josef statt Jupp.

»Josef!« zischte Sabine.

»Es ist nur ... es heißt ... äh ...«

»Würdest du *bitte* aufhören, hier herumzustottern!«

»Habe ich dir heute schon gesagt, wie sehr ich dich liebhabe!« antwortete Jupp freundlich.

»Nein.«

Gott sei Dank, dachte Jupp.

»Was ist bloß los mit dir, Josef. Erst sagst du runter, obwohl du oben liegst, dann Blüh, was immer das auch heißt. Manchmal habe ich das Gefühl, daß du nicht bei der Sache bist, wenn wir miteinander schlafen.«

»Wie kannst du so etwas sagen, Schätzchen. Du weißt doch, daß du mich schon heiß machst, wenn du nur den Raum betrittst, daß ich an nichts anderes denken kann, als über dich herzufallen.«

»Runter!« befahl Sabine.

Jupp seufzte und drehte sich zur Seite.

»Du beleidigst meine Intelligenz, wenn du tatsächlich glaubst, du kannst mich mit deinen kleinen Notlügen blenden. Wer ist Blüh?«

»Niemand, Schätzchen.«

»Gut!« sagte Sabine schnippisch. »Ich habe Zeit.«

Wenn sie Licht beim Geschlechtsverkehr erlauben würde, hätte Jupp sehen können, wie sie im Liegen die Arme vor der Brust verschränkte. Er wußte, daß sie das tat, weil sie es immer tat, wenn sie sauer auf ihn war, und so starrte er in die Dunkelheit und dachte wieder an Lodda.

»Nun?« drängelte Sabine nach einer Zeit des Schweigens.

»Hm?«

»Ich warte immer noch, Josef!« zischte sie.

Jupp seufzte lautlos, um Sabine nicht noch weiter zu reizen. Ob Lodda mit Lollidda auch solche Diskussionen führen mußte, dachte er.

»Und einen Orgasmus hatte ich auch nicht, du Egoist!«

»Wäre auch das erste Mal gewesen«, entgegnete Jupp lakonisch, schloß die Augen und versuchte verzweifelt, zurück ins Endspiel zu kommen.

»*Bitte*?!«

Jupp schwieg.

»Oh, ja!« meckerte Sabine los. »Das ist wieder typisch. Du willst mir Schuldgefühle einreden, aber das lasse ich nicht zu. Hast du mich verstanden, Josef

Schmitz? Du bist schuld, daß ich keinen Orgasmus kriege. Ich hatte schon Orgasmen, jede Menge schon, nur damit du's recht verstehst ...«

Manni, mein erster Freund, mein Lieber, ... dachte Jupp.

» ... Manni, mein erster Freund, mein Lieber, der hat's immer geschafft. So ist das nämlich! Nur du nicht!« nörgelte Sabine.

Manni war so erregend wie eine offene Klotür, und Jupp zweifelte ernsthaft, daß er in der Lage gewesen war, sich selbst einen Orgasmus zu besorgen.

»Josef, hörst du mir überhaupt zu?«

»Natürlich. Darf ich das Licht anmachen?«

»Ich bin noch nicht fertig. Also, was gedenkst du zu tun, um mich zur Abwechslung einmal glücklich zu machen?« wollte Sabine wissen.

Vielleicht eine handliche Axt zwischen die beiden ungläubigen Augen hauen, dachte Jupp.

»Josef?!«

»Du weißt, ich würde alles tun, um dich glücklich zu machen.«

»Hm«, machte Sabine beinahe zufrieden, »schon besser. Und jetzt sagst du mir noch, wer Blüh ist!«

Etwas piepste, und Jupp hätte vor lauter Freude beinahe aufgeschrien.

»Das ist der Euro-Piepser. Ich muß mal telefonieren!« erklärte er so ruhig wie möglich.

Sabine seufzte.

»Kann ich das Licht anmachen?«

»Moment«, sagte Sabine. Jupp konnte hören, wie sie nach dem Laken suchte und es an sich zerrte.

»So, jetzt!«

Jupp knipste das Licht an und sah auf den Piepser. Tatsächlich, das Display zeigte eine Meldung an. Er latschte zum Telefon und wählte die Nummer der Leitstelle der Euskirchener Feuerwehr. Jemand hob ab.

»Schmitz, *Dörresheimer Wochenblatt*«, meldete sich Jupp. »Was gibt's?«

»Unfall, ganz in deiner Nähe!« gab die Stimme Auskunft.

»Ach, du bist's, Manni!« sagte Jupp und schielte zu Sabine.

»Auf der B 51 zwischen Iversheim und Bad Münstereifel.«

»Okay, bin fast da!« rief Jupp und wollte schon auflegen.

»Du willst nicht wissen, ob's schlimm ist? Ich meine, das willst du doch immer wissen, nur für den Fall, daß du nicht hin mußt?« fragte Manni.

»Ist es schlimm?«

»Das weiß ich nicht«, sagte Manni.

Jupp konnte das Grinsen auf dem kreuzdämlichen Gesicht vor sich sehen. »Tschüs, Manni!«

»Ist Sabine bei dir?«

Jupp legte auf.

»Tut mir leid, Schatz!« sagte er und versuchte, seinem Gesicht einen bedauernden Ausdruck zu geben. »Ein Unfall.«

»Wir sind noch nicht fertig. Vergiß das nicht!« mahnte Sabine streng und suchte nach ihrem Slip.

Jupp schnappte sich seine Kamera und floh aus seiner Wohnung.

Es war warm. Ein schöner Julitag mit wolkenlosem Himmel. Er schloß die Tür seines schäbigen Käfers auf, den Sabine so unmöglich fand, daß sie sich weigerte, darin mitzufahren. Natürlich hatte eine Jurastudentin kurz vor dem Abschluß andere Ansprüche und natürlich auch ganz andere Freunde, die sie sorgfältig vor Jupp verbarg. Er fuhr los und dachte über seine grandiose Idee nach, in der Mittagspause mit Sabine zu schlafen, um eine Diskussion zeitlich zu beschränken. Das einzige, was er erreicht hatte, war, die Diskussion zu splitten. Ein bißchen am Mittag, den Rest abends. Das hatte er nicht schlecht hinbekommen.

Er bog auf die B 51 und steuerte seinen Käfer auf der

neuen Umgehungsstraße an Iversheim vorbei. Von weitem sah er schon Polizei- und Krankenwagen, die nur unwesentlich vor ihm angekommen sein konnten. Polizeimeister Ralf Kunz stand auf der Straße und winkte neugierige Autofahrer energisch vorbei. Kunz war genau der richtige Mann dafür. Jupp würde jede Wette halten, daß Hauptkommissar Schröder heimlich hoffte, jemand würde Kunz bei dieser Aufgabe überfahren. Einen Moment verschwendete Jupp einen Gedanken daran, Schröder eine kleine Freude zu machen, bremste aber scharf hinter Kunz ab, der vor lauter Schreck auf die Gegenspur sprang und sich das wütende Gehupe eines Sechszehntonners anhören mußte, der ihn fast erwischt hätte. Kunz hüpfte überhastet zurück auf die sichere Seite der Straße und verlor dabei seine Mütze.

Jupp kurbelte die Scheibe herunter. »Hoppla, Herzchen!«

Kunz klopfte nicht vorhandenen Staub von seiner Mütze und zischte etwas, was sich wie »Arschloch« anhörte.

»Dahinten!« sagte Kunz knapp und nickte einem Krankenwagen zu. Dann regelte er wieder den Verkehr.

Jupp schnappte sich seine Canon, seinen Notizblock und ging um den Krankenwagen herum, der quer auf der Straße stand.

Er hatte sich auf einen Autounfall eingestellt, irgend etwas mit zerbeulten Kotflügeln, einem PKW, der im Graben parkte, einem erbosten Fahrer, der einen anderen erbosten Fahrer anschrie, einer weinenden Frau und ein paar Scherben.

Bis auf die Scherben war nichts so, wie Jupp es von anderen Unfällen kannte.

Vor ihm stand ein Audi, dessen Warnblinklicht offensichtlich voll funktionstüchtig war. Überhaupt sah das Auto noch sehr gut aus, bis auf die Tatsache, daß die Heckscheibe fehlte. Eine Frau diktierte einem Polizisten etwas auf den Notizblock, der Notarzt und zwei Pfleger standen an der Beifahrertür des Audis. Einer der drei kratzte sich am Kopf. Ein paar Schaulustige bildeten einen Halbkreis um das Geschehen, die meisten hatten die Arme vor der Brust verschränkt. Für einen Moment dachte Jupp an einen gestellten Unfall, der mit versteckter Kamera aufgenommen wurde, verwarf den Gedanken aber wieder. Das wäre zu geschmacklos gewesen.

Jupp stierte, wie alle anderen auch, auf das Seitenfenster des Beifahrersitzes, aus dem ein paar behaarte Beine in Radlerhosen herausragten. Er schüttelte sich kurz und machte eine Aufnahme.

Wie ein stilles Mahnmal staksten die Gliedmaße aus der Öffnung. Ein paar Sekunden, in denen nichts passierte, dann erst nahm sich der Notarzt ein Herz und hob den Radler aus seiner würdelosen Stellung. Offenbar war der Mann bewußtlos.

Jupp ging um das Auto, entdeckte ein völlig verbeultes Rennrad im Graben und beobachtete, wie sich die Sanitäter über den leblosen Körper beugten.

»Mann, was für 'n Abgang!«

Jupp drehte sich um und sah in das Gesicht von Polizeiobermeister Alfons Meier.

»Oh, Al. Hab dich gar nicht gesehen.« Jupp machte ein paar Aufnahmen.

»Was meinst du mit Abgang?« fragte er Al, während er durch den Sucher seiner Canon spähte.

Al erwiderte nichts. Jupp blickte den Polizeiobermeister erstaunt an. »Er ist tot?«

»Hm«, machte Al, »verblutet.«

»Was? Der hat doch überhaupt keine Verletzungen.«

»Doch, eine.«

»Mein Gott, Al, jetzt laß dir doch nicht jeden Mümmes einzeln aus der Nase ziehen!«

»Er ist durch die Heckscheibe gekracht und auf dem Beifahrersitz gelandet. Dabei haben sich seine Beine im halboffenen Fenster verharkt, so daß er wie ein Hühnchen beim Schlachter mit dem Kopf im Fußraum ausgeblutet ist.«

»Ich sehe aber kein Blut!« stellte Jupp fest.

»Das ist das seltsame. Er ist verblutet, ohne einen Tropfen Blut vergossen zu haben. Er hat sich eine Glasscherbe in die Schlagader gerammt, die wie ein Korken in seinem Hals saß, und ist innerlich verblutet.«

Jupp sah die B 51 hinauf. »Kannst du mir mal verraten, wie man auf einer 500 Meter langen Geraden bei bester Sicht in die Heckscheibe eines Autos krachen kann?«

»Wenn er da nicht liegen würde, hätte ich's auch nicht für möglich gehalten. Ich glaub's eigentlich auch jetzt noch nicht. Die Frau da vorn hatte eine Panne, stellte ihren Audi auf den Standstreifen, machte die Warnblinker an und ging zu einem der umliegenden Häuser, um den ADAC anzurufen. Unser Radler jedenfalls fuhr auf dem Standstreifen und krachte durchs Auto. Die Frau kam zurück und sah ein paar Beine, die aus dem Fenster der Beifahrertür ragten, und dachte, da wolle jemand ihr Radio klauen.«

»Mann, 500 Meter Zeit, dem Audi auszuweichen. Er hat nicht zufällig einen Abschiedsbrief bei sich?«

»Sei nicht albern, Jupp. Wahrscheinlich wollte er auf der Geraden Tempo machen und hat deswegen eine aerodynamisch günstige Position eingenommen. Also den Kopf auf den Meter Straße vor seinem Vorderreifen gerichtet und dann ordentlich gestrampelt.«

»So wie das Rad aussieht, war's bestimmt rekordverdächtig.«

»Schon möglich«, stimmte Al zu.

In der Zwischenzeit war auch ein Leichenwagen angekommen. Der tote Radler wurde in einen Sarg aus Metall gehoben und der Sarg verschlossen. Jupp schlenderte zu der Stelle, an der der Radler eben noch gelegen hatte, und schaute sich um.

Tatsächlich. Kein Tropfen Blut.

Da sah er etwas silbern im Gras schimmern. Er bückte sich und hob eine Münze auf. Sie war schwer und schien ausländischer Herkunft zu sein. Jupp steckte sie ein.

»Was gefunden?« wollte Al wissen.
»Och, nur fünf Mark!« log Jupp.
Al nickte. Dann grinste er Jupp an. »Du siehst irgendwie zerwühlt aus!?«
Jupp dachte an Sabine.
»Irgendwie, als wärst du gerade aus dem Bett gekommen!« Das Grinsen wurde unverschämt.
»Und?« drängelte er.
»Was, und?«
»Wie geht's Sabine jetzt?«
»Ich war nicht bei Sabine.«
»Tatsächlich?«
»Ja, du Nervensäge.«
»Ah«, sagte Al genießerisch gedehnt, »eine Du-bist-schuld-daß-ich-keinen-Orgasmus-kriege-Diskussion.«
»Ich war nicht bei Sabine«, beharrte Jupp.
»So, wo dann?«
Jupp überlegte einen Moment. Dann sah er Al resigniert an: »Fußball spielen.«

Lolas

Jupp saß an seinem Schreibtisch und tippte beinahe gut gelaunt den Unfallbericht. Nicht, daß ihn ein Unfall mit tödlichem Ausgang in irgendeiner Weise amüsiert hätte. Der Tod des Radlers war ebenso bedauerlich wie die Art seines Dahinscheidens lächerlich war. Der Mann war 37 Jahre alt geworden, hieß ausgerechnet Georg Radschlag, was Jupp mit einem stillen Seufzer zur Kenntnis nahm, wohnte zwar seit kurzem in Matzerath, kam gebürtig jedoch aus der Stadt. Natürlich kam er aus der Stadt! Einheimische fuhren mit dem Auto. Nur Städter fielen Wochenend für Wochenend in die Eifel ein, um sich in der hügeligen Landschaft die nötige Härte für die anstehende Straßensaison oder den nächsten Triathlon zu holen. Dabei fuhren die Radler, was die Geschwindigkeit betraf, genau umgekehrt äquivalent zu ihren städtischen Kollegen im Auto: Während der Familienvater im Auto seinen verzogenen Kindern im Kriechtempo die landschaftlichen Schönheiten der Eifel aufzwingt und dabei mit einem Achselzucken zur Kenntnis nimmt, daß er bereits eine mehrere hundert Meter lange Schlange hinter sich herzieht, stürzen die Radler meist im rosa, gelben oder rot gepunkteten Trikot des Bergspezialisten wie eine Horde Hunnen zu Tal, festgekrallt an ihrem Stierhornlenker mit zusammengebissenen Zähnen und Augen, die verdächtig viel Weiß zeigen.

Jupp fragte sich, warum noch keiner der Radler mit so einem Familienausflug kollidiert war. Er hätte gerne das Gesicht von Vati gesehen, wenn plötzlich ein fremder Mann in hautengen Hosen mit seinem Gesicht in Muttis Schoß liegen würde.

Jupp schrieb:

Ein Unfall auf der B 51 zwischen Bad Münstereifel und Iversheim kostete einen 37jährigen Radfahrer gestern mittag das Leben. Der Mann fuhr ...

Routiniert tippte Jupp weiter und berichtete von dem wahrscheinlichen Unfallhergang, brachte ein paar Zitate von Schröder und freute sich bereits auf den Schlußteil seines Berichts.

Vertrackterweise kam es bei der Sicherung des Unfallortes zu einem zweiten Unglücksfall. Polizeimeister Ralf Kunz, 24, stolperte bei der Verkehrsregelung auf die Gegenspur und zwang einen Pkw-Fahrer zur Vollbremsung. Ein zweiter PKW fuhr hinten auf, so daß die B 51 für zwei Stunden gesperrt werden mußte, weil sich die Autos unglücklich ineinander verkeilt hatten. Kunz kam mit dem Schrecken und ein paar Schürfwunden davon, der Fahrer des hinteren PKW erlitt ein leichtes Schleudertrauma. Hauptkommissar Schröder wollte sich zu diesem Vorfall nicht äußern.

Natürlich hatte sich Schröder geäußert. Nicht nur das. Er hatte Kunz sogar in einem unbewachten Moment gewürgt und damit gedroht, ihn, sollte die B 51 jemals wieder frei werden, vor den nächsten LKW zu werfen. Die Autofahrer im Stau verhielten sich wie immer in solchen Situationen: jeder probierte ordentlich seine Hupe aus. Jupp war sich nicht sicher, ob er Schröder schon vorher einmal so wütend gesehen hatte.

Zufrieden lächelnd verschwand er in der Dunkelkammer und entwickelte die Fotos. Er verzichtete auf das Bild, das dokumentierte, wie die Beine des unglücklichen Radlers aus dem Fenster ragten, und wählte Aufnahmen von der zerstörten Heckscheibe und den Sanitätern, die sich über den Leichnam beugten. Um Schröder eine kleine Freude zu machen, fügte Jupp dem Bericht ein Portrait von Kunz bei, welches mehr sagte als alle Worte. Den Schuß hatte Jupp gleich nach dem Unfall gemacht: Kunz war ziemlich blaß um die Nase, seine Brille saß verbogen in seinem Gesicht, die Dienstmütze keck im Nacken, und sein Mund stand halb offen, was seinen Überbiß prächtig zur Geltung kommen ließ.

Jupp verließ die Dunkelkammer und legte die Fotos auf seinen Schreibtisch.

Herbert Zank, Redaktionsleiter des *Dörresheimer Wochenblatts*, steckte seinen Kopf in Jupps Büro und sah ihn forsch an. »Was ist denn jetzt mit dem Puff-Bericht?«

»Was?« fragte Jupp geistesabwesend.

»Mein Gott, Jupp. Wie viele Puffs hat Dörresheim denn?«

»Einen alten am Gottesweg, einen neuen oben am Berg.«

Amüsiert nahm Jupp zur Kenntnis, daß Zanks Äderchen bläulich an seinen Schläfen pochten. Zank wohnte am Gottesweg.

»Ich krieg dich schon noch. Irgendwann krieg ich dich ...!« drohte Zank. Dann nahm er einen neuen Anlauf. »Also, was ist mit dem Artikel?«

»Ich dachte, ich schau heute abend mal vorbei, mach 'ne Aufnahme, ein kleines Interview, und morgen fang ich dann ein paar Sätze von Nettekove und seiner IG ...«

»*IG Glaube, Sitte, Heimat*«, ergänzte Zank.

»Genau.«

»Vielleicht sollte ich heute abend mal mitkommen zu ... wie heißt der Puff noch gleich?«

»Weiß nicht«, grinste Jupp.

»*Lolas*«, meinte Zank eifrig. Dann erst bemerkte er, daß er ein bißchen rasch geantwortet hatte. Säuerlich fuhr er fort: »Das war 'n Zufall. Irgend jemand muß den Namen mal erwähnt haben, und ich hab ihn mir dann irgendwie merken können. Ich meine, normalerweise merkt man sich ja so etwas nicht, aber als Journalist muß man sich auf sein Gedächtnis verlassen können, es ist manchmal das einzige ...«

»Kommen Sie nun mit oder nicht?« wollte Jupp wissen.

Zank überlegte.

»Sie können Ihrer Frau sagen, daß Sie mit mir einen trinken gehen.«

»Ich hab nicht an meine Frau gedacht!« entgegnete Zank ärgerlich. Wieder wölbten sich blaue Äderchen an seinen Schläfen, was Jupp zeigte, daß Zank ein erbärmlicher Lügner war.

»Also?«

»Ja, okay. Ich geh mit.«

Jupp nickte, und Zank verschwand in seinem Büro. Jupp griff zum Hörer und rief Al und Käues an. Das versprach, ein netter Abend zu werden.

Lolas sah von außen genauso aus, wie Jupp sich so einen richtigen Puff vorgestellt hatte. Das Haus mit den verschlossenen Jalousien und dem hohen Holzzaun, der den Parkplatz einrahmte, stand in der Nähe des Dörresheimer Sportplatzes auf einem Hügel und ziemlich versteckt zwischen hohen Tannen.

Hinter dem Holzzaun standen bereits eine Menge

Autos, davon mindestens die Hälfte mit heimischen Kennzeichen, als Jupp seinen Käfer parkte.

»Nicht schlecht!« sagte er zu Käues und Al, die schweigend nickten.

»Oh, Mann!« flüsterte Zank, der unruhig auf dem Beifahrersitz hin und herrutschte. »Ich glaub, die Kiste da kenn ich.«

Jupp folgte Zanks Blick, der an einem blauen Opel Senator mit Euskirchener Kennzeichen hängengeblieben war. Dann grinste er. Wenn das herauskam, hatte Bürgermeister Hildebrandt seiner Frau einiges zu erklären.

Es war immer noch sehr warm, und Jupp registrierte zu seinem Erstaunen beim Aussteigen, daß sie alle kurze Hosen anhatten, was ihm irgendwie unpassend erschien. Käues sah aus wie ein Idiot in Adiletten und Hawaihemd, genau wie Al, der schwarze Slipper und weiße Tennissocken trug, aber kein Hawaihemd. Zank leckte sich noch einmal die Handinnenflächen und zog seinen Scheitel behelfsmäßig nach. Dann roch er kurz an seinen Achseln. Er schien nicht erfreut, verzog aber keine Miene. Auch Jupp erwischte sich dabei, wie er an sich herunterschielte, tastete während des Gehens nach seinem Hosenstall, der tatsächlich offenstand. Mit einem kurzen Räuspern zog er ihn zu.

Sie standen vor einer massiven Holztür, auf der nur ein kleines, messingfarbenes Schildchen zu sehen war. *Clublokal.*

Über der Tür brannte still eine kleine Lampe, obwohl es noch sehr hell war. Jupp suchte nach einer Klingel, fand keine und klopfte. Käues und Al gingen sich noch einmal gleichzeitig durch ihr Haar, Zank räusperte sich.

»Was ist? Soll'n wir vorher noch mal zum Frisör, Mädels?« fragte Jupp belustigt.

Ein Kläppchen in der Holztür öffnete sich, und braune Augen sahen Jupp forsch an.

»Sie wünschen?« fragte jemand hinter der Tür.

»Schmitz und Zank vom *Dörresheimer Wochenblatt*. Wir sind angemeldet. Die beiden anderen sind Gäste.«

»Das ist ein Clublokal!« erklärte die Stimme fest.

»Machen Sie für heute mal 'ne Ausnahme, okay? Wenn's den beiden gefällt, werden sie Clubmitglied.«

Das Kläppchen schloß sich.

»War klar, daß wir mit Al nicht reinkommen. Die Typen riechen 'nen Bullen zehn Meilen gegen den Wind!« meinte Käues mißmutig.

Zank grinste. »Al sieht vielleicht wie ein Idiot, nicht aber wie ein Bulle aus.«

»Ach, ja?« meckerte Al. »Und Sie mit Ihren Kranichbeinen sehen auch eher wie Geflügel als ein Redaktionsleiter des *Dörresheimer Wochenblatts* aus.«

Käues kicherte amüsiert. »Sag mal, Jupp. Hast du dir vorher die Beine rasiert?«

Zank und Al schauten neugierig an Jupp herunter.

»Tatsächlich!« lachte Zank. »Kein Härchen zu sehen!«

»Ich hab mir meine Beine nicht rasiert, ihr Arschlöcher. Die sind so!« wehrte sich Jupp.

»Find ich trotzdem sexy!« beharrte Al.

»Halt bloß ...!« zischte Jupp ärgerlich, als sich hinter ihm die Tür öffnete. Er drehte sich um und starrte in das Gesicht eines schmierigen Südländers mit einem ganzen Pott Margarine in den Haaren und einem dünnen Schnäuzerchen gleich über der Oberlippe. Er hatte ein rotes Seidenhemd an, eine zwei Pfund schwere Goldkette schimmerte auf seiner bleichen Brust, und seine Beine zierten eine beige, todschicke Bundfaltenhose und Wildlederslipper ohne Socken.

»Hallo!« begrüßte der Südländer sie freundlich und grinste. Dabei funkelte ein goldener Schneidezahn im Abendlicht. »Sie sind Señor Schmitz?«

Jupp nickte.

»Guten Tag! Ich bin Andrés-Miguel-Maria-con-la-Boca-y-de-Detras, der Besitzer des Etablissements!« schnarrte der Mann melodisch und schüttelte Jupp die Hand.

Jupp fand, Detras sehe aus wie eine Mischung aus einer Hyäne ... und einer anderen Hyäne, wobei er sich nicht sicher war, nach welcher er lieber einen Stein geschmissen hätte.

»Zank, der Name!« drängelte sich Zank vor. »Redaktionsleiter des *Dörresheimer Wochenblattes*!«

»Ah, el Chéfe. Buenas Tardes!«

»Genau!« bestätigte Jupp grinsend. »El Chéfe!«

Zanks Äderchen traten wieder etwas vor. Wenn Zank irgend etwas haßte, dann wenn man ihn Chef nannte. Vor allem, wenn Jupp ihn Chef nannte.

»Einfach nur Zank!« sagte Zank und unterdrückte nur mühsam seinen Zorn.

»Bien!« sagte Detras und bat das Grüppchen mit einer eleganten Handbewegung herein. »Fühlen Sie sich ganz wie zu Hause.«

Im Gänsemarsch folgten die vier Detras durch einen schmalen, schmucklosen Flur und betraten das Lokal.

Der Raum war komplett mit schwerem, rotem Samt ausgeschlagen. Auf der linken Seite eine etwa sechs Meter lange Bar, dahinter eine blonde, nicht mehr ganz neue Blondine, die ihren gewaltigen Busen einem Gast unter die Nase hielt. Zwei Stufen führten von der Bar herunter in den Innenraum, dort verteilten sich lose plazierte Tische und gemütliche Sessel, in denen ein paar Gäste an knapp bekleideten Nutten fummelten. An der Stirnseite eine vielleicht zehn Meter breite Bühne, die von einem schweren roten Vorhang verdeckt wurde. Die Seiten schlossen Séparées ab, zum Teil schützten zugezogene Vorgänge vor neugierigen Blicken. Jupp lauschte sanftem Gemurmel, vorsichtigem Gekicher, klirrenden Gläsern und Tammy Wynettes »Stand by your man«, das angenehm leise aus den Boxen tönte. Ja, genau, dachte er.

»Darf ich Ihnen etwas anbieten?« fragte Detras höflich, und Jupp wunderte sich, wie perfekt er die deutsche Sprache beherrschte. Nicht einmal ein Akzent war herauszuhören.

»Kölsch!« sagte Jupp

»Sekt!« forderte Zank.

»Champagner!« kam es unisono von Käues und Al.

Detras lächelte mißmutig, winkte die Blondine hinter der Bar heran und bestellte auf spanisch.

»Bitte!« zeigte er dann auf das einzige Séparée, das noch leer stand.

Jupp nickte und flüsterte Al zu, daß er keinen Skandal wolle, solange er mit Detras und Zank im Séparée verschwunden war.

»Sehr schick!« lobte Zank, als Detras den roten Samtvorhang vor der Nische zugezogen hatte. Er hatte es sich auf der roten, halbrunden, gut gepolsterten Bank gemütlich gemacht und befühlte das Marmortischchen vor sich zärtlich.

»Italienischer Marmor?« fragte er.

»Natürlich!« antwortete Detras.

Jupp mußte sich erst an das Schummerlicht gewöhnen. Eine schwache Lampe und eine kleine Kerze waren die einzigen Lichtquellen. Jupp mußte zugeben, daß das Ganze seine Wirkung nicht verfehlte.

»Señor Detras«, begann er und zückte einen kleinen Notizblock, »erst ein paar Personalien.«

Sie erfuhren, daß Detras 43 Jahre alt war, aus Pamplona stammte, wo mächtige spanische Bullen schwachsinnigen Americanos jedes Jahr beim traditionellen Stiertreiben den Arsch aufrissen. In Deutschland, einem Land mit so freundlichen Leuten, lebe er schon seit seinem 12. Lebensjahr. Er war Mitbesitzer von so mancher Diskothek gewesen, bevor er auf die Idee kam, hier in der wunderschönen Eifel mit den wirklich freundlichen Menschen einen privaten Club aufzumachen, damit sich die hart arbeitenden Männer, wenn sie abends erschöpft von der Tages Müh nach Hause kamen, stilvoll entspannen konnten.

»Wann haben Sie eröffnet?« wollte Jupp wissen.

»Vor drei Wochen.«

»Und, läuft's?« fragte Zank.

»Super. Sie sehen ja selbst. Es ist 21.15 Uhr, und im Laden ist schon ordentlich was los.«

»Sie wissen, daß sich eine Interessengemeinschaft gegen Ihr Etablissement gegründet hat?«

Detras nickte. »Señor Nettekove war schon ein paar Mal hier.«

»Ein paar Mal?« fragte Jupp ungläubig.

Detras schwieg.

»Was sagen Sie zu den Menschen, denen Ihr Haus ein Dorn im Auge ist?« erkundigte sich Zank.

Detras zuckte mit den Schultern. »Ein richtiger Mann wird immer in einen Puff gehen. Da ist es doch egal, ob er zu mir kommt oder woanders hingeht.«

Jupp lächelte still. Das würde eine erstklassige Überschrift geben. »Wer ist ›Lola‹?«

»Oh, meine Mama, Gott hab sie selig. Sie hieß Dolores, wurde aber von ihren Kunden nur Lola genannt. Mann, sie war die erfolgreichste Hure Pamplonas«, erklärte Detras sinnend.

Wird ja immer besser, dachte Jupp.

»Haben Sie keine Angst, daß Ihnen die *IG Glaube, Sitte, Heimat* Schwierigkeiten machen könnte?« fuhr Zank fort.

Detras verschränkte die Arme hinter seinem Kopf und grinste überlegen. »Nein.«

»Warum?« hakte Jupp nach.

»Das geht Sie, bei allem Respekt, Señor Schmitz, einen Scheißdreck an!«

Für einen Moment war es still, und Jupp dachte darüber nach, wie er Señor Detras Schwierigkeiten machen könnte. Dann klopfte Detras Jupp unvermutet, aber freundlich auf die Schulter: »Kommen Sie. Seien Sie und Señor Zank mein Gast. Ich möchte nicht, daß Sie sauer auf mich sind. Aber Sie müssen verstehen: Diskretion gehört zum Geschäft.«

Jupp zuckte mit den Schultern. »Ich nehme an, Sie laden alle ein?«

Detras Lächeln gefror. »Ähem, oh, ja, natürlich!«

Jupp war zufrieden. Wenn Al und Käues fertig waren, konnte Detras sämtliche Alkoholbestände erneuern lassen.

Vier Stunden später.

Jupp hatte sich ein Nickerchen an der Bar gegönnt, und wachte dadurch auf, daß Käues' Stimme durch den ganzen Puff dröhnte.

»He, Al, luur 'ens, he kannste dir ussöke, wie det han wells!« krähte er lallend und zeigte Al eine Karte.

Jupp versuchte sich zu erinnern, wo er war, glaubte erst an einen schlechten Traum. Zank hockte neben ihm an der Bar und schlief, den Kopf im Ausschnitt der nicht mehr neuen Blondine, die jetzt neben ihm saß. Sie streichelte ihm sanft über das Haar.

»Ta'sächlisch!« hörte er Al antworten.

Jupp folgte den Stimmen und fand ihn und Käues an einem Tisch, auf dem sich unzählige Champagnerflaschen, Whisky- und Biergläser türmten. Beide hatten sich eine Dame auf den Schoß geladen. Eine dritte war am Tisch eingeschlafen. Den Damen auf den Schößen ging es auch nicht besser. Eine lehnte mit ihrem Kopf an des Polizeimeisters Brust, die andere fiel gerade auf den Boden, als Käues Al die besondere Preiskarte rüberreichte. Käues zog sie ruppig an ihrem Arm nach oben und legte sie über seine Knie.

»He jedett nüüs onger 120 Mark!« sagte Al enttäuscht.

Es entbrannte eine Diskussion über überhöhte Preise, Puff hin oder her, der Jupp nicht folgen mochte.

»Häbätt!« nuschelte er und stieß Zank in die Seite.

»Los misch en Rau!« grummelte Zank, der in den Ausschnitt der Blondine sprach.

»Señor Schmitz?«

Jupp drehte sich um. »Ah, Ándreeß!«

»Andréss!« verbesserte Detras genervt.

»'tschuldije. Wat jiddet?«

»Nun, Sie sind die letzten Gäste, und ich würde das

Lokal gerne schließen. Sie müssen doch morgen sicher arbeiten?«

»He, Ándreeß!« rief Käues. »Me bruche zwei neue Fraulöck on 'ne Emmer voll Kölsch, ävver pronto!«

»Andréss, Señor Käues. Und wir wollen gerade schließen.«

»Häste velleesch en Kaat für Fröngde, Ándreeß?« krähte Al. »Der he hätt mer zo vell Nulle!«

»Maldita sea. Te voy a cortar los cojones!« zischte Detras.

»Häbätt!« drängelte Jupp.

»Los misch en Rau!« wiederholte Zank und vergrub seinen Kopf tiefer im Ausschnitt der Blondine.

»Señor Schmitz, bitte!« flehte Detras.

Jupp hob beschwichtigend die Hände. »Schon klar. Wir verschwinden.«

Detras atmete hörbar aus.

»Nur noch eins!« lallte Jupp.

»Ja?«

»Wo finde ich das Klo?«

Tom Cruise & Schweinchen Schlau

Der Weg zurück nach Dörresheim war beschwerlich. Keiner war in der Lage, ein Auto zu fahren, alle vier hatten schon Schwierigkeiten mit einfachsten Koordinationsübungen, zum Beispiel einen Fuß vor den anderen zu setzen, ohne ins Gestrüpp zu kippen. Jupp brabbelte ungehört vor sich her und stolperte mit den anderen den verdammt steilen Trampelpfad herunter, der vom *Lolas* zurück ins Dorf führte.

Es war zappenduster, und sie verloren Al schon auf den ersten hundert Metern. Zank verabschiedete sich mit einem lautlosen Sturz in die steile Böschung, kurz bevor sie die sichere Dorfstraße erreicht hatten. Weder Käues noch Jupp hatten große Lust, nach beiden zu suchen, und so ließen sie Al und Zank, wo immer sie auch steckten, schlafen.

Kurz bevor er sein Zuhause erreichte, überlegte Jupp, ob er Käues schon eine gute Nacht gewünscht hatte, denn der torkelte nicht mehr neben ihm. Er konnte sich tatsächlich nicht erinnern, drehte sich um und rief nach Käues. Die Antwort blieb aus, was Jupp nicht weiter berührte.

Fünfzehn Minuten verbrachte er dann damit, den Schüssel aus dem Gully zu fischen, der ihm vor dem Haus aus der Hand geglitten war. Bäuchlings lag er auf der Straße, den Oberkörper bis zur Hüfte im Gully versenkt, und tastete fluchend in etwas Weichem.

Fünf weitere Minuten brauchte er, um das Hausschloß zu öffnen, zwei Minuten, um die Wohnungstür seiner kleinen Dachwohnung zu finden, zwei Minuten, diese aufzuschließen, aber nur eine Sekunde, um wieder nüchtern zu werden.

Jemand hatte seine Wohnung von rechts auf links gedreht. Es sah aus, als hätte hier eines der jährlichen Herbstmanöver stattgefunden, zu der die Bundeswehr ein paar ihrer Verbündeten eingeladen hatte, um ordentlich zu ballern und brandzuschatzen. Sämtliche Schubladen waren herausgerissen worden, alles, was sich darin befunden hatte, lag auf dem Boden verstreut. Das Futter von Jupps Couch hatte man aufgeschlitzt, Gläser lagen zerbrochen auf dem Boden, eine Tür des Wohnzimmerschranks hing schräg in ihren Angeln. Vorsichtig schlich Jupp um die Trümmer seiner Wohnungseinrichtung herum und warf einen Blick in die Küche. Das Bild war noch unerfreulicher als das in seinem Wohnzimmer, und für einen kurzen Augenblick fragte er sich, ob wenigstens ein Glas heil geblieben war. Der alkoholbedingte Nachdurst meldete sich unangenehm. Er fand eine heile Sprudelflasche, ging zurück ins Wohnzimmer, setzte sich auf die Überreste seiner Couch und trank in kleinen Schlucken.

Ein paar Sekunden saß Jupp da und dachte an nichts.

Dann hörte er Geräusche aus dem Schlafzimmer. Er setzte die Flasche in aller Ruhe ab, und suchte in einer kleinen Abstellkammer nach seinen Sportsachen. Auch hier war so ziemlich alles kaputt, was man zerstören konnte. Nur der Baseballschläger nicht, den er sich gekauft hatte, weil Käues auf die Idee gekommen war, eine Baseballmannschaft zu gründen. Aber diese Sportart hatte sich, wie nicht anders zu erwarten, nicht gegen den Fußball durchsetzen können, und so schlief die Idee eines Dörresheimer Baseballteams wieder ein.

Jupp legte sich den Schläger locker auf die Schulter und marschierte zur Schlafzimmertür. Er horchte kurz, aber es war wieder ruhig. Vorsichtig drückte er die Klinke herunter und öffnete die Tür einen Spalt. Das Licht brannte, sonst konnte er nichts ausmachen.

Jupp nahm zwei Schritte Anlauf, dann trat er fest gegen das Holz, das krachend gegen die Zimmerwand schlug, und sprang ins Zimmer. Jemand kippte mit einem Stuhl hart zu Boden, dann knallte die zurückschnellende Tür gegen Jupps Arm, den er sich schützend vor den Kopf gehalten hatte. Wütend trat Jupp ein zweites Mal zu und stürmte um sein Bett, den Baseballschläger weit hinter seinem Nacken, um demjenigen, der auf dem Stuhl gesessen hatte, ordentlich eins einzuschenken.

Verwundert hielt Jupp inne und fragte sich, seit wann Einbrecher in Spitzenunterwäsche auf Beutezug gingen.

»Sabine?« rief er überrascht.

Sabine zappelte unbeholfen an dem Stuhl und machte »mmmh, mmmh«. Sie war geknebelt worden, und ihre Augen waren mit einem Tuch verbunden. Jupp richtete den Stuhl auf und nahm ihr die Binde ab. Sie riß die Augen weit auf, und ihr »Mmmh, mmmh« wurde trotz Knebel ziemlich laut. Dann entspannten sich ihre Gesichtszüge, und Jupp befreite sie von ihrem Knebel.

»Wie siehst du denn aus!« rief sie sauer.

»Wie ...?«

»Hast du schon mal in den Spiegel geguckt, du Tier?«

Jupp latschte ins Badezimmer und suchte in einer Spiegelscherbe sein Gesicht. Seufzend nahm er zur Kenntnis, daß er tiefer im Gully gewühlt haben mußte, als er gedacht hatte. Dann wusch er sich notdürftig den Dreck ab.

»Würdest du mich *bitte* losmachen!« wetterte Sabine im Schlafzimmer.

Jupp machte sich daran, Sabine zu befreien, und kämpfte mit den Knoten, die um Sabines Arme und Beine geschlungen waren.

»Kannst du mir mal sagen, wo du warst?!« fragte Sabine scharf.

»Geht's dir gut?« fragte Jupp zurück.

»Ob's mir gut geht? Ich sitze hier verschnürt wie eine Roulade, bin vor Angst fast gestorben, warte den ganzen Abend darauf, daß du kommst, um mich zu befreien, und du fragst, ob's mir gut geht, du Blödmann?!«

»Ich meine, ob du verletzt bist?«

»Ja!« schrie Sabine wütend. »Ich glaub, ich hab mir was gebrochen, als irgend so ein Schwachkopf die Tür aufgetreten hat und ich vor lauter Schreck mit dem Stuhl umgefallen bin. Du weißt nicht zufällig, wer dieser Schwachkopf gewesen sein könnte?«

»Was ist denn passiert?«

»Was passiert ist? Wonach sieht es denn aus, Josef Schmitz?«

Jupp wunderte sich nicht, daß man Sabine geknebelt hatte.

»Einbruch und Nötigung?« fragte Jupp, der endlich den Knoten an Sabines Beinen lösen konnte.

»Und Freiheitsberaubung. Und Beleidigung. Und Vandalismus ...«

»Schon gut, schon gut!« antwortete Jupp. »Sag mir einfach, was passiert ist!«

»Zwei Männer haben mich überfallen!«

»Wieso hast du denn zwei fremden Männern die Tür geöffnet?«

»Weil sie verkleidet waren.«

»Ah, ja!« sagte Jupp ironisch. »Das ist natürlich was anderes.«

Sabine schwieg beleidigt.

»Du meinst, sie haben sich so angezogen, daß einer von ihnen mir ähnlich sah.?«

Sabine sah Jupp entgeistert an. »Nein, du Idiot. Du bist wirklich einmalig. Sie hatten Masken auf.«

»Welche?«

Sabine sah verlegen zu Boden. »Einer sah wie Tom Cruise aus, und ich dachte, du hättest dir die Maske übergezogen, um mich zu überraschen.«

Jupp seufzte. Sabine schwärmte von Cruise, was zur Folge hatte, daß er sich Top Gun etwa hundert Mal hatte ansehen müssen.

»Es waren zwei, sagtest du.«

»Den zweiten habe ich nicht durch den Spion an der Tür gesehen. Er stürmte mit Tom Cruise hinein, als ich öffnete.«

»Wie hat der denn ausgesehen?«

»Wie Schweinchen Schlau!« hauchte Sabine.

»Wie clever von denen, Tom vor die Tür zu stellen!« sagte Jupp mit einem Hauch von Bewunderung, der Sabine nicht entgehen konnte.

»Wo warst du überhaupt?« fragte sie schroff, während Jupp aufstand, ohne sich weiter mit den Handfesseln beschäftigt zu haben.

»Wir hatten eine Redaktionssitzung!« erklärte er und suchte nach dem Telefon.

»Ach, ja?« rief ihm Sabine nach. »Du stinkst wie eine ganze Schnapsdestillerie! Und würdest du mich *bitte* endlich losmachen!«

»Ich muß erst telefonieren!« sagte Jupp, der seinen Ärger nur schwer unterdrücken konnte.

»Josef!« kreischte Sabine. »Mach mich *sofort* los!«

Nur am Rande nahm Jupp wahr, daß Sabine jetzt

auch das ›sofort‹ eigenartig betonte. Er griff nach dem Hörer und wählte die Nummer der Dörresheimer Polizeidienststelle. Kunz meldete sich, und Jupp gab ihm durch, daß bei ihm eingebrochen worden war.

»Ist sonst noch was passiert?« wollte Kunz wissen.

»Nein. Keine Verletzten. Und ruf bitte Schröder an. Ich will, daß er sich das persönlich ansieht!«

»Den Chef? Um zwei Uhr morgens?« fragte Kunz.

»Ja, aber dalli!«

Jupp legte auf, holte aus der Küche ein Messer und befreite Sabine von ihren Fesseln.

»Einen Kaffee?« fragte er.

Sabine nickte und nahm Jupp in die Arme.

»Gut, daß du da bist!« sagte sie leise. Und für einen Moment war Jupp glücklich.

Schröder sah wie immer zerrissen aus, wenn man ihn mitten in der Nacht weckte. Jupp erinnerte sich daran, wie er Schröder das letzte Mal, bei dem Fall um die aufgeschlitzte Zuchtsau Elsa, so gesehen hatte. Der Dörresheimer Tierarzt war ermordet worden, und als Schröder mitten in der Nacht am Tatort angekommen war, hatte er genauso ausgeschaut wie jetzt: seine Haare standen wirr auseinander, das Hemd steckte nur nachlässig in der Hose, die Schnürsenkel schlängelten sich haltlos um seine Schuhe. Damals war Jupp des Mordes verdächtigt worden, doch er hatte nicht nur seine Unschuld beweisen können, sondern war auch in den Besitz einer pikanten Liste mit Namen gelangt, auf der auch der Name des Hauptkommissars zu lesen war. Seit dieser Zeit pflegten beide so etwas wie ein freundschaftliches Verhältnis.

Schröder sah sich in Ruhe Jupps verwüstete Wohnung an.

»Irgend etwas geklaut?« fragte er nach einer Weile.

Jupp runzelte die Stirn.

»Hab ich noch gar nicht geprüft. Aber Bargeld war

keines in der Wohnung. Schmuck oder sonst was Wertvolles auch nicht.«

»Was ist mit Fernsehen oder Stereoanlage?«

Jupp sah beides halbwegs unversehrt in seinem Wohnzimmerschrank stehen und schüttelte den Kopf.

»Arbeitest du gerade an einer kitzligen Sache?«

Jupp grinste. »Klar. Meine Enthüllungen werden schon bald die Nation erschüttern.«

Auch Schröder mußte grinsen, erwiderte aber nichts. Er wandte sich Sabine zu, die sich einen Morgenmantel übergeworfen hatte und an ihrem Kaffee nippte. Unaufgefordert berichtete sie Schröder, was sie Jupp erzählt hatte.

»Haben die Männer was gesagt?« fragte der Beamte anschließend.

Sabine schüttelte den Kopf.

»Gar nichts? Keinen Ton?«

»Nein. Keinen Ton«, sagte Sabine.

»Und, was machst du jetzt?« fragte Jupp Schröder.

»Nach zwei Männern mit Tom-Cruise- und Schweinchen-Schlau-Masken suchen«, erklärte Schröder.

»Sehr witzig.«

»Was soll ich dir denn sonst sagen?«

Jupp setzte sich kraftlos auf sein Sofa. »Die haben keinen Ton gesagt. Also befürchteten sie, daß ihre Stimmen sie verraten würden. Vielleicht ein Sprachfehler oder ...« Jupps Miene hellte sich auf » ... ein Dialekt.«

»Möglich.«

»Aber was haben die gesucht? Ich besitze nichts Wertvolles. Und auf Sabine hatten sie es wohl auch nicht abgesehen. Oder doch?«

Sabine sah Jupp genervt an. »Das hätte ich schon gesagt.«

»Ich meine, weil du in Unterwäsche ...«

»Nein!« schnitt ihm Sabine das Wort ab.

»Immerhin kommen Sie aus wohlhabendem Haus, Sabine!« sagte Schröder besorgt.

»Sag schon!« drängelte Jupp. »Haben die dir was getan?«

Sabine errötete leicht. »Ich hatte ... die Wäsche, meine ich ...«

Sie stockte, und ihre Gesichtsfarbe wandelte sich in ein dunkles Glühen. »Ähem ... weil ich ... du bist doch manchmal so gestreßt von der Arbeit ... da dachte ich ... ähem ... ich ...«

»Schon gut, schon gut!« wiegelte Jupp ab. »Schröder kriegt noch einen Herzinfarkt.«

»Och, ich würd's aushalten!« protestierte Schröder gutgelaunt.

Sabine sah ihn schnippisch an. »Ich muß doch sehr bitten, Herr Hauptkommissar!«

Jupp sprang auf. »Naja, den Rest können wir ja auch noch morgen klären, oder?«

Er stand bereits bei Schröder und schob ihn sanft zur Tür. Kurz bevor der Hauptkommissar Jupps Wohnung verließ, flüsterte er Jupp ins Ohr, daß Sabine eine der besten Partien der Eifel sei: optisch wie finanziell. Jupp sagte ihm, er solle die Klappe halten, und schmiß ihn vollends aus der Wohnung.

Jupp setzte sich neben Sabine und nahm sie vorsichtig in den Arm. Sie sah ihn mißtrauisch an.

»Komm mir bloß nicht mit Sex!« zischte sie.

»Nein«, sagte er deprimiert, »natürlich nicht.«

Der Doppelstater

Jupp hatte wahrlich eine schlaflose Nacht. Natürlich lag es nicht daran, daß er und Sabine guten Sex gehabt hätten oder auch nur schlechten Sex – sie hatten gar keinen. Dafür aber ein paar prächtige Diskussionen über jemanden namens ›Blüh‹, über Jupps unglaubliche Unverschämtheit, einer Frau betrunken beiwohnen zu wollen, über die Tatsache, daß er sie in höchster Gefahr alleine gelassen hatte, über jemanden namens ›Blüh‹, über die aufgeschlitzte Matratze, auf der man nicht schlafen konnte, über sein Alkoholproblem, über jemanden namens ›Blüh‹, und über tausend andere Dinge, die eine Diskussion um drei Uhr morgens lohnend machten.

Jupp flüchtete sich in einen Halbschlaf, der ihm erlaubte, »ja«, »nein« und »natürlich, Schatz« zu sagen und gleichzeitig mit Lodda die Mannschaftsaufstellung für das WM-Turnier durchzugehen. Das funktionierte ganz gut, bis Sabine den Braten roch und ihn dann und wann mit dem Ellbogen in die Rippen stieß. Der Schmerz zwang Jupp zu einer Weile Aufmerksamkeit, dann glitt er langsam wieder in den Dämmerschlaf. Doch Sabine hatte bald den Dreh heraus und stieß immer dann zu, wenn Jupp gerade unterwegs zu Lodda war.

Die Nacht war fast zu Ende, als Jupp Sabine fragte, ob sie jetzt miteinander schlafen könnten, und erreichte immerhin, daß Sabine sich beleidigt zur Seite drehte und schwieg. Kurz bevor Jupp in den Tiefschlaf fiel, meckerte er nuschelnd, warum sie überhaupt Fummel angezogen hätte, wenn sie nicht vorgehabt hätte, mit ihm zu vögeln. Sabine antwortete nicht. Sie war bereits im Land der Träume.

Schröder fläzte sich gerade in seinem Sessel, der viel zu bequem zum Arbeiten schien, als Jupp sein Büro betrat.

»Nickerchen gemacht?« grüßte Jupp.

Schröder winkte ab.

»Nach dem Mittagessen, vielleicht.«

Jupp sah sich in der Dienststube Schröders um und suchte nach einem Stuhl. Er fand nur einen unbequemen Holzstuhl, der gut zu der spartanischen Einrichtung eines typisch deutschen Amtszimmers paßte. Außerdem war er so niedrig, daß man zu Schröder aufblicken mußte, der im wahrsten Sinne des Wortes hinter seinem Schreibtisch thronte. Also stellte Jupp den Holzstuhl wieder an seinen Platz, verließ Schröders Büro und kehrte nach zwei Minuten mit einem bequemeren und höheren Stuhl zurück.

»Haben wir uns jetzt sortiert?« fragte Schröder, der die ganze Prozedur schweigend verfolgt hatte.

»Hm«, machte Jupp.

»Noch mal nachgeprüft, ob vielleicht doch etwas gestohlen worden ist?«

»Ja«, antwortete Jupp, »aber alles, was von Interesse hätte sein können, ist noch da.«

Schröder nickte. »Also eine Anzeige gegen Unbekannt. Hausfriedensbruch und Vandalismus!«

»Inklusive Freiheitsberaubung, Nötigung und noch ein paar andere Sachen, die du noch reinpacken kannst, damit's ein bißchen teurer wird, sollte die unvergleichliche Dörresheimer Polizei das unverschämte Glück haben, die Täter zu finden«, ergänzte Jupp.

Schröder kramte nach einem Formblatt und begann, Jupp nach dessen Personalien zu fragen.

Es klopfte.

»Herein!« murmelte Schröder geistesabwesend, und als sich nichts tat, wiederholte er die Aufforderung, diesmal aber viel zu laut. Ein junger Mann, vielleicht Ende Zwanzig und mit einem Scheitel, der aussah, als hätte man ihn in den Kopf hineingeschnitten, betrat Schröders Stube und grüßte knapp. Er trug einen schwarzen Anzug, ein weißes Hemd mit einer unaufdringlichen Krawatte und eine schlichte goldene Krawattennadel. Sein Gang war etwas steif, fand Jupp, als der Fremde zu Schröder stakste und ihm die Hand gab.

»Ich bin Bernie!« meinte er vertraut und schüttelte Schröder die Hand, der etwas verwirrt schien.

»Becker!« setzte der Mann hinzu. »Ich glaube, du bist so eine Art Onkel von mir!«

Schröders Gesicht hellte sich auf. »Der Sohn vom Schwiegervater meines Bruders?«

Becker nickte.

»Hallo!« sagte Schröder freundlich. »Was treibt dich her?«

»Hat dir niemand Bescheid gesagt?« fragte Becker.

»Nein, was denn?«

»Ich arbeite beim BKA«, erklärte Becker, »und bin hierhin abgestellt worden, um nach etwas zu suchen!« Dabei schielte er unsicher zu Jupp.

»Du bist ein Bulle?« fragte Schröder ungläubig.

»Beim BKA«, ergänzte Becker knapp.

Es klopfte, und Kunz betrat Schröders Zimmer und wedelte mit einem Fax. »Ähem, Chef, hätt ich fast vergessen. Hier soll 'n Typ vom BKA antanzen und ...«

Kunz stockte, weil Schröder ihn sauer ansah, überreichte ohne weiteren Kommentar das Fax und verschwand. Schröder las und legte dann den Zettel beiseite.

»Willkommen an Bord!« nickte er und stellte Jupp vor.

»Also!« sagte Schröder dann langsam. »Um was geht's?«

Becker sah Jupp mißtrauisch an.

»Schon in Ordnung!« beruhigte der Hauptkommissar. »Herr Schmitz hat uns schon das ein oder andere Mal geholfen!«

Jupp bewunderte wieder einmal, wie frech Schröder lügen konnte, war aber froh, nicht rausgeschmissen zu werden. Das hörte sich zur Abwechslung einmal interessant an. Becker zuckte mit den Schultern.

»Trotzdem möchte ich nicht, daß es morgen in der Zeitung steht. Man kann Journalisten einfach nicht trauen.«

»Bullen auch nicht«, retournierte Jupp.

»Das war gerade eine Beamtenbeleidigung!« stellte Becker fest.

»Bernie, sag einfach, was los ist!« mischte sich Schröder ein.

Bernie Becker war sichtlich nicht wohl bei der Tatsache, daß das, was er zu berichten hatte, nicht geheimste

Polizeisache bleiben konnte. Ein paar Sekunden rang er mit sich, biß nervös auf seine Unterlippe und tippte mit dem Zeigefinger auf dem Oberschenkel herum. Dann entschied er sich. »Also, schon mal was von den Elis-Münzen gehört?«

Jupp und Schröder schüttelten die Köpfe.

»Elis ist eine Landschaft auf der Peloponnes, in der die Stadt Olympia liegt. Wie ihr vielleicht wißt, begannen dort 776 vor Christi Geburt die ersten olympischen Spiele. Die Elis-Münzen stammen hauptsächlich aus dem fünften und vierten Jahrhundert vor Christus und wurden im Tempel der Hera und des Zeus hergestellt. Die üblichen Prägungen zeigen Zeus, Hera oder die Siegesgöttin Nike. Einige dieser sogenannten Elis-Münzen sind sehr selten. Unter diesen Elis-Münzen gibt es eine ganz besondere: Sie ziert auf der Vorderseite ein Adler, der eine Schlange im Schnabel hält. Auf die Rückseite ist der Kopf von Zeus geprägt. Sie zeigt den Göttervater in einer Seitenansicht, er schaut dabei zur linken Seite.«

»Ist es nicht scheißegal, wohin er guckt?« sagte Schröder.

»Nein, ist es nicht. Auch damals waren die meisten Münzpräger Rechtshänder. Und für die war es einfacher, einen Kopf auf einem Prägestempel linksseitig zu schneiden, so daß er beim Druck aufs Metall nach rechts schaut. Daher sind Köpfe, die nach links schauen, seltener als Köpfe, die nach rechts schauen. Kapiert?«

Schröder nickte.

»Gut. Es gibt etwas: Bei dieser Elis-Münze handelt es sich um einen Doppelstater, was nichts anderes heißt, daß er das doppelte Gewicht einer normalen Elis-Münze hat. Im Falle des Adler-Doppelstater sind das ziemlich genau 23,5 Gramm. Die Münze ist aus Silber und trägt die Inschrift: Olumpicot, heißt soviel wie olympisches Gepräge, und die Buchstaben ›FA‹, in einer dorischen Schreibweise, die ein Kürzel für Elis sind. Ansonsten gibt es keine anderen Doppelstatere, sondern nur

Statere, also Münzen mit normalen Gewicht. Das waren keine normalen Zahlungsmittel, sondern sie wurden nur den Olympiasiegern verliehen. Genaugenommen handelt es sich bei dem Doppelstater um keine Münze, sondern eher um eine Medaille. Aber ich will nicht Haare spalten: für die einen ist es eine Münze, für die anderen eine Medaille. Jedenfalls gibt es nur zwei davon auf der ganzen Welt. Beide Münzen sind außergewöhnlich gut erhalten und von hohem Wert.«

»Wie hoch ist der Wert in D-Mark?« wollte Schröder wissen.

»Mal davon abgesehen, daß ein echter Numismatiker, sollte er im Besitz dieser Münze sein, sie niemals verkaufen würde, könnte man auf einer Auktion mit hoher Wahrscheinlichkeit eine halbe Million Mark verlangen.«

»Und?« fragte Schröder.

»Letzte Woche wurde eine dieser Münzen ihrem Besitzer gestohlen. Der Mann heißt Falk von Sassmannshausen und besitzt unter anderem auch ein Ferienhaus in der Eifel, oder besser gesagt, eine Art Lustschloß. Von dort wurde auch die Münze gestohlen, die er dort hinbringen ließ, um sie einigen Sammlern zu zeigen.«

Schröders Miene deutete Erkennen an. »Ach, der. Da würde mich mal interessieren, warum der feine Herr uns nicht angerufen hat, als man ihm die Münze geklaut hat?«

»Ist doch jetzt egal. Jetzt bin ich ja hier, und wir kümmern uns darum.«

Schröder schien das nicht egal zu sein. Er sah richtiggehend beleidigt aus und verschränkte die Arme vor der Brust. »Wenn Sammler so scharf auf dieses Doppeldings sind, dann dürfte der Täter bestimmt unter denen zu suchen sein?«

Becker schüttelte den Kopf. »So schlau waren wir auch schon. Aber alle Sammler, die zu der Ausstellung geladen waren, sind sauber.«

Schröder ließ nicht locker. »Vielleicht hat dieser Sassmannshausen sie verschwinden lassen, um ordentlich Versicherungsgelder zu kassieren?«

»Nein. Von Sassmannshausen ist ein verdammt reicher Mann. Wir haben seine Konten geprüft, und glaub mir, die Zahlen, die da auf der Habenseite stehen, sind bei weitem höher als seine Bankleitzahlen. Der hat einen Versicherungsbetrug überhaupt nicht nötig. Außerdem war er am Abend des Einbruchs bei Freunden zum Essen eingeladen, hat sogar dort übernachtet. Am nächsten morgen hat er den Diebstahl gemeldet.«

»Also gut. Du glaubst also, daß die Münze noch hier irgendwo in der Eifel ist!«

»Ja.«

»Was ist mit der anderen Münze?«

»Die liegt im Goethe-Nationalmuseum in Weimar.«

»Wieso Goethe?« fragte Jupp, der interessiert zugehört hatte.

»Naja, Goethe war zeit seines Lebens ein großer Freund der Numismatik und hat es auf eine beachtliche Münzsammlung gebracht, die im Goethehaus ausliegt. Prunkstück der Sammlung ist diese Elis-Münze.«

»Sieh an, der alte Johann!« murmelte Jupp vor sich hin.

Für einen Moment sagte niemand der Anwesenden etwas. Jupp wartete noch ein paar Sekunden, die er, rein rhetorisch, für nötig hielt, seiner Mitteilung den nötigen Pfiff zu geben.

Dann holte er Luft und sagte:

»Ähm ...«

Wieder klopfte es, was in Jupp Wut aufstiegen ließ, weil es ihm seinen kleinen Auftritt vermasselt hatte.

»Herein!« sagte er herrisch, und Schröder sah ihn verwundert an.

Eine Frau betrat Schröders Zimmer, und Jupp hatte sofort das Gefühl, daß er mit Sabine doch gar nicht so schlecht bedient war. Sie war Anfang Vierzig, trug einen wirklich lächerlichen Pepitahut, und linste über ihre Brille hinweg. Gierig saugte sie an einer Pfeife, paffte graublaue Wölkchen in die Luft, ging mit ausgestreckter Hand zielstrebig zu Schröder und stellte sich vor: »Ich bin die Hermine!«

Schröder sah Jupp fragend an, der aber auch nur mit den Schultern zucken konnte.

»Die Tochter vom Schwiegervater meines Bruders?« erkundigte sich der Hauptkommissar vorsichtig.

»Nein, glaube nicht. Ich heiße Hermine Hühnerbein. Ich dachte, wir einigen uns auf einen vertrauteren Ton, weil wir alle im selben Boot sitzen.«

»Tatsächlich?« entgegnete Schröder gereizt.

»Hm«, machte Hühnerbein und saugte wieder an ihrer Pfeife.

»Was zum Teufel wollen Sie?« Schröder verschränkte die Arme vor seiner Brust und sah sie scharf an.

»Okay, ich arbeite für ein großes Hamburger Nachrichtenmagazin!«

»Hm«, sagte nun Jupp und rieb sich sein Kinn, »wenn das mal nicht der SPIEGEL ist.«

Schröder drehte sich zum Fenster, und Jupp konnte von der Seite sehen, daß er leise kicherte.

»Wer bist du denn?« fragte Hermine.

»Ich bin der Jupp!« sagte Jupp und betonte besonders das *der*, weil er Leute nicht leiden konnte, die ihren Namen grundsätzlich in Verbindung mit dem bestimmten Artikel nannten. Zu seiner Überraschung schlug Schröder jetzt in die selbe Kerbe.

»Ich bin der Schröder!« stellte sich der Hauptkommissar vor und wandte sich wieder Hermine Hühnerbein zu.

»Ich verbitte es mir, geduzt zu werden!« mischte sich Becker ein, bevor Hühnerbein ihn fragen konnte.

»Also, was wollen Sie?« fragte Schröder knapp.

»Ich suche die Elis-Münze!« antwortete Hühnerbein.

»Dann versuchen Sie es mal in einer Bank!« zischte Becker wütend.

Hermine Hühnerbein lehnte sich zufrieden zurück. Jupp sah ihr an, daß sie Beckers Reaktion als Treffer wertete. Ihr Blick schweifte in die Ferne, während sie genießerisch an ihrer Pfeife saugte.

»Schon 'ne Ahnung«, begann sie langsam, »wer dahinter stecken könnte? BND, MAD, CIA oder der Verfassungsschutz und wie diese Jungenclubs alle heißen?«

Schröder legte seinen Kopf auf die Schreibtischunterlage und verbarg ihn unter seinen Armen. »Hier läuft doch 'ne versteckte Kamera, oder?« nuschelte er.

Hermine Hühnerbein klopfte ihre mittlerweile erloschene Pfeife im Aschenbecher aus, steckte sie in eine Manteltasche, kramte eine andere Pfeife heraus und begann, diese zu stopfen.

»Eine Royal Rouge von Stanwell. Mein Lieblingspfeifchen!« erläuterte sie Jupp, der sie anstarrte.

Schröder hob seinen Kopf. »Hören Sie ... Hermine. Wie wär's, wenn Sie einen Spaziergang machen. Draußen ist doch so schönes Wetter. Ich könnte mir vorstellen, daß Sie schon in sechs oder sieben Tagen in Hamburg sind. Was halten Sie davon?«

Hermine zündete schmatzend ihre Pfeife an. »Ah, ich verstehe. Sie denken, ich bin eine Auswärtige, die in die Eifel gekommen ist, um ein bißchen klugzuscheißen. Richtig?«

Schröder sah von Jupp zu Becker und las in ihren Gesichtern die gleiche Antwort. »Richtig!« faßte er zusammen.

»Hab ich mir gedacht«, sagte Hühnerbein ruhig, »das ist typisch für einen Eifler. Bloß keinen von außen ranlassen. Aber ich kann euch beruhigen. Ich bin auch eine Eiflerin!«

Diesmal mußte Jupp wirklich lachen. Auch Schröder schien amüsiert.

»Dat küümt 'ne Driß!« sagte Jupp.

»Was?« fragte Hermine Hühnerbein.

»Merkt man gleich!« übersetzte Schröder falsch.

»Können wir unsere Besprechung jetzt zu Ende führen?« fragte Becker, der seinen Zorn nur schwer unterdrücken konnte.

»Natürlich!« nickte Schröder und musterte Hühnerbein auffordernd.

»Was ist denn jetzt mit der Elis-Münze?« fragte diese hartnäckig.

Schröder überlegte einen Moment, dann nahm sein Gesicht etwas freundlichere Züge an. »Ich werde diesbezüglich eine Pressekonferenz einberufen! Dort werde ich alle Ihre Fragen beantworten!« versprach er.

»Wann?«

Schröder grinste frech. »Lassen Sie mich mal nachdenken. Jetzt ist es Juli, nicht wahr …?«

»Wir sind noch nicht fertig!« sagte Hühnerbein sauer und verließ energisch Schröders Büro.

»Woher weiß die von der Münze? Wir haben nichts davon an die Presse gegeben!« schnaubte Becker wütend.

Schröder zuckte mit den Achseln. »Wir sind hier in der Eifel. Hier gibt es nichts, was irgendwie geheim bleibt, wenn es geheim bleiben soll. Und wenn schon die Tante vom Hamburger Nachrichtenmagazin was davon weiß, dann wissen es alle.«

»Das verstehe ich nicht. Wir hatten von Sassmannshausen doch gesagt, daß er nichts weitergeben soll!« schüttelte Becker den Kopf.

»Hat er wahrscheinlich auch nicht. Aber vielleicht haben es seine Angestellten ihren Freunden und Verwandten erzählt und die wiederum ihren Leuten. Ich schätze, daß so ein Geheimnis keine zwei Tage braucht, um von Euskirchen bis Mutscheidt jeden, der's wissen will, zu erreichen. Sollte er keine Angestellten haben, war vielleicht einer der Numismatiker in der Dorfkneipe und hat was ausposaunt. Dann braucht's auch nur zwei Tage. Selbst wenn niemand irgend etwas gesagt hat, kommt's raus. Dann braucht's vielleicht drei oder vier Tage. Frag mich aber nicht, wie der letzte Fall funktioniert. Ich weiß es nicht, außer daß es so ist, wie es ist. Alles verstanden?«

Becker kratzte sich am Kopf. »Mann, wo bin ich hier bloß gelandet!« murmelte er mehr zu sich selbst.

»Naja!« mischte Jupp sich ein. »Lange brauchen Sie ja nicht hierzubleiben!«

Schröder und Becker guckten neugierig zu ihm herüber.

»Warum?« fragte Becker.

»Weil ich die Münze habe!« erklärte Jupp gleichmütig und amüsierte sich über die erstaunten Gesichter. Schlußendlich war ihm sein kleiner Auftritt doch noch gelungen.

»Wenn Sie mich verscheißern wollen, Herr Schmitz ... Ich hab die Beamtenbeleidigung von eben noch nicht vergessen!«

»Laß das, Jupp!« schimpfte Schröder. »Das ist immer noch ein Bulle, auch wenn er zur Verwandtschaft gehört.«

»Ich hab die Münze aber wirklich!« beharrte Jupp.

»Und woher?« fragte Becker mißtrauisch.

»Gefunden.«

»Wo?«

»Im Gras.«

»Jupp, bitte!« drängelte Schröder. »Das ist nicht Kunz.«

»Also, Onkel. Du wirst heute noch eine Anzeige wegen Beamtenbeleidigung gegen Herrn Schmitz aufnehmen.«

Jupp wandte sich zu Schröder. »Der Unfall gestern auf der B 51. Ich fand die Münze in der Nähe, wo der tote Radler gelegen hat.«

»Du hast 'nem Toten Geld geklaut?« fragte Schröder ungläubig.

»Nein. Ich sagte, ich fand sie in der Nähe. Und außerdem war's 'ne ausländische Münze und kein Geld, klaro?«

»Ist ja auch egal. Wo ist die Münze jetzt?« fragte Becker.

»In der Hose, die ich gestern anhatte. Bei mir zu Hause.«

Becker stand bereits. »Worauf warten wir noch?« drängelte er und huschte zur Tür.

Der BKA-Mann pfiff fast bewundernd durch die Zähne, als er das Chaos in Jupps Wohnung sah.

»Was ist denn hier passiert?« fragte er.

»Jemand hat eingebrochen, aber nichts mitgehen lassen. Schätze, jetzt ist auch klar, warum!« antwortete Jupp und griff nach seiner Hose.

»Mann, Jupp. Biste damit durch 'n Gully geklettert?« fragte Schröder. Jupp betrachtete die Hose, die vor Dreck beinahe allein stehen konnte.

»Ja«, bestätigte er und griff in die Hosentaschen.

»Und?« fragte Becker ungeduldig.

Jupp zuckte zusammen. »Weg!« gab er kleinlaut zu. »Vielleicht liegt sie hier irgendwo auf dem Boden!«

Alle drei fielen fast gleichzeitig auf die Knie und untersuchten ausgiebig den Boden. Aber die Münze blieb verschwunden.

»Und jetzt?« fragte Jupp nach einer halben Stunde.

Becker sah ihn wütend an. »Jetzt!« zischte er gereizt. »Gibt's 'ne Anzeige wegen Beamtenbeleidigung, Sie Pappkopp!«

Dreiundzwanzig Minus

Bernie Becker redete auf der ganzen Rückfahrt zur Polizeiwache kein Wort zu Jupp und auch nicht zu Schröder. Jupp fragte sich, warum Becker so geladen war, denn an der Ausgangssituation hatte sich ohnehin nichts geändert: Die Münze blieb verschwunden, und Becker mußte sie suchen. Allerdings mit Hilfe der Dörresheimer Polizei – ein unglücklicher Zufall, das mußte Jupp zugeben. Vielleicht machte das Becker so zu schaffen, und so bot er Becker an, nach Möglichkeit zu helfen. Aber Becker blieb stumm, was Jupp etwas ungerecht fand.

Zurück in Schröders Büro wollte Becker wissen, wen er für die Suche nach der Elis-Münze haben könne. Schröder wäre gerne Kunz auf diese Art und Weise losgeworden, das war ihm deutlich anzusehen, beschloß aber, ihm drei seiner besten Beamten an die Seite zu stellen, was in zwei Fällen glatt gelogen war, weil es außer Al und Schröder keine Dörresheimer Beamten gab, die irgend etwas wiederfinden würden, es sei denn, es fiele ihnen auf den Kopf. Jupp verabschiedete sich höflich und ging auf den Flur.

Jemand sang: »Ein Suppenhuhn, ein Suppenhuhn, das soll man in die Suppe tun«, nach der Melodie »Der Theodor im Fußballtor«.

Jupp drehte sich um und blickte in das Gesicht von Hermine Hühnerbein.

»Nun, Jupp, wie wär's mit 'ner kollegialen Auskunft?«

»01188!« sagte Jupp und wollte weiter.

»Na, komm schon ...« begann Hühnerbein von neuem.

Schröders Tür flog auf. »Kunz!«

Der Hauptkommissar stand wutschnaubend im Rahmen und spähte an Jupp und Hermine Hühnerbein vorbei. Eine der Türen im Flur öffnete sich vorsichtig, und Kunz' verschrecktes Gesicht wurde sichtbar.

»Was hast du mit dem Computer gemacht, du Hammel!« schrie Schröder.

»Ich, äh ..., es ist nur so ..., ich wollte mal ins Programm schauen, weil ich doch einen Computerkurs gemacht habe und dabei ..., ich weiß auch nicht ..., muß wohl ein falsches Knöpfchen erwischt haben!«

Schröder stand mit geschlossenen Augen und geballten Fäusten im Türrahmen. Es war ziemlich leicht zu erraten, was dem Hauptkommissar gerade durch den Kopf ging, fand Jupp. Auf jeden Fall hatte es etwas mit Blut und unverhältnismäßiger Gewalt zu tun.

»Das ganze System ist abgeschmiert!« preßte Schröder hervor.

»Uiuiui!« hüstelte Kunz verlegen.

Schröder öffnete seine Augen und sah Kunz fast freundlich an. »Wie wär's, wenn du jemanden anrufst, der's repariert?« fragte er sanft.

Kunz nickte eifrig. »Sie wissen nicht zufällig, wo ich anrufen könnte?«

»Oh, natürlich!« rief Schröder immer noch freundlich, verschwand in seinem Büro, ließ die Tür offen, erschien wenige Sekunden später wieder im Türrahmen und nestelte an der Tasche mit seiner Dienstwaffe. »Einen Moment, ich muß nur gerade die Nummer heraussuchen!«

Kunz hatte die Tür seines Büros sehr leise geschlossen, als Schröder seine Pistole endlich hervorgekramt hatte und wieder aufblickte. Hermine Hühnerbein hatte die Szene entsetzt beobachtet.

»Ist nicht geladen!« gab Schröder Auskunft. »Leider.« Dann verschwand er wieder und schlug seine Tür so heftig zu, daß es im ganzen Flur nachhallte.

»Ist das hier immer so?« fragte Hermine Hühnerbein.

Jupp reagierte nicht darauf, wünschte Hühnerbein noch einen schönen Tag und verschwand, bevor sie ihn weiter mit Fragen nerven konnte.

In der Redaktion wartete bereits ein zappelnder Herbert Zank, der nur wenig darüber erfreut war, daß er der einzige gewesen war, der pünktlich zum Dienst erschien. Er hatte ein hübsches Veilchen, und Jupp ließ es sich nicht nehmen, ein paar stichelnde Bemerkungen zu machen. Zank behauptete, daß es die Folge eines gewaltigen Sturzes, Jupp behauptete, daß es die Folge eines gewaltigen Schwingers seiner Frau war, was Zanks Adern gewaltig anschwellen ließ. Zank stellte fest, daß niemand schnell genug sei, ihn – einen ehemaligen Kreismeister im Mittelgewicht – zu treffen, da könne er selbst auch noch so betrunken sein. Jupp mußte lachen und erklärte, daß jeder treffen würde, abgesehen von hundertjährigen Greisen und Kindern unter zwölf Jahren. Zank krempelte sich gerade die Ärmel hoch, als es an der Tür klopfte.

Al trippelte an Jupp und Zank vorbei in die Redaktionsräume und zerrte dabei eine Frau hinter sich her.

»Ich muß euch was mitteilen!« sagte er und freute sich wie ein Neunjähriger, der statt der obligatorischen Sechs mit einer Vier minus aufwarten konnte.

»Was?« fragte Jupp, der hinter Al in sein kleines Büro gelatscht war.

»Olga und ich werden heiraten!«

Es entstand eine ziemlich peinliche Pause, weil Jupp mit einer Vier-minus-Nachricht gerechnet hatte, jetzt aber im Geiste eine neue Bewertungsskala in Schulnoten errechnete, die einer Dreiundzwanzig-Minus-Nachricht Platz machte. Zank beschränkte sich darauf, gedankenverloren in der Nase zu popeln.

»Was sagst du?« fragte Al glücklich.

»Dreiundzwanzig!« antwortete Jupp seufzend.

»Hä?«

»Minus«, ergänzte er.

»Versteh ich auch nicht!« meinte Zank, der mit dem Popeln fertig war.

»Also, bitte! Was sagst du?«

Das Telefon klingelte, wofür Jupp dankbar war, weil es ihm etwas Zeit gab, nach einer höflichen Antwort zu suchen. Er musterte Als Braut, während er zum Hörer griff. Rosa Lippenstift konnte er nicht leiden, tiefbraune, von der Sonnenbank malträtierte Haut auch nicht, zwei Pfund Goldklunker sowieso nicht, Neonleggins gleich gar nicht. Nette Augen, wie er fand, auch ihre Brüste schienen recht hübsch zu sein – insgesamt aber eher unsympathisch.

»Schmitz, *Dörresheimer Wochenblatt*!«

»Nettekove hier! Sie wollten mich sprechen?« donnerte es durch die Muschel. Jupp kramte in seinem Gedächtnis, woher zum Teufel Heinz Nettekove, seines Zeichens Vorsitzender der *IG Glaube, Sitte, Heimat*, des Schützenvereins und noch ein paar anderer Vereine, wußte, daß er mit ihm sprechen wollte.

»Ja, stimmt«, sagte Jupp, »kann ich Sie zurückrufen?«

»Hm!« machte Nettekove. »Schlecht. Wissen Sie, ich hab viel zu tun. Paßt mir eigentlich nicht so gut!«

Immerhin Zeit genug, einen Vertreter der Presse selbst anzurufen, damit auch ja der eigene Name im Blatt steht, verdammter Wichtigtuer, dachte Jupp ärgerlich.

»Na, gut«, seufzte Jupp, »eine Sekunde bitte!« Dann drückte er auf die Stummtaste und sah Al an.

»Wie lange, sagtest du, seid ihr jetzt zusammen?«

Al rechnete im Geiste nach. »Drei Wochen«, antwortete er, »ähem ... und zwei Tage.«

Das machte ein Minus für jeden der dreiundzwanzig Tage.

»Wenn das so ist, mein Junge«, grinste Zank ironisch und griff nach Als Hand, »herzlichen Glückwunsch! Wie wär's, wenn du mir deine Braut vorstellst?«

»Also«, sagte Al beinahe feierlich, »das ist Olga Pryczil.. Prrs ... ähem, wie dem auch sei, sie wird sowieso Meier heißen – nach unserer Heirat. Sie wohnt noch nicht lange in Dörresheim. Um genauer zu sein, ist sie erst seit ein paar Wochen in Deutschland. Sie kommt aus einem Dorf in der Nähe von Warschau. Den Namen kann ich leider auch nicht aussprechen, ist ja auch egal. Sie hat keine Verwandten oder Geschwister, und die Eltern sind beide tot.«

»Und wo habt ihr euch kennengelernt?«

»Auf dem Schützenfest vor drei Wochen.«

»Frag ihn mal, wie sie sich so verständigen!« murmelte Jupp mürrisch zu Zank.

»Naja, ihr Deutsch ist nicht so toll ...«

» ... dafür ist dein Polnisch ja erstklassig!« nörgelte Jupp.
»Aber sie kann etwas englisch!« triumphierte Al.
»Frag ihn mal was, was sich nicht mit ›yes‹, ›no‹ oder ›thank you‹ beantworten läßt!« forderte Jupp Zank auf.
»Sie können dem Schwachkopf hinter dem Tisch sagen, daß Olga zum Glück nicht soviel redet wie Sabine!«
Zank drehte sich wieder zu Jupp, aber der drückte auf die Stummtaste seines Telefons.
»Eigentlich brauche ich von Ihnen nur ein Statement zur Eröffnung des Dörresheimer Puffs, Herr Nettekove!«
»So ein Haus, das muß hier einmal gesagt werden, verstößt gegen jedes Schamgefühl eines anständigen Bürgers. Vor allem ist so ein Sündenpfuhl ...«
Jupp schaltete auf Außenlautsprecher, hielt mit einer Hand die Muschel zu und sah Zank an.
»Fragen Sie ihn mal, wo Olga so arbeitet!«
Zank sah Al auffordernd an. »Ich soll dich fragen, wo Olga denn so ...«
»Ich hab's schon beim ersten Mal verstanden!« fuhr Al dazwischen.
»Und?«
»Sie ist, ähem, rechte Hand, ähem ...«
» ... ein schamloser Mensch, ja, der Teufel persönlich hat sich da bei uns eingenistet. Der Teufel und seine Dämonen in Form von wohlgewachsenen, verwerflichen Weibern ...« plärrte Nettekove durch den Lautsprecher.
»Sie arbeitet für, ähem, ...«
»Sie sollen rechtschaffene Ehemänner vom Pfad ...«
»Sie arbeitet für ... sag mal, kannst du diesen Schwachkopf nicht abstellen?«
Jupp tat ihm den Gefallen.
»Detras.«
»Wie?« Herbert Zank riß die Augen auf. »Du meinst, ich könnte mit deiner Frau ...?«

»Nein!« fuhr Al ihn an. »Nicht so! Sie ist zweite Geschäftsführerin und arbeitet dann und wann hinter der Theke!«

»Natürlich!« Jupp lehnte sich zurück und verschränkte seine Arme vor der Brust.

»Genau!« zischte Al. »Sie hat's mir versichert!«

»Auf polnisch oder auf englisch?«

»Jedenfalls glaube ich ihr. Und damit basta!« sagte Al mürrisch.

Jupp griff wieder zum Telefonhörer.

»Wir werden nicht ruhen, bis dieser Schandfleck wieder verschwindet! Das können Sie so schreiben!«

»Danke fürs Statement!« antwortete Jupp und legte auf, bevor ihm der vielbeschäftigte Heinz Nettekove ein Gespräch aufzwingen konnte.

»Wenn er ihr glaubt, dann glaubt er ihr!« mischte sich Zank ein.

»Halten Sie die Klappe! Das hier ist so eine Art Familiengespräch!« herrschte Jupp Zank an, der ihm beleidigt erwiderte, daß er ihn schon noch kriegen würde, und wegschlich.

»Was soll 'n das, Jupp? Du bist doch sonst nicht so scheiß konservativ!« fragte Al.

»Ich weiß auch nicht, Al. Ich hab kein gutes Gefühl bei deiner Wahl. Außerdem brauchst du sie doch nicht gleich zu heiraten. Ihr könnt doch erstmal 'ne Weile zusammen wohnen!«

Jupp vermied es, Olga anzusehen, wenn er über sie sprach.

»Du mußt reden. Und was ist mit Sabine? Sieht irgendwie auch nicht nach dem großen Wurf aus, oder?«

Jupp schwieg.

»Wann willst du denn heiraten?« fragte er nach einer Weile.

»Am Samstag ist Polterabend!«

»Oh, Mann. Nur noch vier Tage.«

»Kommst du?« fragte Al.

Jupp stand auf und drückte Als Hand. »Herzlichen Glückwunsch, Kumpel!«

Al grinste glücklich. Dann wandte Jupp sich zu Olga und gratulierte auch ihr. Sie nickte schüchtern und schenkte ihm ein Lächeln, das Jupp trotz aller Vorbehalte sympathisch fand.

Ein bißchen Schmu

Mißmutig tippte Jupp an dem Artikel über die geklaute Elis-Münze herum. Er hatte ziemlich schlecht geschlafen, was teilweise an einer leidigen Diskussion mit Sabine lag, in erster Linie aber daran, daß ihm Als Heiratspläne nicht aus dem Kopf gingen. Dreiundzwanzig Tage schwirrten ihm durch den Kopf – dreiundzwanzig Tage mit einer Semiprofessionellen. Das machte ihm zu schaffen.

Er fabulierte etwas über die mysteriöse Münze, löschte zweimal die Zahl dreiundzwanzig, die er versehentlich mit in den Text gehämmert hatte, und griff nach dem Telefon.

»Schröder?« hörte er in der Muschel.

»Jupp hier. Was macht der Computer?«

»Totalabsturz.«

»Sieh's positiv. Noch hat Kunz niemanden verletzt.«

»Ach, ja? Schon den Unfall vergessen? Und es dürfte nur eine Frage der Zeit sein, wann es einen von uns erwischt.«

»Mal was anderes. Dieser von Sassmannshausen ... Weißt du, wo der wohnt?«

»Hör mal. Du weißt doch, daß Bernie keine Presse drinhaben will.«

»Ach, komm, spinn nicht rum. Hier läuft irgendwo eine Tante vom Spiegel herum und weiß von der Münze. Wenn die es schon weiß, wem, bitte schön, erzähl ich denn was Neues, wenn ich es veröffentliche?«

Schröder schwieg einen Augenblick.
»Du hältst mich aber auf dem laufenden?« fragte er.
»Ja.«
»Also, dieser Sassmannshausen besitzt so ein kleines Lustschloß in der Nähe des Michelsberg oberhalb von Marlberg. Da, wo die Kinder im Winter Schlitten fahren. Ist fast der selbe Weg. Wenn du da oben bist, siehst du den Kasten schon.«
»Danke. Brauchst Becker ja nichts davon zu sagen.«
»Schon gut. Tschüs.«
Jupp legte auf, schnappte sich seine Kamera und machte sich auf den Weg. Zank nörgelte herum, daß er sich ständig in der Weltgeschichte herumtreiben würde, statt wie er in der Redaktion seinen Dienst zu tun. Jupp wußte, daß Zank genau deswegen übellaunig war.

Käues stand wie immer in der Frittenbude, die bereits in dritter Generation dem Büllesfeld-Clan ein einträgliches Auskommen bescherte. Und wie es Büllesfeld-Tradition war, würde er die Frittenbude an seinen ältesten Sohn weitergeben. Aber genau das machte seiner Familie etwas Sorgen: Er war immer noch nicht verheiratet, eine Kandidatin war auch noch nicht in Sicht, weil Käues die geselligen Abende damit verbrachte, neue Rekorde in Trinkspielchen aller Art aufzustellen.

Jupp parkte seinen Käfer vor der Bude und war immer noch in Gedanken. Er fragte sich ernsthaft, ob Lollida auch irgendwo mal an einer Theke in einem Laden namens *Lolas* gearbeitet hatte. Er konnte es sich nicht vorstellen. Dann hätte Lodda sie unter Umständen da kennengelernt. Und der Kapitän der deutschen Nationalmannschaft in so einem solchen Haus ...?

Jupp seufzte.

Jedenfalls hätte er dort nicht Lollida kennengelernt, eher schon Olga Prycz ... Prrs ... wie auch immer.

»Was gibt's Neues, Schnüffler?« fragte Käues, der nie etwas anderes fragte, wenn er Jupp sah.

»War Al bei dir?«

»Nö, noch nich. Warum?«
»Er will heiraten.«
Käues sah Jupp fragend an. Es war ihm deutlich anzusehen, daß er darüber nachdachte, wen Al heiraten wollte. »Ich komm nicht drauf. Wen will er denn so heiraten?«
Jupp sah Käues genervt an.
»Nein!« rief Käues überrascht.
Jupp nickte und bestellte Currywurst komplett. Käues drehte sich um und säbelte nachdenklich an einer Bratwurst herum.
»Darf er das überhaupt?«
»Hm?«
»Ich meine, er ist doch 'n Bulle un sie ist 'ne Professionelle. Darf er die denn überhaupt ... heiraten?«
»Er sagt, sie würde nur Theke machen und ein bißchen beim Geschäftsführen helfen. Außerdem darf auch 'n Bulle heiraten, wen er will.«
»Mann, is das 'n Ding!« murmelte Käues nachdenklich und servierte die Wurst. »Bist nicht gerade begeistert, was?!«
Jupp schüttelte den Kopf.
»Naja, wenn du Ahnung von Frauen hättest, könnten wir ja 'nen Schlachtplan entwerfen, wie wir die Heirat verhindern. Aber so ...!«
»Käues«, sagte Jupp langsam, »halt einfach die Klappe!«
Lustlos kaute Jupp auf der Wurst herum, und Käues bediente die Kundschaft. Als Jupp fast fertig war, fragte ihn Käues, wann Al heiraten wolle.
»Am Samstag ist Polterabend!«
»Das ist ja spitze!« jubelte Käues. »Endlich noch mal was los!«
Jupp zahlte seufzend. Wahrscheinlich machte er sich unberechtigterweise Sorgen.

Das Seitenfenster des Käfers war heruntergedreht, und Jupp klopfte den Rhythmus eines flotten Rock 'n' Roll, der aus seinem billigen Radio plärrte, von außen an seine Fahrertür. Langsam, aber sicher besserte sich seine Laune. Für einen Moment vergaß er, daß er gerade an Bad Münstereifel vorbeituckerte und stellte sich vor, auf der Route 66 irgendwo im Süden der USA herumzugondeln. Alles stimmte: strahlend blauer Himmel, trockene Hitze, wenig Verkehr auf der B 51, oder besser: auf der Route 66, und scharfe Musik aus dem Radio. Ein Trecker, in den er beinahe hineingefahren wäre, brachte ihn zurück in die Eifel. Sein Käfer stand quer auf der Eicherscheider Dorfkreuzung und sprang nicht mehr an, weil er ihn bei der Vollbremsung abgewürgt hatte. Der Bauer auf dem Trecker schrie wütend, der Mercedes mit Kölner Kennzeichen hinter ihm hupte penetrant, und Jupp hatte Lust, das Radio laut und den Sitz nach hinten zu drehen.

Jupp mußte aussteigen und schob den Wagen keuchend von der Kreuzung. Der Mercedes hupte noch mal lange, als er an ihm vorbeifuhr.

Eine Viertelstunde später und hundert Meter weiter sprang der Käfer wieder an. Jupp war mittlerweile schweißüberströmt und fluchte auf den strahlenden Himmel und über die trockene Hitze, die dieser Julitag der Eifel bescherte.

Jupps Käfer quälte sich den steilen Anstieg ins kleine Marlberg hoch. Er folgte dem Weg zum Michelsberg und sah kurz darauf das Schloß des Falk von Sassmannshausen.

Jupp staunte nicht schlecht über das kleine Anwesen, das erhaben über dem kleinen Marlberg lag, umsäumt von dichten Sträuchern und hohen Eichen. Durch das Grün konnte er das jahrhundertealte Gemäuer sehen, zwei sehr schmucke Türmchen an den Flanken des Hauptgebäudes. Die Fenster und auch das Dach waren neu, aber sehr geschmackvoll der Ehrwürdigkeit der kleinen Burg angepaßt worden. Die Burg bildete ein nach vorne offenes Quadrat, der Eingangsbereich war hübsch, aber nicht protzig. Jupp fuhr auf den Vorhof der Burg, der mit weißem Kiesel ausgelegt war. Sollte der Graf ein Auto besitzen, dann stand es nicht vor dem Haus. Jupp ärgerte sich, nicht angerufen zu haben. Das Gebäude kam ihm verlassen vor.

Er parkte seinen Käfer in respektvoller Entfernung zum Eingang, packte seine Kamera und ging zur Tür. Während er schellte, fragte er sich, wer eigentlich so beknackt gewesen war, so ein wunderbares Schlößchen mitten in diese Einöde zu bauen. Vor ein paar hundert Jahren dürfte in Marlberg noch weniger los gewesen sein als heute, nur mit dem Nachteil, daß man damals keine Autos hatte, um die unwirtliche Eifel für einen Ausflug zu verlassen. Jupp beschloß, von Sassmannshausen zu fragen, falls er da war. Allerdings würde er das Wörtchen ›beknackt‹ weglassen. Vielleicht stammte der Bauherr ja aus der Familie.

Jemand öffnete. Jupp hatte einen waschechten Butler erwartet, und offensichtlich stand auch ein waschechter Butler vor ihm. Er schätzte ihn auf sechzig Jahre, eher etwas älter. Sein Haar war grau und gut geschnitten. Er stand etwas steif, fand Jupp, eine Hand auf seinem Rücken. Seine Augen waren bemerkenswert blau, seine Gesichtszüge nicht besonders auffallend – weder freundlich noch unfreundlich. Der Butler räusperte sich kurz. Seine Stimme war tiefer, als Jupp es erwartet hatte.

»Bitte?« fragte er.

»Guten Tag. Meine Name ist Schmitz. Ich bin Redakteur des *Dörresheimer Wochenblatt*s. Kann ich mit Falk von Sassmannshausen sprechen?«

»Sie sind angemeldet?«

»Ich fürchte nicht. Aber vielleicht kann ich Herrn von Sassmannshausen etwas mitteilen, was ihn interessiert!« sagte Jupp und fragte sich selbst, was das wohl sein könnte.

Der Mann musterte ihn kurz und trat dann zur Seite. »Wenn Sie bitte vortreten möchten!«

Alles in dieser kleinen Burg schien uralt und erstklassig erhalten zu sein. Von der kleinen Eingangshalle führte eine alte Steintreppe nach oben. Rechts davon stand eine alte Ritterrüstung. Sie schritten auf einem roten Läufer auf eine schwarze doppelflügelige Tür zu.

Dahinter befand sich ein großer Saal. Auch hier Ritterrüstungen. Ein paar Schaukästen mit Münzen, kein Teppich. Ein großer Holztisch und vier Stühle; in einer Ecke des Raums standen eine Couch und zwei Sessel aus Leder. Es war dunkel, obwohl es erst früher Nachmittag war. Jupp schaute zu den Fenstern. Offensichtlich lag der Saal an der Nordseite. Aber selbst wenn er woanders gelegen hätte, wäre es wohl nicht heller gewesen. Die Fenster waren verhältnismäßig klein, die Fensterbänke wenigstens einen Meter breit.

»Soll ich etwas Licht machen?« fragte der Butler, und Jupp erschrak ein wenig, weil er so in Gedanken war.

»Von mir aus nicht.«

»Setzen Sie sich, bitte!« forderte der Mann und machte eine einladende Geste mit der Hand. Jupp folgte ihm zur Ledergarnitur. Sie setzten sich, und Jupp legte seine Kamera neben sich.

»In was für einer Angelegenheit wünschen Sie Herrn von Sassmannshausen zu sprechen?«

»Ist er denn zu Hause? Ich sah kein Auto vor dem Anwesen!«

»Herr von Sassmannshausen besitzt zwar einige Autos, hat aber selbst keinen Führerschein. Er bestellt sich ein Taxi, wenn er sein Haus verlassen will.«

Jupp sah den Mann an, dann lächelte er überlegen.

»Warum lächeln Sie?« fragte der Mann.

»Weil sein Butler mit Sicherheit ein eigenes Auto hätte, um nach Hause zu fahren. Ich glaube nicht, daß Sie auf so einer kleinen Burg mit einem Butler zusammenleben wollten.«

»Touché, Herr Schmitz! Also, was kann ich für Sie tun?«

»Ich bin sicher, daß Sie das schon längst wissen!« gab Jupp zurück.

Falk von Sassmannshausen lehnte sich entspannt zurück und beobachtete Jupp genau. »Sie sind geschickter als Ihre Kollegin aus Hamburg.«

»Tatsächlich?«

»Ja. Sie war in Begleitung eines Herrn hier. Sie sahen wie Touristen aus und interessierten sich für das Schlößchen. Anfangs.«

»Dann lenkte sie das Gespräch auf Ihre schöne Münzsammlung, schwärmte nachdenklich von einer besonderen Münze und fragte Sie, ob Sie sie kennen würden. Sie wurden mißtrauisch, worauf sie sich als Journalistin zu erkennen gab. So ungefähr?« fragte Jupp.

»Sie kennen sie?«

»Nein!« sagte Jupp. »Nicht wirklich.«

»Sie sagten, daß Sie etwas von Interesse für mich haben?« fragte Sassmannshausen.

»Nein, eigentlich nicht. Ich hatte Ihre Münze, aber man hat sie mir wieder gestohlen.«

»Schade«, sagte Sassmannshausen tonlos.

»Ja, jemand hat sich sehr viel Mühe gegeben, sie in meiner Wohnung zu finden. Fast nichts blieb heil.«

»Offensichtlich bringt die Münze nichts als Unglück.«

»Wie wird man eigentlich Münzsammler?« fragte Jupp.

»Wie wird man Briefmarkensammler? Ich weiß es nicht. Irgendwann fängt man damit an. Bei mir war das vor dreißig Jahren.«

»Verzeihung, ich war etwas unpräzise. Was macht die Leidenschaft beim Sammeln alter Münzen aus?«

Sassmannshausen dachte nach. »Eine gute Frage. Ich glaube, etwas in der Hand zu halten, was vor vielen hundert, vielleicht sogar tausend Jahren geprägt wurde. Etwas zu besitzen, was selten geworden ist. Vielleicht sogar so selten, daß es einmalig ist oder so rar, daß es von vielen begehrt wird. Ja, ich glaube, es ist die Möglichkeit des Besitzens, der die Leidenschaft ausmacht. Jedenfalls bei mir.«

»Lohnt es sich als Geldanlage?«

»Manchmal. In den siebziger Jahren erlebte die Numismatik einen erstaunlichen Boom, was die Preisentwicklung seltener Münzen betrifft. Es wurden höchste Preise bezahlt, selbst für Münzen, die nicht ganz so begehrt waren. Einen echten Sammler jedoch interessiert allenfalls der Kauf, niemals der Verkauf von Münzen.«

»Haben sich die Preise denn wieder normalisiert?«

»Im großen und ganzen, ja. Aber unter den Sammlern gibt es einen guten Spruch: Eine Münze ist genauso viel wert, wie ein Narr bereit ist, dafür zu zahlen.«

»In Ihrem Fall gäbe es genügend Narren, die viel Geld für Ihre Münze zahlen würden?«

»Ja.«

»Und vielleicht sogar den einen oder anderen, der nicht dafür zahlen würde?«

»Sie meinen jemanden, den ich kenne?«

»Ja.«

»Wie kommen Sie darauf?« fragte Sassmannshausen.

»Zwei Dinge: erstens die Leidenschaft, die Sammlern offensichtlich anhaftet, und zweitens wurde Ihre Münze hier gestohlen, nicht wahr? Ich nehme an, Sie bewahren sie normalerweise in einem Banksafe auf?«

Falk von Sassmannshausen rieb sich nachdenklich das Kinn. »Nein, ich glaube nicht, daß es ein Sammler war. Das sind ehrenwerte Herren. Ich lege für jeden einzelnen meine Hand ins Feuer. Außerdem wurde sehr professionell eingebrochen. Die Polizei steht vor einem Rätsel, wie man so schön sagt. Die Alarmanlage wurde nicht beschädigt, gab aber auch keinen Alarm. Es gibt keine Fingerabdrücke, keine Beschädigungen, außer einem Loch im Glaskasten, in der die Münze neben vielen anderen, nicht so wertvollen Münzen, lag. Ich hielt es für eine gute Idee, die Münze zu den anderen zu legen, weil ich hier keinen Safe habe.«

Jupp nickte und schaute zum Fenster heraus. »Ein schönes Fleckchen hier. Wann haben Sie die Burg gekauft?«

»Gar nicht. Sie wurde von einem meiner Vorfahren gebaut. Interessieren Sie sich für die Geschichte?«

»Nur für die schwarzen Schafe in Ihrer Familie. Falls es sie gibt.«

Sassmannshausen lächelte. »Nein. Keine Piraten, Wegelagerer, Raubritter oder bösartige Feudalherren. Nur langweilige Ehrenleute.«

»Wie schade!« meinte Jupp. »Trotzdem etwas seltsam, daß Ihr Vorfahr hier oben eine Burg bauen ließ, oder?«

»Vielleicht, aber wie Sie wissen, war Deutschland viele Jahrhunderte in kleinste Grafschaften zersplittert. Da war es fast egal, wo die Burg stand. Denn wo die Burg stand, war das Zentrum. Und die Bauern siedelten sich in ihrer Nähe an, um für den Landesherren die Felder zu bestellen.«

»Jemand von hier bestellt Ihnen den Haushalt?«

»Ja, eine Frau aus Marlberg putzt hier dreimal die Woche und füllt den Kühlschrank. Ein Gärtner kümmert sich im Sommer um die Pflanzen. Sonst gibt es keine Angestellten.«

»Kochen Sie selbst?«

»Ich weiß mir zu helfen!« gab Sassmannshausen bescheiden zurück. »Unglücklicherweise bin ich aber ein unhöflicher Gastgeber. Darf ich Ihnen etwas anbieten?«

»Ein Wasser wäre nett!« antwortete Jupp.

Behende sprang Sassmannshausen aus dem Sessel und verschwand. Der Mann schien noch erstaunlich viel Kraft zu haben. Schon wenige Momente später kam Sassmannshausen zurück und servierte zwei Glas Wasser auf einem Silbertablett. Beide tranken. Dann stand Jupp auf und schlich um die Ausstellungskästen.

»Sie sehen sehr hübsch aus!« sagte er und hob seinen Blick von den Münzen zu Sassmannshausen.

»Der Kasten, den Sie suchen, steht dort hinten in der Ecke!« erklärte Sassmannshausen und zeigte ihm die Richtung. »Allerdings habe ich das Glas mit dem Loch nicht mehr. Das BKA hat es.«

Jupp beugte sich über den Kasten und stierte hinein. Er entdeckte in der oberen, linken Ecke eine Münze mit einem Adler, der eine Schlange im Schnabel hielt.

»Ein Galvano?« fragte er Sassmannshausen.

»Sieh mal einer an!« sagte Sassmannshausen, der unbemerkt hinter ihn getreten war. »Ich gratuliere!«

»Tatsächlich?« fragte Jupp unschuldig.

»Ja. Erst ein bißchen Schmu, fast belanglos. Und dann offenbart sich hinter dem unschuldigen, ja fast tumben Äußeren ein Fachmann. Die Überraschung ist auf Ihrer Seite, und schon können Sie den Moment nutzen, wieder ein paar Fragen hinterher zu schieben. So ist es doch, nicht wahr?«

»Ich weiß gar nicht, wovon Sie reden. Ich bin doch gar kein Fachmann!« empörte sich Jupp.

»Nun, fragen Sie schon. Ich werde Ihnen wahrheitsgemäß antworten.«

»Kann man mit einem Galvano einen Fachmann täuschen?«

»Nein.«

»Mit einer richtigen Fälschung?«

»Nein.«

»Die Münze ist gegen Diebstahl versichert?«

»Ja.«

»Wie hoch?«

»Auf ihren Schätzwert: rund 500.000 Mark.«

»Sie haben das Geld bereits?«

»Ja. Ich muß es zurückgeben, wenn die Münze gefunden wird.«

»Ist es nicht seltsam, daß der Dieb das Galvano nicht mitgenommen hat? Nur ein Fachmann weiß, daß so eine Münzkopie das falsche Gewicht und einen hohlen Klang hat. Ein Laie hätte doch sicherheitshalber beide Münzen mitgenommen, nicht wahr?«

»Das glaube ich auch.«

Sie setzten sich wieder in die Garnitur. Jupp griff nach seiner Kamera.

»Werden Sie gerne fotografiert?« fragte er.

»Nein, aber bei Ihnen mache ich eine Ausnahme. Wo soll ich mich hinsetzen?«

»Bleiben Sie ruhig sitzen!« antwortete Jupp und schaltete den Blitz ein. »Ich mache ... nanu?« Jupp sah auf die Rückseite seiner Canon und runzelte die Stirn.

»Was ist?« fragte Sassmannshausen.

»Kein Film drin. Ich hätte schwören können, daß einer drin war.«

»Also, doch kein Foto?«

Jupp griff in seine Hosentasche und zückte ein schwarzes Röhrchen. »Pech gehabt. Ich hab natürlich Ersatz!«

»Natürlich!« amüsierte sich Sassmannshausen.

Dann linste Jupp durch den Sucher und fixierte den Autofocus an Sassmannshausens Auge. Der Blitz flammte auf, und Jupp suchte sich eine andere Perspektive.

»Was machen Sie eigentlich beruflich?« fragte er und visierte wieder Sassmannshausens Kopf an.

»Ich lebe von meinem Vermögen, bilde mich, sammle und werde von Freunden manchmal in geschäftlichen Dingen um Rat gefragt.«

»Das Leben eines Dandys?«

»Nicht ganz. Dazu bin ich etwas zu alt. Aber früher war das wohl so.«

»Ist wohl manchmal etwas langweilig?«

»Ja, manchmal.«

»Sie meinen so langweilig, daß ich, sagen wir, Lust hätte, die Polizei auf Trab zu halten?«

Jupp grinste und drückte auf den Auslöser. »Ich glaube, Sie machen sich ganz gut auf den Fotos!«

»Ich glaube, Sie verstehen genug von Ihrem Handwerk, daß ich im rechten Licht dastehe!«

»Naja!« sagte Jupp. »Hoffentlich erwarten Sie nicht zuviel von mir!«

Der Blitz flammte auf, und Sassmannshausen lächelte wieder. Recht listig, wie Jupp fand.

Eine cholerische Leiche

Jupp setzte sich wieder in seinen Käfer. Um die kleine Burg beneidete er Sassmannshausen ehrlich.

Von Sassmannshausen war also zu reich für einen Versicherungsbetrug, hatte Becker gesagt. Außerdem würde er sich niemals von einem kostbaren Stück trennen wollen. Da war sich Jupp sicher. Daß Sammler ihre liebsten Stücke nicht so ohne weiteres hergaben, hatte ihm auch der Geschäftsführer einer großen Münzhandlung erklärt, den Jupp vor dem Gespräch mit Sassmannshausen angerufen hatte, um sich ein bißchen kundig zu machen. Trotzdem wurde Jupp das Gefühl nicht los, daß Sassmannshausen den Verlust seines Prunkstücks mit sehr viel Gleichmut ertragen hatte. Das schien im Widerspruch zu seiner Sammlerleidenschaft zu stehen. Die Möglichkeit des Besitzens macht die Leidenschaft aus, hatte er gesagt.

Die Möglichkeit ...

Sollte er doch soviel Langeweile gehabt haben, daß er die Polizei etwas auf Trab gebracht hatte? Ein Spielchen mit den Ermittlern, vielleicht nur um zu sehen, ob er damit durchkommt? Und wie ginge es weiter? Für den Fall, daß er die Münze selbst gestohlen hatte, konnte es ihm doch nicht genügen, nur abzuwarten, ob ihn die Polizei oder die Versicherung in Verdacht bekommen würde. Ein Mann mit seiner Intelligenz würde sich ein hieb- und stichfestes Alibi besorgen. Oder etwa nicht?

Aber was wäre, wenn der Radler die Münze bei sich gehabt hätte? Das würde heißen, Sassmannshausen wäre doch beklaut worden. Doch, was sollte der Radler mit der Münze? Die Münze wurde letzte Woche geklaut. Und so ein Beutestück steckt man sich nicht in die Hosentasche, fährt damit herum und läßt sich in einen lächerlichen Unfall verwickeln. Nein, das konnte es nicht sein.

Die Münze hatte dort im Gras gelegen. Die Frage war, wie sie dorthin gekommen war.

Jupp beschloß, die Taxiunternehmen anzurufen, um zu prüfen, ob Sassmannshausen an dem Tag des Unfalls unterwegs gewesen war.

Die Möglichkeit ...

Selbst wenn er erwischt würde, käme er wohl nicht ins Gefängnis. Ein guter Anwalt könnte eine Geldstrafe erwirken, die der Burgherr quasi aus der Portokasse zahlen würde. Aber es würde seinem gesellschaftlichen Ruf schaden, obwohl Jupp fand, daß Sassmannshausen nicht den Eindruck machte, als würde er sich einen feuchten Scheiß darum kümmern.

Wenn ihm aber tatsächlich die Münze gestohlen worden war, wenn Jupp ihn zu Unrecht verdächtigte? Aber warum hatte die Alarmanlage nicht funktioniert, warum gab es überhaupt keine Spuren? Und warum hatte der Dieb nicht das Galvano mitgehen lassen? Das konnte nur heißen, ein Fachmann hatte die Münze geklaut. Aber die brechen nicht so professionell in Häuser, falls sie überhaupt zu einem Verbrechen fähig waren. Jupp stellte fest, daß das alles keinen Sinn ergab.

Herbert Zank meckerte herum, wieso er erst jetzt in die Redaktion zurückkommen würde. Jupp schenkte ihm nur wenig Beachtung, was Zank natürlich auf die Palme brachte. So gerieten sie einmal mehr in die üblichen Streitereien, die sie normalerweise bis zum Feierabend eines langweiligen Julitages mit Inbrunst pflegten. Plötzlich bemerkte Zank, daß irgendwie einer zuviel in der Redaktion war.

»Wie zum Teufel kommen Sie hier rein!« herrschte er jemanden an, den Jupp nicht sehen konnte, weil er hinter dem Türrahmen stand. Er hörte auf, in seinem Stuhl hin und her zu wippen, nahm die Füße von seinem Schreibtisch, setzte sich gerade hin und beobachtete neugierig Zanks Kopf, der diesen Jemand hinter der Wand ansprach.

»Dörsch de Düür!« antwortete eine Männerstimme.

»Dobei sollt isch eejentlesch dörsch Wäng john könne, on su jet!«

Zank sah kurz zu Jupp ins Zimmer, dann wieder zu dem Mann. »Sie haben nicht zufällig was getrunken?«

»Nee.«

Zanks Adern schwollen prächtig an. »Was reden Sie denn dann für 'n Scheiß, verdammt noch mal!« schrie er.

»Et es eso«, sagte die Stimme ruhig, »dat isch duet ben. Deswäje möß isch och dörsch Wäng john künne. Verstoht Ihr dat jez?«

Zank nickte mit dem Kopf und entgegnete: »Nein! Aber ich weiß, wer Sie verstehen könnte. Wir haben in unserer Redaktion einen Spezialisten für, ähem, sagen wir ...« Seine Adern traten wieder gewaltig hervor. » ... total durchgedrehte Psychopathen! Los, gehen Sie da rein!« kreischte Zank wütend und zeigte mit dem Finger in Jupps Richtung. »Ich für meinen Teil gehe jetzt nach Hause!«

Damit verschwand Zank hinter dem Türrahmen. Ein Mann in Gummistiefeln erschien. Nur ein sehr kranker Mensch trug bei dreißig Grad im Schatten Gummistiefel. Jupp hoffte inständig, daß der Kerl die Stiefel nicht ausziehen würde. Sonst gäbe es in dem Raum zwei sehr kranke Menschen.

»Guten Tag!« sagte Jupp freundlich. »Sie sind also tot?«

»Jo.« antwortete der Mann knapp.

Jupp schätzte ihn auf Mitte dreißig. Er trug ein kariertes Hemd, das er bis zum Ellbogen hochgekrempelt hatte, eine verschrammelte, schmutzige Cordhose und ein dünnes Jäckchen, das er an den Ärmeln um die Hüften gebunden hatte. Er war unrasiert und sah müde aus. Das dunkelblonde Haar konnte eine Wäsche vertragen.

»Wehe, Sie ziehen die Gummistiefel aus, um mir eine fortgeschrittene Verwesung zu demonstrieren!« warnte Jupp.

»Nä, kenn Angs. Isch loss se aan!«

»Fein!« sagte Jupp. »Kein schlechter Start. Also zu Ihrem Problem: Für einen Toten sehen Sie gar nicht mal so schlecht aus. Was spricht denn dafür, daß Sie tot sind? Ich meine, mir fielen ein paar Sachen ein, die dagegen sprechen. Atmung, Puls, Bewußtsein und so etwas!«

»Sehn isch och eso!« Der Mann setzte sich.

»Und?«

»Net, wat spresch dofür, dat isch duet ben, moß et heeße, sondern, wer spresch dofür, dat isch duet ben!«

Jupp lehnte sich zurück. Das sah nach einem sehr, sehr zähen Gesprächsverlauf aus.

»Na, gut! Und wer ist der Meinung, daß Sie tot sind?«

»De Behörde, natürlesch!«

»Natürlich!« antwortete Jupp. »Ich kann aber auch blöd fragen.« Er schloß die Augen und wünschte sich an die Steinbachtalsperre, um im Freibad etwas zu schwimmen, vielleicht sogar mal vom Dreimeterbrett zu springen, statt hier mit einem Psychopathen in Gummistiefeln sitzen zu müssen.

»Wollt Ihr denn net wösse, woröm?«

Jupp öffnete die Augen. »Ehrlich gesagt, bin ich mir da nicht so sicher.«

Der Mann in Gummistiefeln sprang plötzlich auf und schlug mit der flachen Hand auf Jupps Schreibtisch und schrie böse: »Isch ben net duet!«

»Schon gut, schon gut!« beschwichtigte Jupp und bedeutete ihm mit einer Geste, sich wieder zu setzen. »Für eine Leiche sind Sie mir einen Hauch zu cholerisch.«

Der Mann setzte sich wieder und sah Jupp schweigend an, der wiederum seinen Puls zu beruhigen versuchte. Der Gummistiefelmann hatte ihn zu Tode erschreckt.

»Wie heißen Sie überhaupt?« fragte Jupp.

»Radschlach. Jeorsch Radschlach.«

»Ach, nee!« rief Jupp verwundert.

»So esset.«

»Man hat Sie also mit dem tödlich verunglückten Radfahrer Radschlag verwechselt?«
»Jo.«
»Wie passiert so etwas?« fragte Jupp neugierig.
»Die hann misch jefrooch, ob isch Jeorsch Radschlach ben, jebore am 14. Aprell 1958 en Kölle.«
»Und?«
»Isch hann ›jo‹ jesaat. On dann hann die jefrooch, ob isch inn Matzeroth wonne dät!«
»On?« fragte Jupp und verbesserte sich: »Und?«
»Do hann isch och ›jo‹ jesaat.«
»Mein Gott, Radschlag!« meckerte Jupp genervt. »Weiter!«
»Dann hann die jesaat, dat alles senn Rischtichket hätt, on hann misch fottjescheck!«
Jupp überlegte einen Moment. »Also, hat bei Ihnen in Matzerath der Radler Georg Radschlag gewohnt, der zufällig am selben Tag mit Ihnen Geburtstag hat. Richtig?«
»So esset!«
»Und, statt ihn für tot zu erklären, haben die Sie für tot erklärt. Richtig?«
»Jenau so esset!«
»Und jetzt weigern die sich, ihren Fehler anzuerkennen, und schicken Sie von Dienstzimmer zu Dienstzimmer und keiner ist verantwortlich oder weiß, wie man das rückgängig machen kann!«
Radschlag wollte schon »so esset« sagen, aber Jupp hob die Hand und gebot ihm, ruhig zu sein.
»Was wollen Sie von mir?«
»Isch hann mer jedaacht, wenn Ihr e beßje Druck maache könnt, isch meen, als Vertreter der Presse, dann käme die Dussels jät enet schweeße. Ihr wollt mer doch net wieß maache, dat Ihr dat net könnt?«
»So esset!« sagte Jupp.
Radschlag sprang wieder auf und schrie: »Verarsch misch jet, du Dräcksack! Loss, schriev jät. Isch lövve! Jenau dat well isch lösse!«

Jupp fühlte sich etwas unbehaglich. Radschlag sah ziemlich kräftig aus, und er war alleine – mit einem Choleriker, die er ohnehin etwas fürchtete.

»In Ordnung. Ich schreibe eine Meldung. Ist das in Ordnung? Das Mißverständnis wird sich bald klären. Da bin ich ganz sicher. Solange erfreuen Sie sich Ihres Todes. Hat ja auch Vorteile!«

»Welsche dann?«

»Sie brauchen keine Steuern zu zahlen!«

Georg Radschlag unterdrückte nur mühsam seinen Zorn. »Isch lövve! Schrieve Se dat! Sonz komme isch wedde!«

Damit sprang er wieder von seinem Stuhl auf und verließ Jupps Büro. Jupp schaltete seinen Computer an, tippte noch etwas an seinem Münzbericht herum und schrieb dann eine Meldung für Seite sechs:

Georg Radschlag lebt

Da staunte Georg Radschlag nicht schlecht, als ihn die Behörden gestern nachmittag schlichtweg für tot erklärten. Zumal Radschlag aus der kleinen Gemeinde Matzerath quicklebendig ist und gegen seinen »Tod« protestierte. Nun hofft der 37jährige, daß sich die Behörden einsichtig zeigen und den toten Radschlag wieder »zum Leben erwecken«. Der Mann, der den gleichen Namen trägt wie der verunglückte Radler (wir berichten auf Seite 1 darüber), wurde offenbar das Opfer einer Verwechslung. (js)

Jupp hoffte, dem unglücklichen Radschlag damit einen Gefallen getan zu haben. Choleriker waren ihm suspekt, und er hatte keine Lust, ihm noch mal zu begegnen. Jupp schaute auf die Uhr. In zwei Stunden war Redaktionsschluß. Er würde die Taxiunternehmen morgen anrufen. Dann begann er mit dem Layout der letzten beiden Seiten. Morgen würde die neue Ausgabe des *Dörresheimer Wochenblatts* erscheinen.

Langeweile

Jupp hatte einen schönen Traum. Eigentlich war es wieder der gleiche Traum, den er schon seit einigen Wochen träumte: das WM-Turnier. Er hielt gerade eine herzerweichende Rede an das deutsche Volk, bedankte sich artig für Bertis Vertrauen und hielt stolz erst den WM-Pokal, dann die Torjägerkanone in die Kamera.

Gleich darauf saß er bei Heribert im WM-Studio, der ihm freudestrahlend ein Mikrofon unter die Nase hielt. Gerade zuvor hatte er Lodda gefragt, was er von seinem Mitspieler Jupp Schmitz hielt, und der hatte ihm geantwortet, daß Jupp der beste Keilspieler der Welt sei. Jupp war ungeheuer geschmeichelt und legte etwas verschämt seine Hand auf Loddas Unterarm, um ihn daran zu erinnern, daß er es gar nicht so gern hatte, so über den grünen Klee gelobt zu werden. Aber Lodda hatte ›doch, doch‹ gesagt und vor der ganzen Nation auf seiner Meinung bestanden. Wie könnte Jupp ihm da widersprechen?

Heribert fuchtelte immer noch mit dem Mikro unter Jupps Nase, und Jupp bereitete einen seiner Standardsätze wie »Die ganze Mannschaft hat hervorragend gekämpft. Ohne ihren Einsatz ...« oder »Die Taktik des Trainers ist voll aufgegangen ...« vor.

Heribert strahlte ihn an und stellte die erste Frage: »Nun, lieber Schmitzi, verraten Sie uns doch: Wer ist Blüh?«

»Ja, gut!« sagte Jupp. »Die Mannschaft hat ... häh?!«

»Ihre Lebensgefährtin hat uns den Tip gegeben, Sie das doch mal zu fragen!« grinste Heribert.

»Es ist ..., es ..., das hat sie wirklich gesagt?« Jupp war sehr verwirrt. Unterbewußt bemerkte er, daß ihm sein Traum irgendwie entglitt.

»Ja, hat sie. Außerdem hat sie sich beschwert, daß sie keinen Orgasmus bekommt. Mit Ihnen, versteht sich!« Heribert hatte offensichtlich gute Laune. Er stellte die Fragen so, als ob sie immer noch über Fußball reden würden. Jupp schielte unsicher in die Kamera. Da saßen Millionen vor den Fernsehern.

»Also, wie ist das jetzt mit den Orgasmen?« drängelte Heribert.

»Ist das nicht etwas persönlich?« fragte Jupp unsicher.

»Vielleicht sollte ich mal mit Sabine ...?« mischte sich Lodda ein.

»Lodda!« rief Jupp entrüstet.

»Find ich auch!« sagte Heribert. »Ihre Freundin hat schließlich auch Rechte!«

»Aber, das geht Sie doch gar nichts an!« protestierte Jupp.

»Oh, doch!« sagte Lodda. »Ich kann nur sagen, Lollidda bekommt immer einen. Ach, was sag ich. Jede Menge, sogar!«

»Sind wir eigentlich live drauf?« fragte Jupp ängstlich.

»Übrigens haben wir Sabine eingeladen. Hier ist sie schon!« verkündete Heribert und überreichte Sabine einen Strauß Blumen. Sie setzte sich auf Loddas Schoß und erzählte ihm mit weinerlicher Stimme von Manni.

»Was machst du in meinem Traum?« fragte Jupp Sabine wütend.

Sabine beachtete ihn nicht, flüsterte Lodda was ins Ohr und zeigte dann mit dem Finger auf ihn.

»*Josef!*« zischte Heribert, der immer noch eine Stellungnahme von Jupp erwartete.

»Was?« blaffte der Heribert an.

»*Josef!*«

»Hau ab!« zischte Jupp.

»*Bitte?*«

Jupp öffnete die Augen und sah verwirrt um sich. Alles war dunkel, es mußte immer noch Nacht sein. Es war nur ein Traum, dachte er erleichtert, nur ein Traum. Dann schloß er die Augen und versuchte wieder einzuschlafen.

»*Josef!*«

Das war leider kein Traum, fuhr es ihm durch den Kopf, und er war gleichzeitig froh, es nicht laut gesagt zu haben. Sabine rüttelte an seiner Schulter.

»Was ist?« fragte Jupp freundlich.

»Das wollte ich dich gerade fragen!« sagte Sabine.

»Ich hab wohl geträumt!« antwortete Jupp.

»Und? Wie war's?«

Jupp überlegte einen Moment.

»Ich hab von dir geträumt!« sagte er ruhig.

»Oh.«

Beide schwiegen wieder. Jupp drehte sich zur Seite, schloß die Augen und spürte schon rasch eine angenehme Müdigkeit. Sabine kuschelte sich nach einer Weile an ihn.

»Mir ist kalt!« flüsterte sie mit mädchenhaftem Charme. Jupp hörte ihre Stimme irgendwo in der Ferne. Dann schlief er lächelnd ein.

Das Telefon klingelte auf Jupps Schreibtisch, als er gerade danach greifen wollte, um beim ansässigen Taxiunternehmen anzufragen, ob Sassmannshausen am Tag des Unfalls zufällig unterwegs gewesen sei.

»Schmitz, *Dörresheimer Wochenblatt*?!«

»Schröder hier!«

»Ich wollte dich sowieso anrufen!« sagte Jupp und lehnte sich in seinen Sessel zurück. »Gibt's was Neues?«

»Nein. Ich wollte nur mal hören, was Sassmannshausen denn so gesagt hat?«

»Irgendwie 'n komischer Kauz. Aber nicht unsympathisch.«

»Ich wollte nichts über den Beginn einer leidenschaftlichen Freundschaft hören, sondern, ob ihm vielleicht noch irgend etwas eingefallen ist, was von Bedeutung sein könnte!«

»Irgendwie hallt es ganz schön in der Leitung. Du hast nicht zufällig den Außenlautsprecher an, und jemand namens Bernie Becker kniet vor deinem Telefon und hört mit?«

»Wie kommst du denn darauf?« fragte Schröder heuchlerisch, während Jupp mit einer Hand in seinem Schreibtisch herumfummelte und eine Schiedsrichterpfeife zückte. Er nahm ordentlich Luft und trillerte in die Telefonmuschel. Am Ende hörte er Schröder schreien, dann Becker, der lautstark Jupps Gefängnisstrafe für diesen terroristischen Anschlag zusammenrechnete.

»Hast du sie nicht alle!« schrie Schröder wütend.

»Du hast geschwindelt!« stellte Jupp gelassen fest.

»Na und, du blödes Arschloch? Das gehört manchmal zu meinem Job. Genauso wie kleine Schmierfinken in kleinen Klitschen hinterrücks zu erschießen!«

»Machst du jetzt den Lautsprecher aus?«

»Ja!« schrie Schröder. Der Hall in der Leitung ebbte ab.

»Du könntest mir einem Gefallen tun«, begann Jupp.

»Was denn noch?!« fragte Schröder, der sich langsam beruhigte.

»Frag bitte mal beim Taxiunternehmen nach, ob Sassmannshausen am Tag des Unfalls mit einem Taxi unterwegs war. Und zwar in Richtung Euskirchen, so um die Mittagszeit auf der B 51 zwischen Bad Münstereifel und Iversheim. Du würdest mir viel Lügerei ersparen, wenn du da als Oberbulle von Dörresheim anrufen könntest.«

»Du meinst, er hat was mit dem Unfall zu tun?«

»Nein.«

»Was dann?«

»Ich erklär's dir später!«

»Wird das ein Alleingang? Ich finde, du solltest es nicht übertreiben. Auch, wenn du noch etwas gut bei mir hast!«

»Nein, kein Alleingang, ehrlich. Noch etwas: Kannst du im Computer mal unter dem Radler Georg Radschlag nachsehen?«

»Hast du schon vergessen, daß Kunz unsere Anlage gekillt hat? Außerdem bin ich schon selbst auf die Idee gekommen. Heute oder morgen kommt einer, der das System repariert.«

»Und wenn Bernie beim BKA ...?«

»So eilig wird's ja wohl nicht sein!« sagte Schröder streng. Und dann flüsternd: »Oder hast du Lust, daß noch mehr von den Scheißern hier auftauchen. Sei lieber froh, daß ich den einen hier einigermaßen im Griff habe!«

»Schon gut. Ich komme heute nachmittag in dein Büro. Dann werden wir reden. Becker kann ruhig dabei sein. Schröder?«

»Ja?«

»Das mit der Pfeife tut mir leid!«

»Bis heute nachmittag.«

Jupp legte auf. Herbert Zank krähte durch die Redaktion, daß Jupp Besuch habe. Kurz darauf schaute Hermine Hühnerbein um die Ecke.

»Hallo, Jupp!« sagte sie freundlich und setzte sich auf den Stuhl vor ihm.

»Hallo, ... Hermine! Was gibt's?«

»Nichts Besonderes. Ich dachte nur, daß ich mal auf einen Höflichkeitsbesuch hereinschaue.«

»Fein. Das wäre ja jetzt erledigt. Schönen Tag noch ...«

»Warte! Okay, ich wollte wissen, was der alte Sassmannshausen so gesagt hat?«

»Woher weißt du denn davon?«

Hermine Hühnerbein zuckte mit den Schultern. »Ich weiß es halt.«

Diesmal zuckte Jupp mit den Schultern. »Ich auch.«

»Na, komm schon, Jupp. Der Chef in Hamburg zahlt mir das doppelte des üblichen für die Story.«

»Das ist aber sehr großzügig von ihm. Dann mach dich mal an die Arbeit«, erwiderte Jupp ungerührt.

»Ich denke, die Geschichte ist nur zu verstehen, wenn man bedenkt, daß die Menschen auf der Reise sind, nicht stillstehen, sich entwickeln. Laß uns die Geschichte zusammen machen.«

Jupp stierte sie konsterniert an.
Sie begann, sich eine Pfeife zu stopfen. »Ist eine Valsesia von Lorenzo!« murmelte sie.
»Hermine?«
»Ja?«
»Das ist ein Nichtraucherbüro.«
»Oh, Scheiße.« Sie packte ihre Pfeife samt Tabak wieder ein.
»Und ... Hermine?«
»Ja?«
»Schönen Tag noch!«
Sie erhob sich und sah Jupp kämpferisch an: »Ich werde es schon rauskriegen. Es wird vielleicht länger dauern, aber es hat den Vorteil, präziser, subtiler und nicht so fehlerhaft zu sein wie das Geschmiere gewisser anderer Leute. Ich wohne seit fünf Jahren hier in der Eifel. Ich lebe in einem alten Bauernhof, ich gebe dir die Telefonnummer!«
Sie fummelte in ihrer Tasche, zückte ein Kärtchen und warf es gekonnt auf Jupps Schreibtisch. Dann verschwand sie.

Später aß Jupp wieder bei Käues, obwohl eigentlich Aldi-Suppe oder Pizza an der Reihe gewesen wäre. Unaufgefordert stellte Käues Currywurst komplett auf die Theke.
»Und? Was gibt's Neues, Schnüffler?«
»Hast du mit Al geredet?«
»Hm.«
»Und?«
»Am Samstag ist Polterabend. Das ganze Dorf ist eingeladen!«
»Verdammt!« seufzte Jupp. »Der meint das wirklich ernst. Hast du Olga mittlerweile kennengelernt?«
»Ja. Stell dir vor ...« Käues beugte sich verschwörerisch zu Jupp herüber und senkte die Stimme » ... alle, ähm, Damen vom *Lolas* sind miteingeladen. Is das nich 'n Ding?«

Jupp grinste Käues an. »Allerdings. Ich nehme an, die kommen ein bißchen später zum Fest?«

»Natürlich. Wenn die Dörresheimer erst mal voll sind, werden sie sich schon mit den Damen vertragen. Obwohl Al Olga eindeutig klar gemacht hat, daß an dem Abend nichts mit Popperei läuft!«

»Hoffentlich halten die sich auch dran!« überlegte Jupp laut. »Übrigens, was hältst du eigentlich von Olga?«

»Sieht aus wie 'ne Professionelle. Bißchen ruhig, vielleicht. Aber sie sieht nicht so aus, als würde die Ehe für Al langweilig werden, der alte Schmecklecker. Wenn du verstehst, was ich meine!«

»Ja«, seufzte Jupp, »ziemlich genau.«

Er stocherte lustlos in seinem Essen herum und grübelte darüber nach, warum ihm die Heirat seines besten Freundes neben Käues so auf die Nerven ging. Aber es wollte ihm keine Antwort einfallen. Er verabschiedete sich von Käues und machte sich auf den Weg zu Schröder.

Bernie Becker saß zur Abwechslung einmal ganz ruhig auf seinem Stuhl und schaute scheinbar gedankenverloren aus dem Fenster, als Jupp Schröders Büro betrat.

»Warum kommst du nicht herein?« begrüßte der Hauptkommissar Jupp, der einmal mehr vergessen hatte anzuklopfen.

»Immer noch sauer?« fragte Jupp.

»Setzen Sie sich!« befahl Becker tonlos.

Einen Moment lang sagte niemand etwas. Dann begann Becker: »Ich bin Ihre Eskapaden leid, Herr Schmitz. Das hier ist eine polizeiliche Untersuchung, die ich leite, und ich lasse mir Ihre Unverschämtheiten nicht bieten, auch wenn Sie mit meinem Onkel befreundet sind. Haben Sie mich verstanden?«

»Ja.«

»Sollten Sie weiter der Meinung sein, hier den Schlaumeier spielen zu müssen, dann verspreche ich Ihnen, daß ich Mittel und Wege finden werde, Sie zur Räson zu bringen! Ist das klar?«

»Ja.«

»Außerdem paßt es mir nicht, daß Sie sich in diesen Fall einmischen. Unglücklicherweise kann ich Ihnen nicht verbieten zu recherchieren. Sie würden mich aber zur Abwechslung positiv überraschen, wenn Sie freiwillig aus dem Fall aussteigen würden!?«

»Nein.«

»Auch wenn Sie nach Abschluß der Untersuchung als erster die Ergebnisse bekommen? Meinetwegen auch exklusiv!«

»Das ist es nicht«, sagte Jupp. »Wen erreiche ich schon mit meinem kleinen Käseblättchen? Es ist halt so, daß ich gerne dabei wäre, falls sich die Münze wiederfinden sollte. Passiert ja sonst nix hier oben!«

»Ich hab's dir vorher gesagt!« bemerkte Schröder.

»Ja, ja, schon gut!« wehrte Becker ab und sah wieder nachdenklich aus dem Fenster. Dann, fast unerwartet, fragte er: »Sie haben einen Verdacht, nicht wahr?« und sah Jupp fest in die Augen.

Jupp konnte sich nicht erklären, warum ihm auf einmal so unbehaglich war. »Könnten Sie sich vorstellen, daß das ganze Durcheinander mit der Münze nur ein Spielchen ist?« fragte er Becker.

»Inwiefern?«

»Wie Sie wissen, habe ich mit Sassmannshausen gesprochen. Er hat keinen richtigen Beruf, lebt von seinem Vermögen und hat den ganzen Tag nichts Besseres zu tun, als irgendwelchen Hobbys nachzugehen. So etwas kann einen ganz schön langweilen.«

»Sie meinen, der Münzraub ist getürkt, weil der Herr von Sassmannshausen Langeweile hat?«

Jupp nickte. »Es ist nur so eine Idee. Er legt sich mit der Polizei an, um zu sehen, ob er damit durchkommt.«

»Gerissen genug wäre er dafür ...« murmelte Becker vor sich hin.

»Das denke ich auch«, sagte Jupp.

»Aber, was ist mit dem Einbruch bei Ihnen?« wollte Becker wissen.

»Nun, er hat gesehen, daß die Ermittlungen der Polizei arg ins Stocken geraten sind. Also mußte es irgendwie weitergehen. Was wäre, wenn ihm der Zufall zu Hilfe gekommen wäre. Er fuhr auf der B 51, sah den Unfall, legte die Münze ins Gras und wartete darauf, daß irgend jemand sie einstecken würde. Dann konnte es weitergehen ...«

»Wie wollen Sie prüfen, ob er an dem Tag mit dem Auto unterwegs war?« fragte Becker.

»Ganz einfach. Er hat keinen Führerschein. Wenn er unterwegs war, dann mit dem Taxi. Ich habe Schröder gebeten, das einmal nachzuprüfen.«

Becker sah Schröder an. »Und?« fragte er.

Schröder zuckte mit den Schultern. »Stimmt.«

»Was?!« rief Becker.

»Es stimmt. Sassmannshausen war am Tag des Unfalls um die Mittagszeit unterwegs in Richtung Euskirchen. Er war auf der B 51, als der Unfall passierte. Der Fahrer mußte sogar anhalten, weil sein adliger Passagier sich das Spektakel einmal näher ansehen wollte. Nach einer Weile sind sie dann weiter nach Euskirchen gefahren.«

»Kann das denn wahr sein?« fragte sich Becker.

»Falls er gesehen haben sollte, daß ich die Münze aufgehoben habe, dann war es nicht schwer zu erraten, wer ich bin. Ich habe Fotos gemacht und mich mit Polizisten unterhalten. Außerdem hätte man einen normalen Schaulustigen nicht so nahe an die Unfallstelle gelassen. Er hat es gesehen, und er wußte, daß ich ein Pressevertreter bin.«

»Naja, aber es gibt auch noch andere Zeitungen im Einzugsbereich Dörresheim!« sagte Becker. »Ist es da nicht ein bißchen riskant, Sie und die Münze aus den Augen zu lassen, bevor man nicht hundertprozentig weiß, wo man Sie findet?«

»Aber erstens war ich der erste am Unfallort. Das

kann nur heißen, daß ich mich in der Nähe befunden habe, als ich von der Leitstelle Bescheid bekommen habe. Die Wahrscheinlichkeit ist also hoch, daß ich beim *Dörresheimer Wochenblatt* arbeite. Und zweitens hat er wahrscheinlich schlicht und einfach hinter das Presseschild geschaut, das an meiner Windschutzscheibe klebt und mir freie Fahrt zu Unfallschauplätzen gewährt. Da steht nämlich drauf, wer mich bezahlt.«

»Trotzdem!« sagte Becker streng. »Das alles beweist nichts. Nur, daß er sich den Unfall angeguckt hat. Sonst nichts.«

Schröder nickte. »Das stimmt, leider.«

Jupp gab nicht auf: »Auf jeden Fall habt ihr jetzt eine Spur. Und wenn das alles stimmt, wird sich in den nächsten Tagen bestimmt noch etwas tun. Denn dann wird ihm wieder langweilig, und er wird dafür sorgen, daß wir wieder Arbeit bekommen.«

»Wir?« fragte Becker übellaunig.

»Unter Ihrer umsichtigen und weisen Leitung, natürlich!« sagte Jupp.

Becker winkte ab. »Vielleicht wird er ja einmal unvorsichtig!« murmelte er.

»Vielleicht«, meinte Jupp nachdenklich, »aber ich glaube es nicht.«

Eine Nackte mit dickem Hintern

Schröder rief ihn an, schon ziemlich früh am Morgen, und bereitete Jupps Theorie vom langweiligen Alltag eines Dandys ein Ende. Erneut war eingebrochen und ein Kunstgegenstand entwendet worden, was Schröder vermuten ließ, daß ein ausgesprochener Kunstliebhaber in Dörresheim sein Unwesen trieb. Diesmal war ein Bild geklaut worden: eine nackte Frau mit dickem Hintern und gewaltigem Busen. Ein Ölschinken von einem Schüler Rubens'.

»Übrigens gehörte Sabines Vater der Rubens-Schüler!«
»Oh!« sagte Jupp.
Wieder einmal ein Vater, den er eigentlich gar nicht kennenlernen wollte. Sabine hatte eine Menge über ihren Erzeuger erzählt, und das mit einer Andacht, die dieser Mann nicht verdiente, fand Jupp. Sabines Mutter war früh gestorben, und Sabines Vater hatte die Obhut über seine Tochter mit einer elterlichen Wärme übernommen, die Jupp seltsam erschien. Bis zu ihrem vierzehnten Lebensjahr hatte Sabine zum Beispiel kein eigenes Zimmer gehabt, obwohl es auf dem Klante-Hof jede Menge ungenutzter Räume gab. Sabine hatte Jupp erzählt, daß sie immer ein sehr ängstliches Kind gewesen war und darauf bestanden hatte, bei ihrem Vater zu schlafen.
Eines Tages hatte Sabines Vater einen Brief erhalten und ihn vor ihren Augen geöffnet. Sabine erinnerte sich, daß sein sonst rosiges Gesicht erst puterrot, dann kalkweiß geworden war. Ohne jeden Kommentar hatte der alte Klante das Papier zusammengeknüllt, es in einen Aschenbecher gelegt und verbrannt. Ihr Vater hatte Sabine nicht sagen wollen, von wem der Brief war und was darin stand. An dem Tag hatte Sabine ihr eigenes Zimmer bekommen und erste Depressionen, weil ihr Verhältnis zum Vater deutlich abkühlte.
»Jupp? Bist du noch dran?«
»Ähem, ja. Wann wurde denn eingebrochen?« fragte Jupp.
»Irgendwann gestern nacht. Frau Klante hat uns eben angerufen. Ich dachte, daß es dich vielleicht interessiert!«
»Ja, tut es. Ist sonst noch was geklaut worden? Außer der dicken Nackten?«
»Bargeld und Schmuck, war aber nicht soviel wert, verglichen mit dem Bild. Hat alles im Safe gelegen!«
»Hm«, machte Jupp. »Fährst du jetzt ... Was soll das

heißen, Frau Klante hat angerufen. Sabines Mutter ist doch schon lange tot?«

»Tja, da bleibt wohl nur noch eine Klante übrig!« sagte Schröder.

»Na, toll!« sagte Jupp, der sich auf zukünftige Diskussionen freute, warum er und die Dörresheimer Polizei den Dieb nicht stellen konnten. Neben den Du-bist-schuld,-daß-ich-keinen-Orgasmus-kriege-Diskussionen.

»Ich nehme an, du fährst jetzt zum Gehöft?«

»Ja, wir sehen uns dann.«

Jupp legte auf und zog sich um. Dann rief er Herbert Zank an und fragte ihn, ob er mit zum Tatort wolle. Zank schien erfreut zu sein, versuchte aber, sich nichts anmerken zu lassen. Er verkündete Jupp fachmännisch kühl, daß solche dicken Dinger natürlich Chefsache wären. Hier sei die jahrzehntelange Erfahrung eines Vollblutjournalisten gefragt, und Jupp habe gut daran getan, ihn zu informieren. Dann bot er Jupp großzügig an, ihm bei dem Einbruchsdelikt Otto Klante zu assistieren. Jupp lehnte kleinlaut ab, weil ihm der Fall eine Nummer zu groß sei. Er wolle nur mitfahren, um zu lernen. Sein Chef erklärte, daß das schon in Ordnung ginge, wenn er ihm hier und da bei der Recherche half. Aber Jupp beharrte auf seiner Ablehnung. Zank warf Jupp daraufhin die Arbeitsmoral eines Süditalieners vor, was Jupp veranlaßte, Zank mitzuteilen, daß er über die Schreibe eines Ostanatolen zwei Wochen nach seiner Einbürgerung verfügen würde.

Das Gespräch endete mit der Vereinbarung, sich vor dem Gehöft zu treffen und sich im übrigen am Arsch zu lecken.

Herbert Zank war tatsächlich vor Jupp auf dem Klante-Gehöft. Er hatte vor dem Eingang geparkt und wedelte ihn nervös mit seinen Händen heran. Jupp stellte seinen Käfer ab und sah sich um.

Daß der Alte Geld hatte, war deutlich zu sehen. Alles war eine Nummer größer als bei jedem Bauernhof, den

Jupp vorher betreten hatte. Das Haupthaus sah sehr gepflegt aus, schwarzweißes Fachwerk mit Geranien in Blumenkübeln vor den Fenstern. Daneben ein Fuhrpark mit Mähdrescher, Treckern, Anhängern und einem Haufen landwirtschaftlichen Zubehörs. Alles stand sehr ordentlich unter einem gewaltigen Vordach. Hinter Jupp befand sich eine Scheune von gewaltigen Ausmaßen. Daneben eine Reihe von Ställen. Ein weiteres Wohngebäude schloß das Gehöft rechts von Jupp zu einem gigantischen U ab. Das Klante-Anwesen thronte völlig frei im Feld, ohne daß Jupp bei der Anfahrt im Umkreis von zwei Kilometern irgendwelche Nachbarn hätte ausmachen können.

Jupp packte sich seine Canon und schlenderte zu Zank herüber, der sich mittlerweile an einem der beiden Polizeiautos, die vor dem Eingang standen, anlehnte.

»Auch schon da?« fragte Zank gereizt, obwohl er nur kurz vor Jupp angekommen sein konnte.

»Gehen Sie nur voran, Chef. Verzückt werde ich Ihre Recherchearbeit beobachten und demütig davon lernen!« Grummelnd stieg Zank die fünf Stufen zum Eingang hoch und erwähnte, daß er es hasse, Chef genannt zu werden.

Sabine öffnete ihnen. »Oh, hallo, Schätzchen. Schön, daß du kommst. Schröder hat mir schon gesagt, daß er dich eingeweiht hast. Hoffentlich bist du erfolgreicher als die unvergleichliche Dörresheimer Polizei, die das Diebesgut mit Sicherheit nicht wiederfinden wird!«

»Tag, Fräulein Klante!« sagte Zank überbetont.

»Frau Klante, wenn ich bitten darf, und auch Ihnen einen guten Tag, Herr Zank!« grüßte Sabine schon beinahe schnippisch.

Sie traten ein, und Jupp flüsterte Zank zu, falls er vorhabe, Sabine auf die Palme zu bringen, um ihm einen netten Abend mit langen Diskussionen zu bescheren, würde er das jeden Tag in der Redaktion büßen müssen. Zank sagte ihm, daß ihm das egal wäre, worauf

Jupp antwortete, daß er dann seiner Frau erzählen würde, von woher er neulich Nacht besoffen nach Hause gekommen wäre. Zank nannte ihn noch einen verbrecherischen Erpresser, dann traten sie ins Wohnzimmer, in dem Becker, Schröder und Otto Klante bereits warteten. Zank und Jupp stellten sich vor.

»Isch will net, dat dat in der Zeitung breitjetreten wird!« sagte Otto Klante und schüttelte Zank die Hand. »Is dat klar, Häbätt?«

Jupp grinste diebisch, als Herbert Zank ihn ansah. Schröder hatte ihm am Telefon zwar nicht ausdrücklich gesagt, daß er nicht darüber berichten durfte, aber es gehörte nicht allzuviel dazu, zwei und zwei zusammenzuzählen. Wenn der Diebstahl der Münze und der der Rubens-Frau im Zusammenhang standen, dann hatte Becker seine Einstellung zu Pressevertretern wohl kaum geändert. Außerdem sah es Otto Klante bestimmt nicht gerne, wenn in der Zeitung stand, daß er reich genug war, einen Rubens-Schüler zu besitzen – auch wenn das mit Sicherheit so ziemlich alle wußten oder zumindest erahnten. Zanks Gesichtsausdruck sah einfach zu komisch aus, und Jupp überlegte, ob er eine Aufnahme machen sollte. Der Morgen war gerettet.

»Gucken Sie mich nicht so an!« freute sich Jupp und beobachtete Zanks Adern, die sich bläulich nach außen wölbten.

»Sie sind also der Freund von meinem Sabinchen!« stellte Klante fest und betrachtete Jupp argwöhnisch.

Klante war kein großer Mann. Vielleicht einen Kopf größer als zwei poppende Schweine, schätzte Jupp. Seine Augen standen etwas zu nahe zusammen, sein Blick war klar, die Farbe seiner Augen ein sehr helles Blau. Seine Haut war rosig, fast etwas rötlich, das Kinn energisch, dafür hatte er aber recht kleine Ohren und einen erstaunlichen Bauch. Seine Arme wirkten speckig und weich, sein Händedruck war dagegen sehr fest.

»Hm«, machte Jupp.

»Übrigens ist Herr Klante einer der Numismatiker,

der zu der kleinen Ausstellung des Doppeldings eingeladen worden war!« erläuterte Schröder, um das Schweigen, das sich nach Jupps Antwort breit gemacht hatte, zu brechen.

Jupp sah sich in der guten Stube der Klantes um. Erst jetzt fiel ihm auf, wie seltsam der Raum ausgestattet war. Antiquierte Möbel standen neben modernen, alte Ölbilder hingen neben Familienfotographien, in der Glasvitrine eines schweren Eichenschrankes standen Kristallgläser neben ehemaligen Senfgläsern mit den üblichen Comicmotiven, und gleich daneben lag teures Silberbesteck. Darüber lagerten ein paar angestaubte Bücher. Eine Lücke verriet Jupp, daß ein Buch wohl erst kürzlich herausgenommen wurde. Auf einem kleinen Sideboard von erstaunlicher Häßlichkeit entdeckte er es: *Papillon* von Henri Charriere. Ein ausgezeichnetes Buch, fand Jupp anerkennend. Ein paar ausgestopfte Tiere glotzten mit toten Augen von den Wänden herunter. Alles in allem herrschte in dem Zimmer ein chaotisches Sammelsurium, das überhaupt keine geschmacklichen Vorlieben verriet.

»Irgendwie sieht es hier gar nicht wie bei einem Numismatiker aus, eher schon wie bei einem Kunstsammler, ohne daß zu erkennen wäre, was für eine Kunst gemeint sein könnte!« wunderte sich Jupp laut.

»Stimmt. Ich bin auch kein Numismatiker!« sagte Otto Klante. »Ich hab nur Interesse an alten Sachen. Ich sammle alles Mögliche: alte Bilder, Silberbesteck, ein paar Münzen, Möbel und so etwas. Hauptsache, es ist alt und viel wert.«

»Wie die dicke Nackte vom Rubens-Schüler?«

Klante nickte, und Sabine antwortete: »Ich hab heute nacht hier geschlafen, und heute morgen, als ich in das Arbeitszimmer meines Vaters gegangen bin, sah ich den aufgebrochenen Safe. Ich bin gleich raus, hab Herrn Schröder angerufen. Dann erst bin ich zu meinem Vater und habe ihm davon berichtet!«

»Wo waren Sie denn, als Ihre Tochter zu Ihnen kam?« fragte Becker.

»Draußen auf der Weide«, gab Klante Auskunft, »ich hab mir Sorgen um eine meiner Kühe gemacht!«

»Sie sind dann gleich rein und haben sich den Schaden angesehen?« fragte Becker.

»Ja. War nicht so schwer zu erkennen, was geklaut worden ist. Ich hatte etwas Bargeld darin, vielleicht 6.000 oder 7.000 Mark. Etwas Schmuck, keinen besonders wertvollen. Ich weiß nicht, vielleicht war er so um die 4.000 Mark wert, vielleicht etwas mehr. Tja, und die Frau des Rubens-Schülers war weg. Und die dürfte vielleicht so 100.000 Mark wert sein!«

»Können wir uns den Safe mal ansehen?« fragte Schröder.

»Natürlich!« antwortete Klante. »Mir nach!«

Er drehte sich auf dem Absatz um, verließ die gute Stube und ging durch einen langen Flur. Hier präsentierte sich den Besuchern ein ähnliches Bild wie im Wohnzimmer: Wertvolles und Prüll wild durcheinander. Sie kamen durch ein Zimmer, das wie ein Lagerraum wirkte. Neben dem üblichen Kram, der im ganzen Haus zu stehen schien, lagen auch hier eingerollte Teppiche, Statuen und Büsten. Hinter dem Raum war eine Treppe, die zum Arbeitszimmer Otto Klantes führte.

Der offene Safe hinter dem Schreibtisch war das erste, was Jupp ins Auge fiel. Ansonsten war es anscheinend das einzige Zimmer im Klante-Anwesen, wo keine Antiquitäten herumstanden. Im Vergleich zu dem bisher Gesehenen hatte sich Klante hier für dezente Eleganz und vernünftige Raumaufteilung entschieden. Kein Möbelstück zuviel, keine Kristallgläser, die neben Senfgläsern standen, kein Tand, kein Glitter. Nur der Schreibtisch, ein paar Aktenschränke, zwei gemütliche Sessel und eine Stehlampe. Vor dem Fenster hingen lange weiße Gardinen.

»Hier!« sagte Klante und zeigte auf den geöffneten Safe. »Von hier haben sie die Rubens-Frau geklaut!«

»Kein Bruch, keine Schweißspuren«, stellte Becker ungläubig fest. »Entweder ein absoluter Fachmann oder jemand, der die Kombination kannte. Haben Sie einen Verdacht?«

Klante schüttelte den Kopf.

»Tja«, sagte Schröder, »angesichts eines solchen Verlustes werde ich mal die Spurensicherung anfordern. Vielleicht gibt es wenigstens ein paar Fingerabdrücke oder sonst irgendwas!« Damit drehte er sich um und verschwand nach draußen.

Jupp starrte auf den aufgebrochenen Safe. Er war nicht sonderlich groß, vielleicht einen Meter hoch, einen halben breit und einen knappen Meter tief. Die Wände waren erstaunlich dick.

»Das Bild war nicht in seinem Rahmen, oder?« fragte Jupp.

»Nein. Ich hab's erst kürzlich auf einer Auktion erworben. Der Rahmen hat mir nicht gefallen, mal davon abgesehen, daß er beschädigt war. Ich hab einen Restaurator gebeten, einen neuen Rahmen anzufertigen. Und solange sollte die Rubens-Frau im Safe bleiben.«

»Kann man mit Landwirtschaft so viel Geld verdienen, daß man sich solche Reichtümer leisten kann?« fragte Becker.

Klante sah Becker listig an. »Die Landwirtschaft war der Grundstock. Es hat auch mal bessere Zeiten für Bauern gegeben. Aber Millionär wird man damit nicht, wenn Sie das meinen. Die Viehzucht bringt schon was ein, Getreide und Rüben allerdings weniger. Bei dem alten Kram sieht das schon anders aus. Manchmal entwickelt sich ein Kunstgegenstand, den ich gekauft habe, wie soll ich sagen, prächtig, und ich kann ihn mit einem schönen Gewinn weiterverkaufen. Wenn man das Geld gut anlegt, keine unnötigen Risiken eingeht und das Ersparte zusammenhält, dann kann man es zu etwas bringen!«

»Sie wollten nicht zufällig die Elis-Münze kaufen?« fragte Jupp.

Klante lächelte. »Natürlich wollte ich das. Sie schien mir ein lohnendes Anlageobjekt zu sein. Ich meine, heute ist sie 500.000 Mark wert. In ein paar Jahren findet sich vielleicht ein Käufer, der dafür 700.000, vielleicht sogar 750.000 Mark hinlegt. Die Wahrscheinlichkeit ist jedenfalls groß. Wie mir die Herren Numismatiker erzählt haben, ist diese Elis-Münze eine der begehrtesten Münzen überhaupt. Der Kauf der Münze erschien mir als ein Geschäft mit einem sehr geringen Risiko.«

»Aber Sassmannshausen wollte nicht verkaufen, oder?«

»Nein, natürlich nicht. Sehr schade. Aber auch Glück für mich, nicht war? Ich hab sie nicht bekommen, und nun ist sie gestohlen worden. Meine Güte, das wären 500.000 Mark Verlust gewesen. Und wenn ich irgend etwas nicht ertragen kann, dann sind es Verluste. Negative Bilanzen, schwer verdientes Geld, das zum Teufel ist. Allein der Gedanke daran macht mich schon krank!«

Jupp nickte und schwieg.

»War die Rubens-Frau versichert?« fragte Becker.

»Glücklicherweise, ja. Und wissen Sie was? Ich hab sie für 100.000 Mark gekauft, und jetzt ist sie schon 150.000 Mark wert. Das macht einen hübschen Gewinn von 50.000 Mark!« Klante rieb sich zufrieden die Hände. Er schien im Kopf die Anlagemöglichkeiten seines Gewinns durchzurechnen.

»Ein großer Kunstfreund scheinst du ja nicht gerade zu sein!« nörgelte Zank, der bisher schweigend neben Sabine gestanden hatte. Sabine wirkte durch das Verhalten ihres Vater unangenehm berührt. Sie wagte weder ihren Vater noch Jupp anzusehen.

»Kunstfreund?« Klante sah Zank ehrlich erstaunt an. »Natürlich nicht. Ich meine, ein paar Sachen sind ja ganz schön, aber entscheidend ist doch, was man dafür bekommt, nicht wahr. Außerdem verstehe ich nicht so viel von Kunst, dafür aber um so mehr vom Geschäft!«

Dann wandte er sich wieder zu dem BKA-Mann: »Ach, hören Sie, Herr Becker. Macht mich das eigentlich verdächtig, daß ich an der Rubens-Frau Geld verdiene?«

Becker zuckte mit den Schultern. »Schon möglich. Aber in Ihrem Fall ...«

Becker sprach nicht aus, was ohnehin alle dachten: wenn man im Gefängnis saß, ließen sich schlecht Geschäfte machen. Das war wohl das beste Argument für Otto Klante, die Finger von krummen Dingern zu lassen.

Der Junggeselle und die Hure

Den Rest des Nachmittages verbrachte Jupp mehr oder weniger damit, ein Geschenk für Al und Olga zu finden. Alles was ihm dazu einfallen wollte, war entweder der übliche Schweinskrams, den man sich gegenseitig zum Geburtstag schenkte, oder irgendwie unpassend. Ein Kletterbaum für Als Katzen oder eine CD der Bläck Fööss beispielsweise. Und von einer Gummipuppe mit echter Vagina, die Al und Jupp Käues zu seinem letzten Geburtstag geschenkt hatten, wäre Olga wohl nicht sonderlich begeistert. Einen Mixer oder sonstiges Küchenmaterial wollte er auch nicht schenken. Das würde Al mit Sicherheit alles in fünf- oder sechsfacher Ausfertigung bekommen.

Jupp fuhr bei Käues vorbei und fragte, ob er schon ein Geschenk hätte. Käues versicherte ihm, daß er den besten Mixer weit und breit gekauft hätte.

Also kehrte Jupp zurück in die Redaktion und fragte Herbert Zank, ob er ein Geschenk für Al wüßte. Zank hatte keine Idee, versicherte aber, selbst ein super Geschenk für Al erworben zu haben. Jupp wollte schon wieder verschwinden, als Zank ihm grinsend nachrief, ob er nicht eine CD von den Bläck Fööss kaufen wolle oder einen Kletterbaum für Als Katzen. Jupp dankte ihm für seine Vorschläge und wünschte ihm einen Abszeß an den Hintern.

In Euskirchen erstand er in einem Reisebüro eine günstige Reise übers Wochenende für zwei Personen nach Paris ... Paris, die Stadt der Liebe. Jupp seufzte.

Dann besorgte er noch einen Gutschein, auf dem er mit Sonntagsschrift seine Gabe beschrieb. Er verstaute die Tickets in seiner Hose, rollte den Gutschein zusammen, band ihn mit einem Schleifchen zu und fuhr nach Hause.

Drei ziemlich abgetretene Stufen führten durch eine massive, etwas schwerfällige Eichentür in den Schankraum des alten Bauerngasthofes *Dörresheimer Hof*. Jupp schob den schweren Vorhang zur Seite, der im Winter dafür sorgte, daß keine kalte Luft eindrang. Es war halb neun Uhr, draußen war es noch sehr warm, und Jupp hoffte, Käues und Al anzutreffen. Wie jeden Freitagabend.

Er schaute sich um, grüßte ein paar Männer an der Theke und Maria, die neue Wirtin, die den *Hof* ihrer Vorgängerin Rosie im letzten Sommer abgekauft hatte. Zu seiner Überraschung entdeckte Jupp ein paar mittlerweile vertraute Gesichter an einem der Tische in der Ecke des Schankraumes: Andrés Detras, Otto Klante und Heinz Nettekove spielten Skat.

Jupp trat an ihren Tisch, als Klante gerade einen Grand Hand ansagte. »Guten Abend, die Herren. Wie läuft's?«

»Jot!« sagte Klante zufrieden und knallte den Kreuz-Bauer auf den Tisch. »Loos, ihr Memme. Isch well jet senn!«

Detras und Nettekove bedienten mit Bauern.

»Ha!« rief Klante erfreut. »Jez mache isch ösch feedesch!« Er zückte ein As.

»Heute frei, Herr Detras?«

»Oh, si, Señor Schmitz. Olga wird heute für mich die Geschäfte führen. Ich glaube, Sie wissen, daß sie Señor Meier heiraten wird, oder?«

»Ja. Señor Meier ist ein Freund von mir.«

»Tatsächlich? Dann werden wir uns morgen ja alle auf seiner tollen Fiesta sehen, nicht wahr?«

»Ja.«

Jupp beobachtete das Spiel. Otto Klante freute sich diebisch. Die beiden anderen hatten noch keinen Stich gemacht. Immer noch schmetterte der Bauer eine ganze Kreuz-Serie auf den Tisch und rief ein ums andere Mal: »On der, on der, on der ...«

»Isch han jehuurt, demm Otto hann se e Beld jeklaut?« fragte Nettekove. »Jet et wat Neues?«

»Nein«, sagte Jupp, »ich glaube auch nicht, daß die Dörresheimer Polizei das Bild jemals wird auftreiben können.«

Jupp überlegte, ob er Nettekove darauf ansprechen sollte, wie es sein konnte, daß der Vorsitzende der *IG Glaube, Sitte, Heimat* mit Detras Karten spielte.

Klante legte seine letzte Karte und rieb sich zufrieden die Hände. »Tja, Schneider Schwazz, die Herren. Leider nur einfach gewertet. Wenn isch dann ens zur Kasse bitten dürfte! Wollen Sie vielleicht mitspielen, Herr Schmitz?«

»Nein, danke. Dafür spiele ich zu schlecht. Sie würden sich nur über mich ärgern.«

»Tun wir auch so!« grinste Nettekove, der auf die alljährlichen Königsschießen-Verrisse anspielte, die Jupp über die schießwütige Bande schrieb.

»Wissen Sie, was mich etwas befremdet, Herr Nettekove?« fragte der nun ärgerlich.

»Was?«

»Daß Sie hier mit Herrn Detras Karten spielen. Nachdem ich Sie neulich am Telefon hab so schimpfen hören, hätte ich das nicht für möglich gehalten.«

»Das täuscht, Herr Schmitz. Sie können die beiden

hier fragen, ich hab Herrn Detras schon ein paarmal auf sein Etablissement angesprochen und ihn gebeten, sich einen anderen Standort zu suchen. Aber Sie wissen doch ganz genau, wie das in der Eifel ist: es spricht sich besser über ein Problem, wenn man dazu ein Bierchen trinkt oder Karten spielt. Solche Sachen versucht man am besten freundschaftlich zu regeln!«

»Naja, Sie können ihn ja immer noch erschießen, wenn er nicht will!« Jupp dachte dabei an den Tag, als der Schützenverein mit Heinz Nettekove an der Spitze Jagd auf ihn gemacht hatte.

»Wer wird denn so nachtragend sein? Haben Sie mir die Sache im vorletzten Winter denn immer noch nicht verziehen? Ich hab mich doch dafür entschuldigt.«

»Nicht das ich wüßte«, gab Jupp zurück.

»Nicht? Oh, dann hab ich's wohl vergessen. Wer gibt?«

Detras griff nach den Karten. Jupp wünschte noch ein erfolgreiches Spiel, ging zurück zum Tresen und bestellte ein Kölsch. Maria fragte ihn, ob er zu Als Polterabend gehen würde. Jupp nickte, hatte aber keine Lust, sich mit Maria zu unterhalten. Er lauschte seinen Thekennachbarn, die über die morgige Feier quatschten und sich über Olgas Beruf amüsierten. Was die drei Männer am Ende der Theke redeten, konnte Jupp nicht verstehen. Dazu war es zu laut. Aber er hörte zwischendurch einmal »Huhzick«, daraufhin Gelächter.

Olga würde es nicht leicht haben, falls sie Al heiratete, überlegte Jupp. Überhaupt nicht leicht. Keine der einheimischen Frauen würde sie zu einem Kaffeekränzchen einladen, weil ihnen zum einen das Hauptgesprächsthema fehlen würde, zum anderen stand dabei der Ruf der anständigen Frauen auf dem Spiel. Kein Verein würde sie aufnehmen, sollte sie in die Kirche gehen, würde sich niemand neben sie setzen. Wahrscheinlich würde sie die ganze Bank für sich haben. Auf Schützenfesten würde kein Einheimischer Olga zum Tanz auffordern, auf Weihnachtsfeiern würde man glatt vergessen, sie einzuladen. Alles in allem würde Olga niemanden haben außer Al.

Für Al waren die Aussichten auch nicht gerade rosig. Nach und nach würden ihm die Männer sagen, daß er nur ohne Olga zur Parties kommen dürfe. Das müsse er schon verstehen, sie könnten ja nichts dafür, aber ihre Frauen würden ihnen sonst die Hölle heiß machen. Er würde sicher Verständnis dafür haben. In der Kneipe dagegen würden sie nach dem fünften Bier natürlich wissen wollen, wie es so ist mit Olga. Ob sie so richtig ... na, er wüßte schon. Und nach dem fünfzehnten Bier würden sie wissen wollen, wie tief sie ihn in den Mund nimmt und so weiter und so weiter. Eine Heirat mit einer Hure, ob sie nun eine war oder nicht, störte empfindlich das gesellschaftliche Gleichgewicht in einem Dorf wie Dörresheim. Erst wenn sie für immer aus Dörresheim verschwinden würde, würde wieder Ruhe einkehren.

Jupp trank aus und bestellte mehr Bier. Diesmal mit einem Stephinsky, einem einheimischen Kräuterschnaps mit erstaunlich zerstörerischer Wirkung. Nach dem Stephinsky spürte Jupp eine angenehme Wärme. Überrascht stellte er fest, daß alle Geräusche in den Hintergrund getreten waren. Er fühlte sich schwummerig, aber noch nicht betrunken, obwohl das nicht mehr lange dauern konnte, wenn er so weiter machte. Jemand klopfte auf seine Schulter und setzte sich neben ihn auf den freien Barhocker.

»Schon voll?« fragte Käues.

»Nein, aber bald.«

»Komm schon. So schlimm ist das mit der Hochzeit doch gar nicht!« meinte Käues und bestellte zwei Bier und zwei Stephinsky.

»Auch noch was zu trinken?« fragte er Jupp.

Jupp schüttelte den Kopf. Sein Glas war noch halbvoll.

»Du meinst also, das wäre nicht so schlimm mit der Hochzeit?« fragte Jupp gereizt.

»Wir sind seine Freunde, nicht wahr?« gab Käues zurück.

»Wer noch? Ich meine, in zwei, drei Monaten? Und was ist mit Olga? Wie viele Freundinnen wird sie haben?«

»Olga? Sie wird niemanden haben, außer Al und uns beiden. Und vielleicht noch jemanden, der nicht aus dem Dorf kommt! Al wird es wohl nicht so schwer haben. Er ist Dörresheimer, vergiß das nicht!«

»Das wird ihm nicht viel nützen«, beharrte Jupp. »Hör dich doch mal um. Seine Heirat ist Thema Nummer eins. Wann wurde schon mal so über einen Polterabend gequatscht? Und wenn du genau hinhörst, dann wirst du feststellen, daß der Polterabend nicht einmal das Thema ist. Soll ich dir verraten, was Thema ist?«

»Schon gut!« wehrte Käues ab. »Ich weiß, was Thema ist. Ich arbeite in 'ner Frittenbude. Das ist sowas wie der Frisör für das Weibsvolk.«

»Die werden alle kommen, morgen«, stellte Jupp fest. »Niemand wird fehlen, da kannst du deinen Arsch drauf verwetten. Und wenn sie sich mit dem Rollstuhl hinschieben lassen. Niemand wird fehlen. Nicht einmal der Pfarrer!«

»Ja«, nickte Käues und orderte erneut zwei Kölsch und zwei Stephinsky. Jupp tippte auf seinen Arm und zeigte auf sein leeres Glas.

»Drei und drei!« bestellte Käues.

Beide tranken schweigend. Jupp hörte nicht weit von ihm eine bekannte Stimme, die bei Maria Bratkartoffeln und Spiegelei bestellte und nach einem See fragte, in dem man angeln konnte. Jupp folgte der Stimme und entdeckte nur ein paar Schritte neben sich Hermine Hühnerbein, die sich wieder einmal ihren lächerlichen Pepitahut aufgesetzt hatte und Pfeife rauchte.

»Wie ist der Fischbestand?« fragte sie Maria.

»Hermine!« rief Jupp. »Wenn du was wissen willst, warum fragst du nicht wie jeder andere auch?«

Hermine sah herüber. »Oh, Jupp. Warte, ich komm!«

Rechts neben Jupp war gerade ein Platz frei geworden, und Hermine stellte sich neben ihn.

»Einen Apfelsaft!« bestellte Hermine, dann sah sie Jupp scharf an. »Was weißt du über einen Rubens-Schüler?«

»Aha, das hast du also schon rausbekommen! Nicht schlecht, ist erst gestern nacht geklaut worden.«

»Also?«

»Es ist ziemlich wertvoll, so um die 100.000 Mark. Es wurde aus einem Safe gestohlen, der in der letzten Nacht aufgebrochen worden ist. Das Bild ist heute 50.000 Mark mehr wert, und Klante freut sich, daß er ein prima Geschäft gemacht hat. Das ist alles.«

»Schreibst du darüber?«

»Nein.«

»Warum nicht?«

»Weil Klante nicht will, daß alle wissen, daß er fast echte Rubens zu Hause rumhängen hat.«

»Aber das weiß doch jeder!« wunderte sich Hermine. »Gibt es was Neues in Sachen Elis-Münze?« fragte sie dann.

Jupp schüttelte den Kopf.

»Freundin von dir?« fragte Käues, der Hermine neugierig musterte.

»Nein, eigentlich nicht. Eine Kollegin. Arbeitet für ein Hamburger Nachrichtenmagazin!« erklärte Jupp.

»Aber es gibt doch nur ein Hamburger Nachrichtenmagazin?« erwiderte Käues.

»Eben.«

Jupp grinste Hermine unverschämt an. Bevor die etwas sagen konnte, klopfte Al Jupp auf die Schulter.

»Hättet wirklich auf mich warten können!« warf er Käues und Jupp gutgelaunt vor.

»Vier vorne«, sagte Käues, »ist aufholbar.«

»Neue Freundin?« fragte Al Jupp.

»Eine Kollegin. Arbeitet für ein Hamburger Nachrichtenmagazin«, lächelte Jupp vergnügt.

»Aber es gibt ...« begann Al.

» ... schon gut, schon gut!« unterbrach ihn Hermine Hühnerbein.

»Aber wenn Sie schon mal da sind, warum kommen Sie dann nicht morgen zu meinem Polterabend?« fragte Al.

»Oh, ich bin sicher, Hermine hat morgen abend bestimmt viel zu tun, nicht wahr? Da bleibt keine Zeit für Festivitäten«, wandte Jupp schnell ein.

»Danke, ich komme gerne«, sagte Hermine. Jupp sah Al genervt an.

Jemand, den Jupp von Sehen, aber nicht mit Namen kannte, gab Al die Hand und beglückwünschte ihn zur bevorstehenden Hochzeit. Es war einer der Männer, denen Jupp eben zugehört hatte. Al freute sich und lud ihn ebenfalls zum Polterabend ein, obwohl er sowieso gekommen wäre.

»Übrigens wird die eigentliche Hochzeit erst in ein paar Wochen stattfinden«, lachte Al und schüttelte dem Mann wieder die Hand.

»Oh, dann gibt's ja noch 'n Fest«, freute sich der Mann. »Erst Kirche und dann wieder hoch die Tassen!«

Jupp zuckte zusammen und schielte zu Käues. Es war ihm anzusehen, daß er das gleiche dachte. Es würde niemals eine kirchliche Heirat in Dörresheim geben. Das mußte der Mann wissen. Jupp hatte große Lust, einen Streit anzufangen, schwieg aber.

»Ähm, nein!« stotterte Al. »Geheiratet wird nur standesamtlich. Also alle Geschenke schön morgen mitbringen.«

»Na, klar«, grinste der Mann. »Ich geh mal pissen. Wir sehen uns morgen!« Damit verschwand er aufs Klo.

Ein peinliches Schweigen entstand. Der Dörresheimer Pfarrer würde niemals zulassen, daß eine Hure in seiner Kirche getraut würde, und Al würde niemals in einer anderen als der Dörresheimer heiraten wollen. Jupp hoffte, daß Hermine nicht danach fragen würde.

»Also, Runde oder was?« fragte schließlich Al fröhlich.

»Jau!« sagte Käues erfreut. Herbert Zank betrat den *Dörresheimer Hof* und bestellte von weitem schon mal zwei Bierchen. Er entdeckte Jupp, Käues und Al.

»Ah, da ist ja unser Noch-Junggeselle! Alles klar für morgen?«

»Na klar!« grinste Al. »Kommste mit Frau?«

Zanks Lächeln gefror. »Ähem, na klar! So was läßt sich meine Alte nicht entgehen. Übrigens wir haben ein super Geschenk für dich!« Dabei grinste er triumphierend zu Jupp.

»Tatsächlich?« fragte Al.

»Hast du schon einen Mixer?« fragte Zank freudig.

»Ja.«

»Ehrlich?«

»Hm.«

Jupp lehnte sich bequem an den Tresen und schielte zu Käues, der, von den anderen unbeobachtet, mit seinem Mund das Wort Scheißdreck formte.

»Aber doch bestimmt einen alten, oder?« fragte Zank, der die Hoffnung noch nicht aufgegeben hatte.

»Nö, ist ganz neu. Heißt DLX 4000, oder so!«

Diesmal formte Käues ein anderes Wort, von dem Jupp nur den ersten, ziemlich obszönen Teil entziffern konnte.

»Ha, wußte ich's doch!« sagte Zank schnell. »Ich hab dir nämlich in weiser Voraussicht was anderes geholt.«

Maria stellte eine Runde Bier und Stephinsky und einen Apfelsaft auf die Theke.

»Hab doch noch gar nicht bestellt?« wunderte sich Al.

»Ist von Rudi«, sagte Maria kurz und nickte zu einem der drei Männer, die am Ende der Theke standen. Al hob das Glas und prostete Rudi zu.

»Op disch on Olja!« rief Rudi laut.

»Danke!« rief Al zurück. »On morje weed ördentlisch jefiert!«

Die drei Männer lachten.

Jupp hatte die Nase voll und verabschiedete sich. Die

anderen waren nicht gerade begeistert, daß Jupp so früh schlapp machte, obwohl sie daran gewöhnt waren. Jupp war immer der erste, der bei einem Gelage ausstieg.

Aber heute war Jupp nicht betrunken.

Draußen vor der Tür begegnete Jupp Georg Radschlag, der gerade auf dem Weg in den *Dörresheimer Hof* war. Jupp hoffte, daß er achtlos an ihm vorbeilaufen würde, was Totgesagter natürlich nicht tat.

»Ah, dä Herr Schonalisst! Üsch hann isch jesoot!«

»Tatsächlich. Deswegen kommen Sie extra aus Matzerath herunter?«

»Jenau. Wößt Ihr, wat die jedonn hann?«

»Nein.«

»Die hann mier dat Bankkonto jesperrt. Dat hann die jedonn. Könnt Ihr mier'ens verzälle, wovon isch jez lövve soll?«

»Wie konnte das denn passieren?«

»Eener vom Amt hätt denne jeschrevve, dat isch duet ben. On wat maache die Aschlauche? Saare, dat isch net Jeorsch Radschlach ben, weil et Amt jesaat hätt, dat isch duet ben. Ävver isch bruchen doch dat Jeld, verdammp noch mohl!«

Radschlag hatte sich in Rage geredet. Die letzten Sätze waren schon wieder geschrien. Jupp sah ihn unschlüssig an.

»Das muß sich doch schnell klären lassen, Herr Radschlag!«

»Deet et ävver nett!« rief Radschlag verzweifelt.

»Aber warum kommen Sie zu mir?« fragte Jupp.

»Weil Ihr mier helpe möss, verdammp noch mohl!«

»Ich hab's doch schon in der Zeitung veröffentlicht«, protestierte Jupp.

»Ach, dat hätt doch kenne jelösse! Ihr moot met mir komme, op et Amp. Üsch wärden se net veraasche!«

Jupp fuhr sich mit einer Hand durch die Haare.

»Morgen ist Samstag. Da hat kein Amt auf ...«

»Dat es mer ejal!« kreischte Radschlag.

»Jetzt beruhigen Sie sich mal!« sagte Jupp und überlegte kurz. »Am Montag morgen rufe ich Sie an, und wir gehen zusammen zum Amt. Ist das in Ordnung?«

»Moondach morje!« wiederholte Radschlag wütend. »Ävver kenn Sekond spääder!«

»Haben Sie Verwandte, die Sie übers Wochenende durchfüttern?«

»Jo!« sagte Radschlag mürrisch, der sich immer noch nicht beruhigt hatte.

»Gut«, sagte Jupp, »Dann sehen wir uns Montag morgen in der Redaktion!«

»Wehe, wenn net. Isch benn net duet!« beharrte Radschlag und drehte sich um. Jupp sah ihm nach. Er hatte immer noch Gummistiefel an.

Big Mama Edna

Jupp schlief lange, traumlos und vor allem ohne Sabine, die beschlossen hatte, ihrem Vater eine weitere Nacht beizustehen, um ihm über den Verlust der Rubens-Frau hinwegzuhelfen. Jupp hatte dazu nichts gesagt. Klante schien seiner Ansicht nach gestern nicht sonderlich verärgert gewesen zu sein, als er ihn verlassen hatte, aber Sabine behauptete, daß er nach Abzug der Polizei ganz schön wütend gewesen sei, was er aber nicht vor allen zeigen wollte, und sie ihm Gesellschaft leisten müsse. Jupp wußte, daß dies nur eine Ausrede war, denn Klante saß zum Zeitpunkt des Telefonats im *Dörresheimer Hof* und spielte Karten. Sabine klang unzufrieden; etwas lag in ihrem Ton, was Nachdenklichkeit verriet. Jupp hatte aufgelegt und war gar nicht so unglücklich, den Rest des Abends seine Ruhe zu haben.

Er erwachte gegen neun Uhr und fühlte sich frisch. Sabine und er hatten in seiner Wohnung zwar schon einigermaßen Ordnung gemacht, aber sie sah immer noch sehr mitgenommen aus. Jupp braute sich einen starken Kaffee und frühstückte auf dem Fußboden seines Wohnzimmers.

Ob Al tatsächlich diese seltsame Stimmung nicht bemerkt hatte? Jupp fragte sich, ob er selbst fröhliches von schadenfrohem Gelächter würde unterscheiden können, wenn er nicht wußte, was man über ihn erzählte. Was würde der heutige Abend für Al und Olga bringen? Die Fähigkeit der Dörresheimer, so klare Grenzen zwischen Vergnügen und persönlichen Prinzipien zu ziehen, war wirklich bewundernswert. Ein Fest war ein Fest – und erst danach wurde zur Inquisition geschritten.

Dabei hatte Dörresheim auch unschätzbare Vorteile. Jupp würde niemals alleine ein Bier trinken müssen, ob man ihn nun mochte oder nicht. Jeder der alten Dörresheimer kannte ihn mit Namen, den Sohn des Schmitze Hein, der so früh von ihnen gegangen war. Bekäme er eins aufs vorlaute Maul, würden ihn seine Kumpel rächen, sollte er bettlägerig werden, fänden sich genügend Dörresheimer, die ihm unter die Arme greifen würden.

Sollte er einst alt werden, würde ihm der Gesangsverein zu runden Geburtstagen ein Ständchen bringen. Das galt für alle einheimischen Alten. Keiner von ihnen mußte fürchten zu verhungern, weil er nicht mehr stark genug war, sich selbst zu versorgen, und keiner starb alleine. Man hatte nur eine Familie, man hatte nur ein Dorf – unauswechselbar bis ans Ende seiner Tage. Aber es gab Regeln. Und die hatte man zu befolgen, auch wenn sich alles durch die Jahrzehnte gelockert hatte und mit jeder neuen Generation weiterhin verblaßte. Noch gab es die dörfliche Gemeinschaft, und je kleiner das Dorf, je tiefer es in der Eifel lag, desto eindeutiger waren die Regeln. Aber gab es nicht überall im Leben Regeln, die man einhalten mußte, um sich selbst nicht auszugrenzen? So gesehen, war Dörresheim keine Ausnahme. Es war nur anders.

Den Rest des Tages gammelte Jupp herum. Er konnte

sich nicht entscheiden, ob er sich anziehen, sich in der Glotze irgend etwas ansehen oder lieber jemanden anrufen wollte, von dem er lange nichts mehr gehört hatte. Es wurde sieben Uhr abends, bis er sich unter die Dusche stellte und auf das Fest vorbereitete.

Al hatte ein großes Zelt vom Sportverein bekommen. Schon von weitem war Gelächter zu hören und das Geräusch von zerspringendem Porzellan, das vor dem Zelt zerdeppert wurde. Auch Jupp hatte ein paar Teller in der Hand, als er knöcheltief durch Scherben watend, das Zelt ansteuerte. Jemand stemmte gerade ein altes Klo über seinen Kopf und schmiß es unter allgemeinem Gejohle an eine Mauer. Jupp suchte unter den Gästen nach Al und Olga. Käues stand an der Theke – wo auch sonst? –, kippte ein Kölsch auf ex hinunter und zeigte mit dem Finger in eine Richtung, als Jupp herüber fragte, wo Al zu finden sei.

Jupp sah sich um. An der Kopfseite des Zeltes stand eine Bühne für eine Kapelle, die heute abend spielen würde. Zwischen der Bühne und der Theke drängten sich gutgelaunt die Dörresheimer. Es mußten wenigstens drei- oder vierhundert Menschen sein, schätzte Jupp, fast die gleiche Anzahl, die sich vor dem Zelt herumtrieb. Für die Alten hatte man ein paar Bänke und Tische hingestellt, wo man ihnen Bier und ein paar Schnittchen servierte. Der Rest stand buntgemischt durch die Familien und Generationen in kleinen Grüppchen herum und unterhielt sich. Es war lauter als auf dem Kölner Hauptbahnhof.

Die Männer und Frauen hinter der Theke waren hoffnungslos überfordert. Die Bierhähne wurden gar nicht mehr zugedreht, das Kölsch verließ kränzeweise die Theke. Trotzdem kam man dem Durst nicht bei. Endlich machte Jupp Al und Olga in einer Menschengruppe aus.

»Jupp!« rief Al fröhlich. »Hol dir 'n Bier, Mann!«

Sie umarmten sich, und Jupp wünschte alles Gute zur

bevorstehenden Hochzeit. Dann umarmte er auch Olga und wiederholte seine Glückwünsche. Sie strahlte ihn glücklich an, und Jupp war sich auf einmal sicher, daß Regeln dazu da waren, daß man sie brach.

»Können wir gerade mal rausgehen?« rief Jupp durch den Lärm.

Al nickte und packte Olga an der Hand. Sie gingen vor das Zelt, wo Jupp seine Teller an einer freien Stelle auf dem Boden zerdepperte. Dann überreichte er sein Geschenk.

»Oh«, sagte Al, nachdem er den Text auf dem Gutschein gelesen hatte, und grinste. »Ich bin sicher, keiner wird Paris so gut kennenlernen wie wir beide!«

»Warum?«

»Rat mal, was Käues uns beiden geschenkt hat!« Al grinste immer noch.

»Tatsächlich?« stellte Jupp fest. »Und wie viele Mixer hast du schon bekommen?«

Al überlegte kurz, dann sagte er: »Noch gar keinen, dafür aber schon drei Friteusen.«

Käues kämpfte sich durch die Scherben heran und präsentierte einen Kranz Bier.

»Wollen wir diskutieren oder saufen?« fragte er.

Damit war das Gelage eröffnet. Während Jupp und Käues sich ein gemütliches Plätzchen an der Theke suchten, klapperte Al alle Freunde und Bekannten ab, um ihnen Olga zu präsentieren.

Drei Stunden später.

Jupp war bemerkenswert voll. Aber er hielt wacker durch. Herbert Zank hatte ihm vor einer halben Stunde nuschelnd mitgeteilt, daß er ein super Geschenk für Al gefunden hatte. Ein Sonderangebot eines Euskirchener Reisebüros, ein echtes Schnäppchen. Etwas, wo Jupp mit Sicherheit nicht mithalten könne, und Zank freute sich schon wie ein Schneekönig, Al sein Super-Geschenk zu überreichen. Jupp zuckte mit den Schultern und fragte Zank, was er mit dem Mixer gemacht habe.

Dann stritten sie sich zehn Minuten, weil Zank behauptete, nie einen Mixer erworben zu haben. Allerdings waren weder Zank noch Jupp in Form, so daß sie ihre Sticheleien nur halbherzig vortrugen.

Die Kapelle heizte ordentlich ein, und Jupp wippte mit dem Fuß. Junge Burschen, stellte er fest, und nahm gerade noch wahr, daß sich Heinz Nettekove, ein paar Flaschen Schabau unter den Arm geklemmt, zur Bühne vorkämpfte. Hoffentlich waren die Jungs nicht so unerfahren, wie sie aussahen, dachte Jupp und harrte der Dinge, die da ihren Lauf nahmen.

Die Kapelle machte Pause, und Jupp beobachtete, wie Nettekove strahlend Schabau an den Mann brachte. Die Jungs kippten den Schnaps herunter, und der Vorsitzende der *IG Glaube, Sitte, Heimat* machte sich gleich daran, die Gläser wieder zu füllen. Hoch die Tassen, schrie Nettekove, Jupp konnte es von seinen Lippen ablesen, und die Jungs leerten ihre Gläser in einem Zug.

»He, Häbätt!« rief Jupp. »Wat meenste. Komme Oljas Kollejenne noch eraff?«

Zank sah um sich, entdeckte seine Frau irgendwo weit außerhalb jeder Hörweite. Dann sagte er: »Wehe, wenn net!«

Die Kapelle hatte ihre Pause beendet, aber Nettekove rührte sich nicht von der Stelle und füllte schon die Gläser für die nächste Pause. Käues arbeitete sich durch die Menschenmassen und versuchte, über die Theke zu klettern. Er hatte noch eine Flasche Trester entdeckt, die schutzlos und alleine herumstand. Da lag er nun bäuchlings auf der Theke und streckte die Finger gierig nach der Flasche aus. Dann ein letzter Versuch, die fehlenden Zentimeter mit einer gewaltigen Streckung herauszuholen: Er legte seinen Kopf auf die Brust, schob die rechte Schulter vor und fingerte nach der Flasche, biß dabei die Zähne zusammen, grummelte eine letztes »Arrgh« und schmierte wie ein abgeschossener Stucka von der Theke. Ein paar Sekunden später schlängelte sich ein Arm an dem kleinen Tischchen hoch, auf dem der Trester stand. Die Finger fanden die Flasche, schlossen sich um ihren Hals und zogen sie vorsichtig nach unten. Käues tauchte nicht wieder auf.

Unterdessen machte die Kapelle wieder ein Päuschen, obwohl sie nur zwei Lieder gespielt hatte, und Nettekove rief wieder: »Hoch die Tassen!« Er öffnete eine neue Flasche Schabau und füllte nach. Und so tranken sie Runde um Runde. Nach einer halben Stunde war es dann soweit: Nettekove hatte seine Flaschen geleert und verabschiedete sich von den Jungs, die längst jenseits von Gut und Böse waren.

Wieder tippte Jupp Zank an und nickte in Richtung Bühne. »Jetz jit et jät zo laache!« stammelte Jupp sternhagelvoll und bestellte vorsichtshalber zwei Bier, um bei der Vorstellung nicht aus Versehen ein leeres Glas in der Hand zu halten.

Der Mann am Schlagzeug hockte sich schwankend auf seinen Platz, sah seine Kollegen an und schlug seine Stöcke gegeneinander, bis ihm einer aus der Hand fiel. Anschließend verbrachte er zwanzig Minuten damit, seinen Stock zu suchen. Danach signalisierte er den anderen, daß er dieses Mal darauf verzichten würde, den Takt einzuklopfen.

Die Band legte mit einem Rock 'n' Roll los, bei dem Jupp begeistert auf der Stelle hüpfte. Zwar hatte die Band keinen Solo-Gitarristen, dafür aber einen gut aufgelegten Bläsersatz, der prima im Rhythmus lag. Er lag nicht wirklich prima im Rhythmus, aber Jupp hatte seine helle Freude daran. Die Jungs gaben ihr Bestes, auch wenn niemand von ihnen sicher auf den Beinen stand.

Dann nahm das Drama seinen Lauf: Ein junger Bursche mit freundlichem Gesicht und krausem Haar trat ein paar Schritte vor, setzte seine Trompete an den Mund, wartete auf seinen Einsatz, nahm ordentlich Luft und fiel um wie eine Bahnschranke, die Trompete immer noch an seinen Lippen. Ein paar Sekunden lag er einfach nur auf der Bühne, dann löste sich der Krampf, und er wurde ohnmächtig. Der Mann an der Posaune stolperte nach vorne, um wenigstens das Solo zu retten, während Bolligs Adi versuchte, den Trompeter an einem Fuß von der Bühne zu schleifen.

Der Posaunist blies, was das Zeug hielt, und übergab sich großzügig ins Volk.

Von da an ging es ohne Musik weiter.

Jupp und Zank hatten sich zugeprostet und auf die Kapelle angestoßen. Später hörte Jupp zufällig den Posaunisten sagen, daß niemand behaupten könne, er hätte nicht alles gegeben. Den Trompeter hatte man hinter das Schlagzeug gelegt. Er war einfach nicht zu wecken.

Weitere zwei Stunden später.

Das Zelt hatte sich mittlerweile spürbar geleert. Die meisten fanden es langweilig, so ganz ohne Musik, und waren gegangen. Trotzdem waren wohl noch hundert Mann da, der harte Kern an der Theke bei den üblichen Trinkspielchen.

Jupp klammerte sich an einen Zeltpfosten in einer stillen Ecke und rang mit einer alkoholbedingten Ohnmacht. Heinz Nettekove stand von einem Tisch auf, zog kurz am Gürtel seine Hose nach oben und ging so breitbeinig auf Jupp zu, als hätte er Elephantitis an den Genitalien. Dann legte er feierlich die Hand auf seine Schulter und sagte: »Jupp, hürens. Wat isch noch sabrrrhhh ...« Er erbrach sich ausgiebig vor seinen Füßen.

»Oh«, machte Jupp. »'tschuldigung, aber sum Schluß war's en bißchen undeutlich.«

»Eja!«, sagte Nettekove und torkelte aus dem Zelt. Es wurde ungemütlich, besonders in seiner Ecke, fand Jupp. Ein guter Moment, nach Hause zu gehen. Er visierte gerade den Zeltausgang an, als Detras das Zelt betrat. Und gleich hinter ihm alle Damen, die *Lolas* so erfolgreich machten.

Jupp hatte nur Augen für eine. Sie betrat gleich nach Detras das Zelt, und Jupp glaubte für einen Moment an einen Einmarsch der Walküren. Es war unmöglich, ihr Alter zu schätzen, irgend etwas über Dreißig, vielleicht auch über Vierzig. Sie hatte sich erstaunlich gut gehalten, ihr Busen erinnerte ihn irgendwie an die Alpen und der Hintern hatte die Form eines Weinfasses. Trotzdem wirkte sie nicht fett, in gewisser Weise sogar durchtrainiert.

Jupp bemühte sich um einen aufrechten Gang und gesellte sich neben Al, der sich mittlerweile an Olga festhalten mußte. Nach und nach gratulierten alle Damen vom *Lolas*, und Jupp lauschte, als sich die Frau vorstellte, die er heimlich, aber fasziniert beobachtete. Ihre Stimme paßte zu ihrem Körper: sie klang voll und viel zu laut, und ihr Lachen dröhnte unüberhörbar im ganzen Zelt. Sie umarmte Olga und bestellte gleich ein Runde Wodka.

»Danke, Edna!« lächelte Olga schüchtern, und die Frau namens Edna nahm sie in ihre gewaltigen Arme und drückte sie an ihre Brust. Offenbar war sie auch nicht mehr ganz nüchtern, was Jupp freute. Dann würde er nicht ganz so auffallen, sollte er den Mut haben, sich vorzustellen. Edna kippte den Wodka herunter und goß sich aus der Flasche gleich nach. Jupp beobachtete verstohlen ihr Gesicht. Sie war immer noch sehr schön, obwohl ihr Beruf mit Sicherheit anstrengend war. Sie sah unverbrauchter aus als ihre Kolleginnen, die wahrscheinlich zwanzig Jahre jünger waren. Wieder lachte sie laut und alle lachten mit. Jupp wußte nicht über was, trotzdem lächelte er vergnügt. Diese Frau hatte die seltene Fähigkeit, jemanden mitzureißen. Plötzlich stand Edna neben Jupp und schloß ihn in die Arme.

»Na, mein stiller weißer Freund! Big Mama Edna hat dich ja noch gar nicht gedrückt, hm?!«

Jupp wußte nicht, was er sagen sollte. Big Mama Edna war die schönste Farbige, die er je kennengelernt hatte, was aber kein Kunststück war: sie war auch die erste, die er kennenlernte.

»Dat ist Jupp!« rief Al, weil Jupp immer noch nicht

wußte, was er sagen sollte. »Mein bester Freund und der fähigste Journalist von Dörresheim!«

»Tatsächlich? So wie es aussieht, ist er auch der betrunkenste Journalist von Dörresheim!« lachte Edna tönend.

»Der liegt da hinten«, erklärte Jupp und zeigte auf Zank, der unter einem der Tische lag. »Ich stehe noch.«

Edna lachte. »Na, daran können wir ja arbeiten.« Sie zerrte ihn ein Stück weiter und bestellte Tequila.

»Ich hab dich nich jesehen, als isch neulich bei euch war«, begann Jupp.

»Na, hör mal Süßer. Manchmal muß ich auch arbeiten. Warum warst du denn da? Du siehst nicht nach einem typischen Kunden aus.«

»Es gibt Leute hier, die möjen das *Lolas* nich. Naja, isch hab drüber jeschrieben.«

»Und? Magst du das *Lolas*?«

Jupp überlegte einen Moment.

»Weiß nich. Arbeitest du wirklisch ... ich meine ... du machst ... ähem ...«

»Ob ich gegen Geld ficke?«

»Hm.«

»Ja, das ist mein Beruf.«

»Aber, warum du ... ich meine, du könntest ... du bist doch sehr nett ... ähem ... vielleicht könntest du ja 'n richtigen Job ...«

»Das ist ein richtiger Job, Süßer!« fuhr Big Mama Edna dazwischen. Einen Moment schwieg sie, dann strahlte sie ihn an. »Na, komm, Kleiner! Trink erst mal einen auf den Schreck!«

Jupp und Edna tranken noch eine Stunde Tequila, und Jupp konnte sich nur noch wundern, daß er nicht schon längst ohnmächtig geworden war. Er erzählte von seinem Job und den Diebstählen, die sich in letzter Zeit ereignet hatten, von Sabine, die er den ganzen Abend gemieden hatte wie der Teufel das Weihwasser, von dem Eifler im allgemeinen und auch im besonderen, von seinen Bedenken gegen Als Hochzeit. Edna sagte nichts und hörte aufmerksam zu.

Schließlich fragte sie: »Was hältst du von Andrés?«

Jupp überlegte, wer gemeint sein könnte.

»Detras!« half Edna weiter.

»Er is 'n ...«, Jupp suchte nach dem richtigen Wort, » ... 'n Arschloch, glaube ich.«

Edna lächelte. »Ich hab früher seine Geschäfte geführt.«

»Und, warum macht das jetz Olja?«

»Wahrscheinlich, weil er ein Arschloch ist, deswegen!«

Jupp versuchte zu grinsen, bemerkte aber, daß er nicht mehr alle Gesichtsmuskeln unter Kontrolle hatte. Das mußte fürchterlich schief aussehen, dachte er verwirrt.

»Immerhin isser dein Boss. Hasse nisch Angst, daß isch disch verpetze?«

Edna nahm ihn wieder in den Arm, griff mit einer Hand nach seinen Wangen, drückte sie sanft zu einem Kussmund zusammen.

»Nein, Süßer«, sagte sie und preßte ihre Lippen auf die seinen. Dann bestellte sie einen großen Orangensaft, den sie vor Jupp stellte. Jupp trank.

»Wußtest du eigentlich, daß der wohlerzogene Herr Detras gar nicht lesen kann?« fragte sie Jupp leise.

»Kanner nich?«

Edna schüttelte den Kopf. »Legastheniker und zu faul, etwas dagegen zu tun«, grinste sie. »Ich mußte ihm immer alles vorlesen, dem Trottel!«

Jupp kicherte leise in sich hinein. »Hassu ihm wahrscheinlisch auch so jesacht.«

Edna legte verschwörerisch den Arm über seine Schulter und flüsterte ihm »sicher« ins Ohr. Ihre Wangen waren angenehm warm, fand Jupp. Sie hatte sich nicht fortbewegt, sagte aber auch nichts mehr. Jupp fühlte sich sehr wohl, lauschte ihrem Atem und spürte irgendwo in seinem Haar ihre Hand. Er lehnte sich zu ihr herüber, legte seinen Kopf auf ihren gewaltigen Busen und war müde, aber glücklich.

Edna verharrte einen Moment, in dem er nur ihren Atem hörte, dann fragte sie leise: »Bist du noch wach?«

Jupp nickte kurz.

»Hast du Lust?«

Jupp nickte wieder.

»Für dich mach ich's für 'n halben Preis.«

Jupp nickte wieder.

Sie schien ihn wirklich zu mögen.

Der Alte im Fenster

Big Mama Edna brachte Jupp vor das Zelt und stellte ihn so an eine Mauer, daß er nicht hinfallen konnte. Dann suchte sie Al, der mittlerweile ähnlich bedient war und friedlich in Olgas Schoß schlummerte. Olga teilte ihr in gebrochenem Deutsch mit, daß die Haustür offen sei und sie drinnen ein Taxi rufen könne. Edna klatschte Als Wangen, bis er für einen kurzen Moment wach wurde und sie ihn fragen konnte, wo Jupp wohnte.

Als sich das Taxi näherte, warf sich Edna Jupp kurzerhand über die Schulter. Sie stakste durch die Scherben, erreichte das Auto und legte Jupp auf den Vordersitz. Dann gab sie dem Fahrer einen extra Zehner, damit er Jupp die Treppe zu seiner Wohnung hoch schleppte und ins Bett brachte.

»Dat es doch Jupp!« sagte der Fahrer, und Edna hob verwundert eine Augenbraue. Der Fahrer winkte lächelnd ab.

»Weißt du«, sagte er fast väterlich, »wenn du die Jungs schon so oft besoffen nach Hause gebracht hast, dann gehören die schon fast zur Familie.«

Etwas klingelte.

Jupp lag in seinen Klamotten auf seiner zerschlitzten Matratze und träumte, daß sein Kopf der Resonanzkörper der alten Pausenklingel seiner alten Grundschule sei, auf der das kleine Hämmerchen aus Metall fünfzigmal die Sekunde einschlug. Er schreckte auf, ohne jede Orientierung und sprang aus dem Bett, weil die Schulstunde gleich anfangen mußte, und er zu spät in die Klasse kam. Es war zappenduster, und Jupp verlor erst das Gleichgewicht, dann seinen Mageninhalt.

Wieder klingelte es, diesmal gedämpft.

Jupp bekam Panik. Er wußte nicht, wo er war und wollte nur noch schnell heraus, kroch über den Boden, stieß mit dem Kopf gegen Bett und Schrank, erreichte aber nach einer Weile die Zimmertür. Er hangelte sich am Türgriff hoch, fand den Lichtschalter und erkannte bei Licht, daß er in seinem Schlafzimmer war.

Wieder das Klingeln.

Jupp fand das Telefon, hob ab und hielt mit spitzen Fingern den Hörer etwas von seinem Kopf weg.

»Jupp, glaube ich«, sagte er, bevor ihm schlecht wurde.

»Es ist was passiert!« sagte eine Stimme schnell. »Versuch, nüchtern zu werden!«

»Wer sum Teufel is da?«

»Edna, du Blödmann!«

»Oh, hallo Edna. Wie jeht's denn so?«

»Jupp konzentrier dich. Ich hab keine Zeit für einen Plausch. Bei uns ist eingebrochen worden. Detras ist außer sich vor Wut. Mann, so sauer hab ich den noch nie erlebt. Einem der Mädchen hat er schon eine geknallt, weil sie gesagt hat, er solle sich nicht so künstlich aufregen.«

»Was ist denn geklaut worden?«

»Keine Ahnung. Hat er nicht gesagt. Aber du kannst sicher sein, daß er den Dieb suchen wird, und bei seiner Laune wird das nicht angenehm für den. Im Milieu erledigt man solche Sachen ohne die Polizei!«

»Wo isser jetzt?« fragte Jupp, der sich schon etwas nüchterner fühlte.

»In seinem Büro ... Warte mal ...« Edna sagte nichts mehr. Dann ein paar Sekunden später war sie wieder dran: »Ich glaube, er fährt weg!«

Jupp suchte, seinem Instinkt folgend, seinen Autoschlüssel. Vom *Lolas* gab es nur einen Weg ins Dorf, um von dort aus, wohin auch immer zu fahren. Eine Tür knallte im Hintergrund, Jupp verabschiedete sich knapp von Edna und stürmte aus der Wohnung. Er mußte vor Detras an der Dorfkreuzung sein.

Sein Käfer stand vor der Tür und sprang glücklicherweise sofort an. Er hatte es nicht weit bis zu besagter Kreuzung, mußte also, selbst wenn Detras wie ein Bankräuber vom *Lolas* losjagte, deutlich vor ihm dort sein. Trotzdem gab Jupp Vollgas, streifte die Bachmauer und zerbeulte dabei die ganze Fahrerseite. Er hoffte bloß, daß kein Polizist seine Schlangenfahrt beobachtete. Sie würden sich vermutlich erst gar keine Mühe machen, ihm den Führerschein wegzunehmen, und ihn prophylaktisch einsperren.

Nur eine Minute später war Jupp an der Kreuzung und wartete. Allerdings nicht lange. Detras hielt mit quietschenden Reifen, sah nach links und rechts und gab wieder Vollgas. Er bog ab, Richtung Bad Münstereifel, und überholte Jupp noch in Dörresheim, der das Schauspiel im Rückspiegel beobachtet hatte. Detras fuhr einen teuren Mercedes, und Jupp versuchte ihm, so gut es ging, zu folgen. Aber die Limousine legte unaufhaltsam Meter um Meter zwischen sich und dem klapprigen Käfer. Jupp verlor Detras aus den Augen, fluchte und versuchte gleichzeitig, sich an der Mittellinie der Straße zu orientieren.

Er näherte mittlerweile Münstereifel und hatte jede Hoffnung aufgegeben. Aber er hatte Glück. Detras hatte an einer Kreuzung warten müssen, weil eine Ampel rot war. Er fuhr gerade wieder an, als Jupp den Mercedes erspähte.

Aber die Umgehungsstraße um die Kurstadt führte steil an, so daß Jupp Detras schon rasch wieder verlor. Sein Käfer quälte sich den Anstieg herauf, und Jupp fluchte lauthals. Doch plötzlich wußte er, wo Detras hinwollte. Zumindest hoffte er das.

Jupp passierte Eicherscheidt und Schönau und erreichte die Abzweigung nach Marlberg. Das Dorf schien noch zu schlafen, niemand war auf den Straßen an diesem Sonntag. Jupp parkte den Käfer unterhalb des Michelsbergs und stieg die letzten zwei-, dreihundert Meter zu Fuß hoch zum Schloß. Auf dem letzten Stück wurde ihm schwindelig, und er kämpfte mit der Übelkeit. Er verwünschte sich dafür, weil er kostbare Minuten verlor. Dann huschte er durch die Büsche an das Schloß heran und versuchte, etwas durch die Fenster zu sehen.

Aber er sah nichts. Keine Bewegung, hörte kein Geräusch, einfach nichts. Jupp suchte Schutz hinter Büschen und Bäumen und warf einen Blick auf den Parkplatz. Zu seiner großen Enttäuschung konnte er keinen Mercedes ausmachen. Auch keine Reifenabdrücke auf dem Kies, der wohl erst kürzlich frisch geharkt worden war. Jupp schlich zurück, durch Busch und Strauch, und pirschte sich an eines der Fenster heran. Vorsichtig linste er kurz hinein, erkannte den Raum, in dem er vor ein paar Tagen mit Sassmannshausen gesessen hatte, und lehnte sich wieder mit dem Rücken an der Außenmauer.

Er nahm tief Luft. Dann sah er ein weiteres Mal durch das Fenster.

Sassmannshausen stand mit bleichem Gesicht vor ihm und sah ihn stumm an. Er hatte nur ein Nachthemd an und stand völlig still vor dem Fenster.

Jupp schrie auf vor Schreck und sprang zurück. Er atmete tief durch. Sassmannshausen hatte ihn gesehen. Also konnte er ihm auch gleich sagen, warum er sich auf seinem Grundstück herumtrieb. Er stieß sich von der Mauer ab und trat erneut vor das Fenster.

Aber der Alte war weg.

Jupp fragte sich, wie betrunken man eigentlich sein konnte, und starrte durch das Fenster. Nichts darin verriet, daß irgend jemand da war oder je gewesen war. Jupp wurde die Situation unheimlich. Hatte er jetzt halluziniert, oder nicht? Er huschte zurück zum Hof und beobachtete den Eingang. Wenn er nicht phantasiert hatte, würde Sassmannshausen jeden Moment aus der Tür treten und nach ihm rufen. Also wartete Jupp.

Nichts geschah.

Er wußte nicht, wie lange er so gestanden und die Tür beobachtet hatte. Schließlich gab er es auf und setzte sich wieder in seinen Käfer. Sein Herz klopfte immer noch wild und seine Hände zitterten. Er konnte sich nicht erinnern, sich jemals in seinem Leben so erschreckt zu haben. Er sah aus dem Auto hoch zum Schloß, konnte nur die obersten Fenster und das Dach sehen. Alles war sehr ruhig, sehr friedlich, und für einen Moment glaubte Jupp, gar nicht hier, sondern in einem Traum gefangen zu sein.

Etwas Gutes hatte der Schock aber doch gehabt: Er fühlte sich wieder nüchtern.

Drei auf einem Sofa

Jupp erreichte seine Wohnung, ohne die Beifahrerseite seines Käfers zu zerstören, und legte sich ins Bett.

Am frühen Nachmittag erwachte er mit einem Belag auf der Zunge und einem Geschmack im Mund, daß er dachte, man hätte ihm ein halbes Gnu zwischen die Zähne gesteckt. Schröder anrufen war das erste, was ihm durch den Kopf ging. Doch vorher duschte er sich, putzte sich die Zähne und trank Kaffee. Als er endlich Schröders Nummer gewählt hatte, quäkte ein kleines Mädchen ins Telefon, daß der Papa noch im Bett lag – mit Mama. Jupp bat das quäkende Mädchen, daß es

Papa, soweit er tatsächlich nur schliefe, ans Telefon holen solle. Onkel Jupp müsse ihm etwas Wichtiges sagen. Schröders Kleine knallte den Hörer so hart auf, daß Jupps Kopfschmerzen gleich wieder einsetzten. Nach einer schier endlosen Zeit hörte Jupp schwerfällige Schritte. Dann war Schröder dran.

»Was gibt's?« fragte er müde.
»Was ist mit eurer verkackten Computeranlage?«
»Im Eimer, weißt du doch. Warum?« fragte Schröder.
»Immer noch?«
»Kunz macht Sachen nicht einfach so kaputt. Er ist sehr gründlich in solchen Dingen. Ich meine, zeig ihm einen Punkt, und er wird den ganzen Erdball in ein Schwarzes Loch hebeln. Selbst wenn es im Umkreis von hundert Millionen Lichtjahren kein Schwarzes Loch gibt. Der Programmierer hat gesagt, daß er so etwas in dreizehn Jahren Dienstzeit noch nicht erlebt hat.«
»Egal, wir müssen los!« sagte Jupp bestimmt.
»Wie wär's mit morgen?«
»Sie meinen, während der Dienstzeit, Herr Hauptkommissar?« fragte Jupp bissig.
»Jaja, reg dich ab. Wohin?«
»Bei Detras ist eingebrochen worden.«
»Tatsächlich? Er hat's doch nicht gemeldet, oder?«
»Nein. Wann kann ich dich abholen?« fragte Jupp.
»Gib mir eine halbe Stunde.«

Natürlich meckerte Schröder, daß er in so einem Auto durch die Gegend fahren mußte. Er bot sein eigenes an, weil es funktionierende Scheibenwischer hätte, eine prima Anlage und überhaupt ein recht schmuckes wäre. Aber Jupp hatte es eilig, jedenfalls drängelte er Schröder, sich endlich ins Auto zu setzen, damit sie durchstarten konnten. Der Hauptkommissar fragte, ob ihm wenigstens die Gnade erwiesen würde, etwas über ihren Zielort zu erfahren. Jupp antwortete knapp mit Radler Radschlag und Matzerath. Viel schlauer war

Schröder jetzt auch nicht, verschwieg es aber, um sich keine Blöße zu geben.

Nach einer Weile erzählte Jupp: »Ich hatte eine Halluzination.«

»Das kommt von dem Stoff, den Alfons für dich aus der Asservatenkammer klaut. Ich dachte, es wäre was Wichtiges?« grinste Schröder.

»Du weißt davon?«

Schröder nickte. »Ich weiß von allem etwas.«

Jupp lachte. Dann wurde er wieder ernst. »Nein, ich meine, ich bin mir nicht sicher, was ich heute morgen gesehen habe.«

Er berichtete von dem morgendlichen Anruf und von der Verfolgung Detras'. Schröder hörte aufmerksam zu.

»Und du meinst, Detras ist trotzdem zu Sassmannshausen gefahren, obwohl du ihn nicht gesehen hast?«

Jupp zuckte mit den Schultern. »Er könnte mich erkannt haben, als er mich überholt hat. Also denkt er sich, hänge ich ihn ab, parke mein Auto etwas abseits und gehe zu Fuß ins Schloß.«

»Dafür würde sprechen, daß Sassmannshausen schon wach war, wenn auch noch nicht lange, weil Detras ihn geweckt hat. Richtig?«

»Hm.«

»Aber warum sollte er sich dir zeigen? Das wäre doch ein Risiko, nicht wahr?«

»Ich weiß es auch nicht. Nehmen wir an, er ist heute morgen sehr früh wach geworden. Er geht in die Küche, um einen Schluck zu trinken oder so etwas. Dabei sieht er mich durch seinen Garten schleichen. Er hat keine Ahnung, warum ich mich da draußen rumtreibe, aber er denkt sich, daß ich was herausfinden will. Also wartet er auf den richtigen Moment und spielt das Gespenst. Ein schöner Auftritt, findet er, dramaturgisch geradezu perfekt. Genau richtig, um mein Interesse an ihm neuen Schwung zu geben.«

»Aber was sollte das für einen Sinn machen?« fragte Schröder.

Jupp seufzte. »Das ist es ja. Es macht keinen Sinn.«
Der Käfer passierte Buderath und machte ein paar Minuten später halt in Matzerath. Schröder und Jupp stiegen aus und klingelten an einer Tür. Eine blonde Frau öffnete und fragte, wie sie helfen könne. Schröder zückte seinen Ausweis und stellte sich vor. Gleichzeitig beförderte er Jupp ebenfalls zu einem Dörresheimer Polizisten.

»Können Sie uns sagen, wo Georg Radschlag wohnt?«

»Welchen meinen Sie?« fragte die Frau.

»Den Zugereisten.«

Die Frau beschrieb ihnen den Weg.

»Hat er was angestellt? Ich meine, bevor er ...«

»Wie kommen Sie darauf?« fragte Jupp.

»Och, man hört so einiges. Und frech war der Kerl, ein ganz unverschämter. Den mochte keiner hier im Dorf. Der hat nicht gegrüßt, und in die Kirche ist er auch nicht gegangen. Der wollte nichts mit anderen zu tun haben. Komisch nicht? Keiner durfte ihn besuchen. Der Fettes Rallef wollt dat 'ens. Ävver ... Aber der hat einfach die Tür vor seiner Nase zugemacht, einfach so, der unverschämte Lümmel. Ich meine, wenn einer so ist, dann macht der bestimmt auch schlimme Sachen, dann hat der doch was zu verbergen, oder nicht, Herr Kommissar? Außerdem hab ich gehört, daß einmal die Polizei vor seinem Haus stand, kurz nachdem er hierhin gezogen ist. Das stimmt doch was nicht, kann ich Ihnen sagen.«

»Schon möglich«, antwortete Jupp, der sich über die rasche Beförderung zum Kommissar freute. »Ist Ralf Fettes der Nachbar von Radschlag?«

Die Frau nickte, und Jupp und Schröder verabschiedeten sich höflich.

Radschlags Haus stand etwas abseits des Dorfes, kurz hinter dem Ortsausgang. Ein kleines Fachwerkgebäude mit einem kleinen, eingezäunten Garten und heruntergelassenen Rouleaus. Fettes' Haus stand auf der anderen Seite, war aber ungleich größer und von modernerer Bauart. Schröder drückte die Klinke von Radschlags Haustür herunter und mußte feststellen, daß sie verschlossen war. Jupp nickte Schröder zu, es hinter dem Haus zu versuchen. Sie fanden keine Tür, aber zwei Fenster, ohne Rouleaus. Jupp forderte Schröder zu einer Räuberleiter auf. Der Hauptkommissar hievte Jupp zum Fenster hoch.

»Und?« fragte Schröder keuchend.

»Sieht aus wie 'ne ganz normale Wohnung. Laß mich noch mal runter.«

Jupp lief über die Wiese, die sich hinter dem Radschlag-Häuschen erstreckte und suchte den Boden ab. Er wurde fündig und kam mit eine schweren Stein zurück. Schröder sah sich unsicher um und stellte sich Jupp mit erhobenen Zeigefinger in den Weg. »Wehe, du ...«

Jupp warf den Stein mit Schwung durchs Fenster.

» ... triffst das Fenster nicht«, schloß Schröder seufzend und nahm den Finger wieder herunter. Er half Jupp ein weiteres Mal nach oben, der das Fenster von innen öffnete.

»Ein Glück, daß Radschlag uns nicht in flagranti erwischen kann!« flüsterte Schröder, als er ebenfalls im Haus war, und klopfte sich den Staub von seiner Jacke.

»Sonst hätte ich hier bestimmt keinen Stein reingeworfen«, flüsterte Jupp zurück, dem auffiel, daß sie gar nicht zu flüstern brauchten.

Sie befanden sich im Wohnzimmer, was nichts Auffälliges an sich hatte, außer daß der Fernseher und die Stereoanlage offensichtlich neu waren. Sonst standen nur eine schwarze Zweier-Couch, ein Eßtisch und ein paar Stühle im Raum. Die Küche, das Schlafzimmer, der Kleiderschrank – nirgends war etwas, was auf irgend etwas Verdächtiges schließen ließ. Schröder fand die Speichertür. Aber der Speicher war leer, bis auf ein paar Kisten, die angestaubt in der Ecke standen.

»War wohl nix«, meinte Schröder, als sie wieder in der Diele des Hauses standen.

Jupp kratzte sich den Nacken. Er hatte sich irgend etwas von ihrem Besuch erhofft, wobei er aber nicht wußte, was dies hätte sein können. Enttäuscht beäugte er den Läufer, auf dem er stand. Ganz schön dreckig, fand Jupp, obwohl der Rest des Hauses sauber und aufgeräumt wirkte. Fußspuren waren tief ins Gewebe eingezogen. Auffallenderweise nahmen diese Spuren von der Wohnzimmertür zur Eingangstür des Häuschens in ihrem Verschmutzungsgrad ab.

»Eigentlich sollte es doch umgekehrt sein«, murmelte Jupp.

»Was?« fragte Schröder.

»Na, der Dreck auf dem Teppich. Der sollte doch besonders tief am Haupteingang eingezogen sein, oder nicht?«

Schröder schritt die etwa vier Meter lange und sehr schmale Diele bis zur Eingangstür ab. Bis etwa einen Meter vor der Eingangstür waren Schmutzränder zu erkennen. Dann wurde der Läufer zusehends sauberer, und vor der Wohnzimmertür war er wieder deutlich dreckiger. Jupp kniete sich vor den Läufer und hob ihn an. Darunter waren abgewetzte Dielen, die Richtung Haustür verliefen. Beim weiteren Aufrollen des Teppichs entdeckte Jupp die Tür. Der Spalt war gerade breit genug, um sie mit den Fingerspitzen anzuheben.

Vor ihnen ging es steil bergab. Eine kleine Steintreppe führte ins Dunkel.

»In *meinem* Wagen liegt 'ne Taschenlampe«, nörgelte Schröder.

»Radschlag hat garantiert auch eine«, sagte Jupp.

Sie fanden sie unter der Spüle der Küche. Schröder stieg vor Jupp hinab in die Tiefe. Nach acht Stufen hatte Jupp wieder festen, wenn auch etwas matschigen Boden unter den Füßen. Sie mußten sich sehr tief bücken, der Raum maß keine 160 Zentimeter in der Höhe, war aber überraschend tief, an die sechs Meter und vielleicht vier Meter breit. Schröder pellte mit Hilfe der Lampe einige Regale aus dem Dunkel, die schön in Reih und Glied aufgebaut waren. Darauf stapelten sich Verpackungen von CD-Playern, Cassettendecks, Verstärkern, Fernsehern, Uhren, Schmuck, alles einzeln luftdicht verschweißt. In einem Karton fand Schröder sogar ein paar Beutelchen mit weißem Pulver.

»Nicht schlecht.« Der Hauptkommissar pfiff durch die Zähne. »Morgen check ich Radschlag durch. Wäre doch gelacht, wenn wir den nicht schon kennen. Und dann können wir hier auch offiziell rein.«

Jupp nickte zufrieden.

Beim Verlassen der Diele bemerkte Jupp die Fußspuren, die sie auf dem Teppich hinterließen, und machte Schröder darauf aufmerksam. Doch der winkte ab. Niemand würde blöde Fragen stellen, solange er der Dörresheimer Polizeistelle vorstand. Sie kletterten aus dem Fenster und sahen sich vorsichtig um, bevor sie Radschlags Grundstück hinter sich ließen. Rasch huschten sie über die Straße und klingelten bei Fettes an der Tür.

Wiederum öffnete eine Frau, und ihr folgte ein appetitlicher Bratenduft. Bevor sie sich vorstellen konnten, sagte die Frau: »Beim Radschlag ist keiner.«

Schröder schluckte. »Ähm, ja. Haben wir bemerkt. Meine Name ist Schröder, Hauptkommissar Schröder. Dörresheimer Polizeiwache. Mein Kollege Schmitz.«

Er wies sich aus. »Ist ihr Mann da?«

Die Frau wischte sich die Hände an ihrer Schürze ab und studierte Schröders Ausweis genau. »Der kommt so in einer Stunde vom Frühschoppen. Kann ich vielleicht helfen, Herr Kommissar?

Sie trat ein Stück zur Seite und wies mit einer Hand ins Hausinnere. Sie folgten ihr ins Wohnzimmer, setzten sich in die Sitzgruppe vor dem Fernseher, sagten nicht nein zu einem Süppchen und aßen hungrig, während Frau Fettes die Schürze abnahm und sich zu ihnen gesellte.

»Was können Sie uns über Radschlag erzählen?« fragte Schröder und wischte sich mit dem Handrücken über das Kinn.

Frau Fettes legte los wie die Feuerwehr über den unverschämten Lümmel, der da gegenüber wohnte, nie grüßte, nie in die Kirche ging und ihrem Mann die Tür vor der Nase zugeschlagen hatte. Und außerdem habe mal ein Polizeiwagen vor seinem Haus gestanden, kurz nachdem er nach Matzerath gezogen sei.

Schröder und Jupp hörten geduldig zu. Dann fragte der Hauptkommissar: »Hat er denn ab und an Besuch bekommen? Ich meine in den letzten Wochen?«

Frau Fettes sah Schröder empört an. »Also, ich guck doch nicht auch noch, wer bei dem blöden Kerl ein- und ausgeht!«

»Nein, natürlich nicht«, sagte Jupp beschwichtigend und fügte gewichtig hinzu, »aber überlegen Sie noch mal ganz genau. Sie helfen hier bei einer wichtigen polizeilichen Ermittlung. Versuchen Sie sich an alles zu erinnern, was Sie ... ähm, durch Zufall gesehen haben. Alles kann von großer Wichtigkeit sein!«

Frau Fettes rieb mit Zeigefinger und Daumen ihr Kinn. »Nuuuunnn, lassen Sie mich mal überlegen. Also, ich hab mal gesehen, aber das war ein ganz großer Zufall, ist nicht so, daß ich am Fenster gelauert hätte, nicht, daß Sie das jetzt denken, also, ich hab mal gesehen, wie da nachts ein Auto gehalten hat. Ich konnte in der Nacht nicht schlafen, und da hab ich in der Küche noch was gegessen, und da hab ich gesehen, wie das Auto gehalten hat und ein Mann ausgestiegen ist. Dann ist die Tür aufgegangen, der Mann ist rein und erst eine halbe Stunde später ist er wieder raus.«

»Haben Sie den Mann erkannt?«

»Na, wenn Sie so fragen. Das war so 'n kleiner Dikker. Also, irgendwie kam der mir bekannt vor. Sah jedenfalls nicht wie 'n Auswärtiger aus. Also, der war mal da. Aber, ob der öfter da war, weiß ich wirklich nicht. Ich meine, man guckt ja nicht ständig auf die andere Straßenseite, nicht wahr. Oh, ich muß mal nach meinem Braten sehen. Moment, die Herren. Ein Kaffee, vielleicht? Ich mein, wenn ich schon mal in der Küche bin ...«

»Hatte der kleine Dicke ein rosiges Gesicht und eng zusammenstehende Augen?« fragte Jupp.

»Ja, wissen Sie. So genau hab ich das gar nicht gesehen. Aber wenn Sie das so sagen ... Ja, stimmt. So hat er ausgesehen. Kaffee?«

»Das Auto vielleicht?«

Frau Fettes rieb sich wieder das Kinn. »Also ich versteh ja so wenig von Autos, ähm ...«

»Ja?« fragte Schröder neugierig.

»Ein Mercedes«, sagte Frau Fettes schnell.

»Sind Sie sicher?«

»Nun, als ich da so ein bißchen gegessen hab, da ist mir aufgefallen, daß mein Mann vergessen hat, den Müll rauszutragen, naja, und da hab ich mir gedacht, daß ich das mal besser mach, weil die Müllabfuhr ja am nächsten Tag kam und so. Sonst wartet man ja die ganze Woche bis zur nächsten Abfuhr, und da bin ich rausgegangen und hab den Müll schnell in den Eimer getan, und zufällig hab ich da das Auto gesehen, nicht, daß ich deswegen raus bin, Sie wissen ja wie das ist mit dem Müll und der blöden Müllabfuhr, und dann bin ich auch schon wieder rein.«

»Haben Sie das Nummernschild erkannt? Ich meine, wo Sie doch schon mal zufällig draußen waren, da haben Sie vielleicht mal draufgeguckt, manchmal macht man ja so was, ohne das man weiß, wofür's eigentlich gut ist, nicht wahr?«

Schröders Fragen begannen, sich verdächtig den Antworten von Frau Fettes anzugleichen. Sie nannte die Nummer wie aus der Pistole geschossen, fügte jedoch an, daß es schon komisch sei, daß sie sich die Nummer habe merken können, weil sie sich sonst kaum eine Zahl merken könne.

Schröder notierte die Nummer und nickte zufrieden. »Haben Sie sonst noch irgend jemanden bemerkt, der

Radschlag besucht hat. Ich meine, Sie wohnen ja gegenüber. Da kriegt man schon unfreiwillig so einiges mit, nicht wahr?«

Frau Fettes schüttelte den Kopf.

»Danke«, sagte Jupp, »wir müssen wieder los. Vielen Dank für Ihre Hilfe.«

Frau Fettes lächelte. »Ach, ich wünschte, ich hätte Ihnen mehr helfen können. Wenn ich doch nur besser aufgepaßt hätte. Aber man hat ja so viel zu tun, nicht wahr? Konnten Sie denn wirklich was damit anfangen, was ich Ihnen so gesagt habe?«

Schröder drückte ihre Hand zum Abschied und sah sie ehrfurchtsvoll an. »Wir sind sehr stolz auf Sie, Frau Fettes.«

Frau Fettes errötete bescheiden, und bot den beiden noch ein Scheibchen vom Braten an. Aber da waren Jupp und Schröder schon fast aus der Tür.

Auf der Heimfahrt grinste Schröder Jupp zufrieden an.

»Gar nicht schlecht, für einen Sonntagnachmittag. Jetzt wissen wir, daß Klante, der kleine Gauner, Radschlag kannte. Wenn wir in meinem Auto gefahren wären, hätte ich das vom Autotelefon aus abchecken können. Aber wir wissen nicht, wer mit wem und was ausgeheckt hat.«

Jupp nickte. »Nehmen wir an, Sassmannshausen läßt sich die Münze, aus welchen Gründen auch immer, klauen. So etwas wäre einem Mann wie Detras zuzutrauen. Er hat sie also und soll sie irgendwo verkaufen oder sonst was damit machen. Wie kommt sie dann an den Unfallort?«

»Irgend etwas ist schief gelaufen. Daß die Münze dort im Gras lag, konnte eigentlich nicht beabsichtigt gewesen sein. Der Radler Radschlag!« rief Schröder. »Er hatte sie.«

»Was sollte er mit der Münze?«

»Nehmen wir an, er war ein Kurier«, spann Schröder den Faden fort.

»Auf einem Fahrrad?« wunderte sich Jupp. »Mit so einer Fracht?«

»Nehmen wir es einfach an«, bestand Schröder.

»Gut. Er war ein Kurier auf dem Weg nach irgendwo ... Aber das ist doch Quatsch! Wenn er so eine wertvolle Fracht bei sich hatte, würde er nicht wie ein Luchs aufpassen, in keinen Unfall verwickelt zu werden? Und was macht er? Fährt in ein stehendes Auto, obwohl er 500 Meter Zeit hatte, ihm auszuweichen.«

Schröder nickte. »Das stimmt. Nehmen wir trotzdem an, daß er die Münze bei sich hatte. Jemand hat gesehen, wie du sie aufgehoben hast und ist bei dir eingebrochen. Jemand wie Detras?«

»Nein. Ich war den ganzen Abend bei ihm. Und, woher weiß er, daß Radschlag verunglückt ist, wenn er ihn mit der Fracht losgeschickt hat?«

»Dann jemand wie Sassmannshausen!«

»Wie hätte er wissen sollen, was ich aufhebe? Er mußte davon ausgehen, daß Detras die Münze hatte. Oder sein Kurier. Es sei denn, Detras hätte ihm mitgeteilt, wer der Kurier ist. Warum hätte er ihm mitteilen sollen, wer die Münze wegschafft?«

»Wie wäre es mit Klante?«

Jupp starrte auf die Straße. »Jemand ist bei mir eingestiegen, und die Münze ist auch irgendwie dorthin gekommen, wo sie lag«, murmelte er gedankenverloren.

Nach einer Weile fuhr er fort: »Konzentrieren wir uns auf den Überfall. Zwei Männer stehen vor der Tür. Einer mit einer Tom-Cruise-Maske, einer mit einer Schweinchen-Schlau-Maske. Sabine macht auf, weil sie denkt, ich würde mir einen Spaß erlauben. Sie fesseln sie, stellen die ganze Wohnung auf den Kopf und hauen ab, ohne ein Wort gesagt zu haben. Macht das Sinn?«

»Eigentlich nicht. Warum haben sie Sabine nicht nach der Münze gefragt?«

Jupp überlegte. »Was ist, wenn mindestens einer von ihnen einen heimischen Dialekt sprach. Sabine hätte vielleicht seine Stimme erkennen können. Das war ihm oder beiden zu riskant und darum haben sie kein Wort gesagt. Aber sie haben die Münze nicht gefunden, also denken sie sich, daß ich sie noch bei mir trage, steigen am nächsten Tag noch mal ein und finden die Münze ...«

Jupp hielt inne. »Ich weiß es. Natürlich! Es ist ganz einfach!«

»So?«

»Ja, als ich Sassmannshausen fotografierte, fehlte ein Film in der Kamera, obwohl noch einer drin sein mußte!«

»Ich verstehe nicht«, gab Schröder zu.

Jupp beschleunigte seinen Käfer, so gut er konnte. In Dörresheim angekommen, stürmte er die Treppe zu seiner Dachwohnung hinauf, griff zum Telefon und rief bei Klantes an. Sabine hob ab, und Jupp bat sie, sofort vorbeizukommen. Es sei wichtig. Dann legte er wieder auf und wandte sich zu Schröder, der Mühe gehabt hatte, ihm zu folgen.

»Die Männer sind gar nicht wiedergekommen, um sich die Münze zu holen. Sabine hat sie ihnen gegeben!«

Jupp erklärte seine Theorie. Als er fertig war, schüttelte Schröder den Kopf. Das war ja ein dickes Ding! Er rief in seiner Dienststelle an und befahl Kunz, die Autonummer, die Frau Fettes ihnen mitgeteilt hatte, zu überprüfen. Schon zwei Minuten später rief Kunz zurück, daß der Halter des Mercedes ein gewisser Otto Klante sei. Schröder nickte zufrieden und teilte Kunz mit, daß er ihm zwei seiner drei Millionen Sonn- und Feiertagsdienste erlassen würde.

Jupp kochte Kaffee, dann begann das Warten. Nach zwanzig Minuten klapperte ein Schlüssel im Schloß. Sabine trat ein und wurde bleich, als sie Schröder sah.

»W-Was ist?« fragte sie unsicher.

»Setz dich bitte!« befahl Jupp bestimmt. Sabine legte ihre Handtasche auf einen Stuhl und setzte sich schüchtern neben Schröder, der sich etwas Kaffee nachgoß und auch Sabine welchen anbot. Sie trank in kleinen Schlucken, während Jupp durch die Wohnung tigerte und nach den richtigen Worten suchte. Schröder würde die ganze Zeit über schweigen. So war es ausgemacht. Sabine knetete ihre Finger, bis sämtliche Farbe unter ihren Nagelbetten verschwand. Jupp stand mittlerweile hinter ihr und legte ihr seine Hände auf die Schulter. Nach endlosen Sekunden fragte er leise: »Wie geht es dir, Sabine?«

Sie wollte sich zu ihm umdrehen, was aber ziemlich unbequem war. Also blickte sie nach vorne und antwortete: »Ganz gut, soweit.«

»Hast du eine Ahnung, warum ich dich hergebeten habe?«

Schröder sah Sabine scharf an.

»Ich weiß nicht. Ich dachte, du wolltest mit mir über unsere Beziehung sprechen. Aber wohl kaum vor einem Polizisten, oder?«

»Nein, du hast vollkommen recht. Obwohl es indirekt schon ein Gespräch über unsere Beziehung wird. Kannst du mir folgen?«

»Nein.«

Sabine log. Jupp konnte es in ihrer Stimme erkennen. Er ließ ihre Schultern los und setzte sich ihr gegenüber. »Dann möchte ich deinem Gedächtnis auf die Sprünge helfen. Du erinnerst dich an den Abend, an dem du überfallen wurdest?«

»Wie könnte ich das vergessen.«

»Gut. Du erinnerst dich daran, daß du mir gesagt hast, daß du ein Opfer von Freiheitsberaubung, Vandalismus und ... Beleidigung geworden bist?«

Sabine antwortete zögerlich mit ja.

»Wie konnte man dich beleidigen, wenn die Einbrecher weder mit dir noch untereinander ein Wort gesprochen haben?«

Sabine kaute auf ihrer Unterlippe und sagte: »Ich meinte die ganze Situation. Alles war in gewisser Weise beleidigend. Was soll denn das überhaupt! Du tust ja geradeso, als wäre ich die Verbrecherin!«

Jupp schwieg einen Moment und setzte dann von neuem an: »Du erinnerst dich an deinen Aufzug, als ich dich fand?«

»Ich hab dir doch gesagt, daß ich dich überraschen wollte. Ich dachte, ich mache dir ...«

Jupp platzte der Kragen. »Jetzt reicht's mir aber!« schrie er wütend. »Hast du immer noch nicht kapiert, daß deine Lügen keinen Sinn mehr haben?«

Sabine und Schröder sahen Jupp verschreckt an. Dann wurde es wieder still. Jupp fuhr mit ruhiger Stimme fort: »In meiner Kamera fehlte ein Film, obwohl einer drin sein mußte ...«

Er ließ den Satz unvollendet und sah Sabine scharf an.

»Die ... haben Fotos ...« begann Sabine und schluckte schwer.

»Die haben Fotos von dir gemacht, in Unterwäsche. Ist es so?«

Sabine nickte und verbarg ihr Gesicht hinter ihrer Hand.

»Und dann hat einer von ihnen gesagt, daß du die Negative erst dann bekommst, wenn sie die Münze haben, nach der sie gesucht haben. Andernfalls würden sie die Fotos in der Gegend verteilen, richtig?«

Sabine nickte wieder.

»Wie ging's weiter?« fragte Jupp.

»Am nächsten Morgen habe ich deine Hosen durchsucht und die Münze in einen Umschlag gesteckt. Den habe ich dann vor Dörresheim an ein Vorfahrtschild gelegt und bin gleich wieder weg. Mehr weiß ich nicht.«

»Hast du die Negative bekommen?«

Sabine nickte.

»Sie lagen am selben Nachmittag in meinem Briefkasten. Auch in einem Umschlag. Ich hab sie vernichtet.«

Sabine verbarg ihr Gesicht noch immer hinter den

Händen. Jupp stand auf, setzte sich neben sie und nahm sie in den Arm.

»Schon gut«, sagte er leise. »Schon gut.«

Von Eseln und Karotten

Montag, acht Uhr morgens.

Der Programmierer hockte vor dem Computer und stierte auf den Bildschirm. Immer wieder schüttelte er den Kopf und murmelte etwas vor sich hin, was aber weder Jupp noch Schröder noch Becker verstanden. Dann wollte er wissen, ob alle anderen PCs aus seien. Schröder nickte. Der Mann tippte flink Befehle ein und begann, Disketten in das Laufwerk einzuschieben. »Halbe Stunde«, vermeldete er knapp. Dann waren nur noch Tippgeräusche zu hören und ab und zu das Auswerfgeräusch des Diskettenlaufwerkes. Nach vierzig Minuten rief der Techniker: »Fertig«, stand rasch auf und verschwand mit der Empfehlung, Kunz nie wieder ans Programm zu lassen.

Jupp hatte die ganze Zeit über Sabine nachgedacht. Sie war fort – hatte sich von ihm verabschiedet, ohne ihn anzusehen, was Jupp weh getan hatte. Zwar hatte Sabine nichts von einer Trennung erwähnt, aber er ging davon aus, daß sie diesen Entschluß fassen würde oder schon längst gefaßt hatte. Für ein paar Tage wegfahren..., mehr hatte sie nicht mehr gesagt. Dabei wußte sie das Schlimmste nicht einmal. Schröder und Jupp waren sich absolut darüber einig, daß sie kein Wort darüber verlieren würden, daß ihr Vater an dem Überfall beteiligt gewesen war.

Die ganze Nacht hatte Jupp wach gelegen und versucht, die Puzzleteilchen aneinanderzufügen, daß sie irgendwie paßten. Nun, sein Bild stand. Aber es war nicht gerade rosarot. Jetzt galt es nur noch, dem Bild einen Rahmen zu geben. Das Seltsame war nur, daß sie damit der verschwundenen Elis-Münze keinen Schritt näher gekommen waren. Sie hechelten ihr hinterher wie Esel hinter einer Karotte hinterhertrabten, die man ihnen an einer Schnur vor den Kopf hielt, damit sie brav einen Karren zogen.

Schröder saß vor dem Bildschirm und tippte *Radschlag, Georg, 14. April 1958, Matzerath* in den Computer und wartete. Mit einem ›Biep‹ meldete das System zwei Einträge. Der erste war der Bauer Radschlag, mit dem sich Jupp eigentlich für heute verabredet hatte. Jupp wollte ihn später anrufen, um den Termin zu verschieben. Unter dem Stichwort ›Polizeiliche Einträge‹ blieb der Bildschirm leer. Irgendwie paßte das zu der Toterklärung seitens des Amtes, dachte Jupp. Er hatte keinerlei Spuren hinterlassen.

Die Datei über den zweiten Georg Radschlag, den verunglückten Radler, war da schon aufschlußreicher: Verurteilung wegen Hehlerei mit Kunstgegenständen, zweimal Gemälde, einmal ein antiker Kelch, einmal ein Teppich, 1979, 1982, 1984, 1989; die letzten drei Verurteilungen saß er ab, bei der ersten kam er mit einer Geldstrafe davon. Mitangeklagter bei den Verurteilungen 1984 und 1989 war Detras, der aber aus Mangel an Beweisen nicht schuldig gesprochen worden war. Verurteilung wegen Betrugs 1987, eineinhalb Jahre Haft, Verdacht auf Betrug 1990, 1991, beide Prozesse gingen glimpflich für Radschlag aus: er wurde freigesprochen, weil nicht zweifelsfrei geklärt werden konnte, daß er tatsächlich schuldig war. Führerscheinentzug 1994 wegen Trunkenheit am Steuer. Dann gab es noch ein paar Jugendstrafen wegen wiederholter Körperverletzung und Diebstahl. Zum Schluß ein Vermerk der Kripo: *Vermutung, daß sich Radschlag aus dem Geschäft zurückgezogen hat*. Jedenfalls war er den Ermittlern in den letzten Jahren, seit er in Matzerath wohnte, nicht mehr aufgefallen.

»Das wäre alles, was wir über ihn haben! Nach dem, was wir gesehen haben, scheint er sich keineswegs aus dem Geschäft zurückgezogen zu haben. Ist bloß umgestiegen«, bemerkte Schröder und lehnte sich in seinen Sessel zurück.

»Okay«, sagte Becker, »Lassen Sie uns die Geschichte durchgehen.«

Jupp zückte einen kleinen Zettel, auf dem er sich alle Personen aufgeschrieben und mit kleinen Pfeilen untereinander verbunden hatte.

»Also«, begann er langsam, »rekonstruieren wir den Fall. Zunächst einmal das, was wir mit Sicherheit wissen: Vor knapp zwei Wochen wird eine wertvolle Münzen gestohlen. Ein paar Tage später stirbt ein Kurier auf der B 51 einen bemerkenswerten Tod. Ich finde die Münze, doch noch am selben Abend versucht man, sie mir zu stehlen. Zwei Männer mit Tom-Cruise- und Schweinchen-Schlau-Masken erpressen Sabine mit Fotos, die sie von ihr machen, und gelangen einen Tag später in den Besitz der Münze. Der nächste Einbruch findet bei Otto Klante statt, einem reichen Bauern und Kunstliebhaber ...«

» ... Kunstliebhaber ist gut!« spottete Schröder.

»Wie dem auch sei. Er behauptet, daß ein Rubens-Schüler, Bargeld und Schmuck gestohlen wurden. Das war in der Nacht von Donnerstag auf Freitag. Seine Tochter Sabine meldet den Einbruch. In der Nacht von Samstag auf Sonntag dann der bisher letzte Einbruch, allerdings nicht bei der Polizei angezeigt. Andrés Detras ist außer sich vor Wut, weil jemand bei ihm eingestiegen ist, während er, wie so ziemlich alle Dörresheimer, auf Als Polterabend war. Er fährt wütend mit seinem Auto weg. Ich kann ihm eine Weile folgen, aber nicht halten. Auf der Umgehungsstraße in Bad Münstereifel verliere ich ihn schließlich, auf halbem Weg zu Herrn von Sassmannshausen. Kurz darauf erreiche ich Marlberg. Sassmannshausen ist wach, sollte ich nicht halluziniert haben, erschreckt mich damit halb zu Tode.

»Gut«, sagte Becker zufrieden. »Jetzt bitte zu den Zusammenhängen!«

Jupp nickte. »Das Hauptproblem ist der Unfall und die Vorfälle, die sich ereignet haben, als ich die Münze aufgehoben habe. Jemand hat mich dabei beobachtet, soviel steht fest. Es ist dieselbe Person, die noch am selben Abend bei mir eingebrochen hat. Gehen wir davon aus, daß Detras Sassmannshausen mit dessen Wissen die Münze gestohlen hat, vielleicht mit der Vereinbarung, sie behalten zu dürfen, um den Erlös in die eigene Tasche zu stecken. Ein faires Geschäft für beide Teilnehmer: Sassmannshausen sorgt für ein hieb- und stichfestes Alibi und erhält die volle Summe von der Versicherung.

Also, Detras behält die Münze ein paar Tage, bis sich die größten Wellen gelegt haben, und heuert Georg Radschlag an. Der Mann ist bekannt in der Szene und dürfte, ob er sich aus dem Geschäft zurückgezogen hat oder nicht, noch allerbeste Kontakte haben. Außerdem hat sich ja gerade herausgestellt, daß sich Detras und Radschlag kannten. Er soll die Münze verkaufen und darf sich dafür Prozente des Verkaufspreises berechnen. Detras schickt Radschlag mit der Münze los. Bis hier ist es doch plausibel?«

Schröder und Becker nickten.

»In Ordnung. Kommen wir zum Unfall. Wie ist es zu erklären, daß ein Radler in ein stehendes Auto fährt, dem er locker hätte ausweichen können?«

»Weil er völlig verblödet ist? Oder kurzsichtig?« fragte Schröder mit einem Achselzucken.

»Auch«, erwiderte Jupp ruhig, »aber nicht in unserem Fall. Georg Radschlag war auf der Flucht. Er muß wie ein Wahnsinniger gestrampelt haben, um so schnell wie möglich Land zwischen sich und seinem Verfolger zu bringen. Darum hat er das Auto nicht gesehen. Er hat sich weit nach vorne gebeugt, ist aus dem Sattel heraus und hat Tempo gemacht.«

»Warum sollte ihn Detras verfolgen?« fragte Becker.

»Nicht Detras hat ihn verfolgt, sondern Otto Klante. Wie ihr wißt, war er einer der eingeladenen Numismatiker, die sich den Doppelstater bei Sassmannshausen ansehen wollten. Und er kannte Radschlag persönlich, hat ihn mindestens einmal in seinem Haus aufgesucht. Die Frage ist, wieso war Otto Klante am Unfallort?«

»Nein, ich möchte wissen, woher kannte Klante Radschlag?« fragte Becker.

»In Ordnung«, sagte Jupp, »immer der Reihe nach. Erinnert ihr euch an den Morgen, als wir bei ihm zu Hause waren? Was ist euch aufgefallen?«

»Dat er nen rischtijen Eefler Buur is, der nichts von Kunst, aber was von Geschäften versteht!« meinte Schröder.

»Seh ich auch so«, antwortete Becker, »durch einen wie ihn gibt es überhaupt den Begriff der Bauernschläue.«

»Alles richtig«, sagte Jupp, »aber ich meine noch etwas anderes. Erinnert euch an seine Wohnungseinrichtung!«

Schröder überlegte. »Ziemlich wild, ohne irgendwelche Ordnung. Ein Zimmer sah wie ein ...« Er machte ein erstauntes Gesicht. »... Lagerraum für Antiquitäten aus.«

Jupp nickte. »Schröder, wir beide wissen, daß es wenigen Bauern in der Eifel ganz gut geht. Aber Millionär ist noch keiner von ihnen geworden. Dazu ist die Viehzucht von Klante auch zu klein, um solche Reichtümer anzuhäufen. Mit Kunst läßt sich ganz gut verdienen. Vor allem, wenn man sie mit ordentlichem Gewinn verhökern kann. Und wann sind die Gewinne am höchsten?«

»Wenn man billig einkauft und teuer verkauft. Am allerbesten gehen die Geschäfte, wenn man nichts für den Einkauf bezahlt!« sagte Becker.

»Richtig. Also gehen wir davon aus, daß Klante das eine oder andere Ding gedreht hat, ohne daß die Polizei ihm je auf die Schliche gekommen wäre ...«

Schröder tippte an seinem Computer herum, wartete auf das ›Biep‹ und schüttelte dann den Kopf.

» ... wie hoch ist die Wahrscheinlichkeit, daß er in dem einen oder anderen Fall einen Hehler gebeten hat, die Dinge für ihn zu verkaufen?«

»Ziemlich hoch«, sagte Becker, »es sei denn, er wäre sehr erfahren auf dem Gebiet und hätte einen festen Kundenkreis, dem er die Ware anbieten könnte. Dann bräuchte er keinen Zwischenhändler. Aber er machte nicht den Eindruck, als hätte er gute Kontakte. Weder zum Kunstgewerbe noch zur Unterwelt. Dann hätten wir auch bestimmt schon mal einen Wink bekommen und wären auf ihn aufmerksam geworden.«

»Das glaube ich auch. Klante ist in der Eifel groß geworden, der hat keine Kontakte zur Unterwelt und zu reichen Kunsthändlerkreisen wohl auch nicht. Oder zumindest nur sehr eingeschränkte. Aber er braucht ja auch keine großartigen Kontakte, er hat ja Georg Radschlag.«

»Aber, woher kennt er ihn?« wiederholte Becker.

»Na, er wohnt in Matzerath. Wie Sie mittlerweile festgestellt haben, wird in der Eifel viel gequatscht. Wie lange, meinen Sie, braucht es, bis Klante davon erfährt, daß in Matzerath so ein komischer Städter wohnt. Dann hört er 'ne Menge Gerüchte über den Zugezogenen, und irgendwann erfährt er aus ganz sicherer Quelle, daß dieser Mann ein schlimmer Finger ist. Und er hört auch, daß Radschlag mal Ärger mit der Polizei hatte. Klante wird hellhörig, trifft sich mit Radschlag, und schon ist man sich einig. Vielleicht kannten sie sich auch schon viel länger, vielleicht hat sich die Verbindung auch über Detras ergeben. Da müßten wir schon Klante fragen, was wir uns aber gleich sparen können.«

»Gut, er kannte Radschlag und hat das ein oder andere Geschäft mit ihm gemacht. Und auch Detras kannte Radschlag, so viele Hehler-Spezialisten für Kunst gibt es ja wohl nicht. Wie geht's weiter?« fragte Schröder.

Jupp nickte wieder. »Okay, Klante will die Elis-Münze. Sie ist leicht zu transportieren und vor allem viel wert. Irgendwann weit vor dem Diebstahl erzählt er

Radschlag von der Münze. Vielleicht hat er sogar geplant, sie zu stehlen, wer weiß. Ist aber nicht so wichtig. Und jetzt kommen wir an einen kniffligen Punkt: Einige Zeit später heuert Detras Radschlag für einen Kurierdienst an. Das dürfte auch noch vor dem Einbruch gewesen sein. Radschlag fragt, was er zu transportieren habe, um sich darauf vorzubereiten, und Detras sagt ihm, daß es sich um eine Münze handelt.

Da faßt Radschlag einen Entschluß: Er kassiert Geld von Detras für den Kurierdienst, verspricht Klante, natürlich gegen einen ordentlichen Batzen, daß er ihm die Münze besorgt, und leimt beide. Er wollte die Münze selbst verscherbeln und sich dann aus dem Staub machen. Vielleicht hatte Radschlag ja noch eine Rechnung mit Detras offen, weil er damals einsaß und man Detras laufenließ. Das wäre doch ein prima Grund für einen Beschiß.

Wie dem auch sei. Er erhält die Münze von Detras und schwingt sich aufs Fahrrad, weil man ihm den Führerschein wegen Trunkenheit am Steuer entzogen hat. Vielleicht ist es ihm zu riskant, mit dem Auto zu fahren und unter Umständen in eine Routinekontrolle zu geraten. Erst recht bei dem, was er vorhat. Also, er radelt los, und irgendwo wartet Otto Klante, der eigentlich die Münze von Radschlag bekommen soll. Aber Radschlag ist unpünktlich, und Klante setzt sich ins Auto und macht sich auf die Suche. Er findet Radschlag, zu diesem Zeitpunkt schon tot, an der B 51 vor Iversheim. Und er sieht, daß ich etwas aufhebe und in die Tasche stecke. Ganz in der Nähe, wo der tote Radschlag lag. Für Klante ist alles klar: ich habe gerade *seine* Münze aufgehoben. Und er weiß, wer ich bin. Ich kannte Klante nicht persönlich, was aber nicht heißen muß, daß er mich nicht kannte. Sabine hatte genügend Fotos von mir, eines davon in ihrem Portemonnaie. Er hat mich mit Sicherheit wiedererkannt.«

»Findest du es nicht ein bißchen heftig, daß er seine

eigene Tochter überfällt und sogar zweifelhafte Fotos von ihr macht?« wandte Schröder ein.

»Ja, eigentlich schon. Aber es gibt zwei Möglichkeiten, daß es dazu kommen konnte: Entweder er wußte, daß Sabine bei mir war, und zog die Sache eiskalt durch. Rechnete allerdings fest damit, daß er die Münze in meiner Wohnung finden würde, was aber nicht der Fall war.

Die zweite, wesentlich wahrscheinlichere Möglichkeit wäre, er hatte überhaupt keine Ahnung, daß Sabine bei mir war. Klante und sein Helfer trugen die Masken, ein Riesenzufall, daß der Mann mit der Tom-Cruise-Maske am Spion steht, klingeln, um sicher zu gehen, daß niemand drinnen ist, der ihnen in die Quere kommen kann, und plötzlich macht Sabine die Tür auf. Es gibt kein Zurück mehr. Sie drängen Sabine in meine Wohnung, fesseln und knebeln sie und verbinden ihr die Augen. So wie ich Sabine kenne, hat sie sich bestimmt mal zu Karneval eine Tom-Cruise-Maske gekauft. Es ist also gut möglich, daß Klante dem anderen Mann Sabines eigene Maske gegeben hat. Jedenfalls werden sie nicht fündig. Plötzlich sieht er die Kamera und kommt auf die Idee mit den Fotos. Ein spontaner Einfall, es kann nichts anderes gewesen sein, sonst hätten sie mit Sicherheit eine eigene Kamera mitgenommen.«

Jupp hielt einen Moment inne. Er dachte an Sabine, ihren Vater und einen Brief. »Das ist auch so ein Punkt: Okay, es ist sehr unangenehm, wenn solche Fotos in Umlauf kommen. Aber kann man damit jemanden zwingen, denjenigen zu betrügen, den man vielleicht sogar ...«, Jupp zögerte, » ... liebt? Zumindest ein Risiko. Aber nicht, wenn man genau weiß, wie ... ähem ... schüchtern jemand in solchen Dingen ist. Wer weiß so etwas? Doch nur die Ex-Freunde, der aktuelle Freund und die eigene Familie, die sich in Sabines Fall auf eine Person reduziert, wenn wir großzügig ihre achtzigjährige Oma abziehen.«

»Aber hätte Sabine ihren eigenen Vater nicht erkannt, trotz Maske? Ich meine, er ist klein und dick, hat keine normale Figur!« wandte Becker ein.

»Stellen Sie sich selbst in der Situation vor: Zwei Männer drängen Sie ins Zimmer zurück. Ehe Sie sich versehen, liegen Sie auf dem Bauch und werden gefesselt. Dann schiebt Ihnen jemand einen Knebel in den Mund und verbindet Ihre Augen mit einem Tuch. Wie lange dauert ein solcher Vorgang? Fünfzehn, zwanzig, höchstens dreißig Sekunden! Dazu kommt, daß Sie sich vor Angst in die Hose machen. Da nehmen Sie nicht sonderlich viel wahr. Selbst wenn: kleine, dicke Männer gibt es ohne Ende, und wer denkt bei einem Überfall daran, daß der eigene Vater einer der Täter ist?«

Becker nickte. »Und, was machen wir jetzt?«

»Wir brauchen einen Hausdurchsuchungsbefehl!« schlug Jupp vor.

»Für wen?«

»Otto Klante, natürlich!«

»Meinen Sie, daß er die Münze noch hat?« fragte Becker.

Jupp schüttelte den Kopf. »Nein, wir suchen die dicke Nackte, den Rubens-Schinken. Ich glaube, daß er nie gestohlen worden ist!«

Papillon

»Den kriegen wir nie!« Bernie Becker war sich ganz sicher. »Nie im Leben. Die werden uns auslachen, nein, noch viel schlimmer: die werden bei meiner Dienststelle nachfragen, ob ich noch alle Tassen im Schrank habe ... Oh, Mann, alleine der Gedanke daran ... nein, nein, das kommt überhaupt nicht in Frage, wir werden auf keinen Fall anrufen ... schließlich krieg ich die Haue anschließend, ich meine, ihr seid fein raus, aber ich muß die Rübe hinhalten ... Nein und nochmals nein ...«

»Fertig?« fragte Schröder ruhig.

»Ich hab noch nicht mal angefangen. Der Richter wird wahrscheinlich persönlich auftauchen und mir links und rechts eine klatschen, und dann wird er bei meiner Dienststelle anrufen, und dann wird mir mein Chef links und rechts eine klatschen ... oh, Mann ... Schröder, leg sofort den Hörer auf die Gabel ... sofort, hab ich gesagt ...«

»Sag mal, kann das sein, daß du Schiß hast?« Schröder amüsierte sich sichtlich.

»Ich habe keinen Schiß, aber was willst du dem Richter sagen? Ihm vielleicht Jupps Geschichte auftischen und dann fragen, ob er mal eben so nett sein könnte, dir eine Hausdurchsuchung zu bewilligen?«

Schröder sah Jupp an. Dann antwortete er: »Ja.«

»Was?!« Becker wurde langsam hysterisch. »Das kann wohl nicht dein Ernst sein! Eine Hausdurchsuchung bei einem unbescholtenen Bürger, wahrscheinlich sogar hoch angesehen ... Leg sofort den Hörer wieder hin ... und als Begründung eine Geschichte ohne die geringsten Beweise, ohne jede Form der Dringlichkeit, ohne irgend etwas, was wir vielleicht ... du sollst den Hörer hinlegen, verdammt noch mal!«

Schröder legte den Hörer auf die Gabel. »So? Dann erzähl mir doch mal, was wir dann machen, du Schisser?«

Becker zuckte mit den Schultern. »Mir wird schon was einfallen.«

Jupp setzte sich auf die Ecke des Tisches, griff den Telefonhörer und begann zu wählen.

»Wen rufen Sie an?« fragte Becker mißtrauisch.

»Richter Keller«, erklärte Jupp.

»Das kommt nicht in Frage!« rief Becker aufgeregt und versuchte, mit der Hand auf die Gabel zu hauen, aber Schröder drängte sich zwischen beide.

»Oh hallo, Richter!« grüßte Jupp freundlich. »Hier ist

Jupp Schmitz.« Er lauschte, lächelte und plauschte dann etwas über Golf und Dörresheimer Journalismus. Dann kam Jupp zur Sache: »Ich hab eine Bitte, Richter, wir brauchen einen Hausdurchsuchungsbefehl!«

Jupp schwieg, dann lachte er: »Nein, nein. Ich bin kein Polizist geworden. Aber es handelt sich um folgendes ...«

Jupp erklärte ihm knapp die Zusammenhänge. Dann hörte er wieder zu.

»Ja, ich bin ganz sicher«, meinte er schließlich bestimmt. Ein paar Sekunden später legte er auf. Er sah Becker mitleidig an. »Wir haben ihn.«

»Wie bitte?! Kann hier in der Eifel eigentlich jeder Haussuchungen anordnen? Wie wär's, wenn wir noch woanders vorbeischauen. Scheint ja überhaupt kein Problem zu sein!« rief Becker aufgebracht.

»Das verstehen Sie nicht«, wiegelte Jupp ab.

»Oh, entschuldigen Sie!« antwortete Becker ironisch. »Wie dumm von mir.«

Jupp schüttelte den Kopf. »Beruhigen Sie sich. Niemand, außer der Dörresheimer Polizei, kann eine Hausdurchsuchung beantragen. Und ich hab's gerade nur im Auftrag gemacht, weil ich mit Richter Keller, ähem ... befreundet bin. Die Geschichte dauert zu lange, um Sie Ihnen zu erzählen, mal davon abgesehen, daß ich sie Ihnen auch nicht erzählen würde, wenn ich die Zeit dazu hätte. Also, wie steht's? Wollen wir loslegen?«

Wie die Freundschaft mit Schröder war auch diese besondere Freundschaft mit Richter Keller so ein Überbleibsel aus der seltsamen Geschichte um die Sau Elsa.

Schröder telefonierte und organisierte die Hausdurchsuchung bei Otto Klante. Kurz darauf erreichte sie das Fax mit der richterlichen Anordnung, unterschrieben von Keller. Sie verließen Schröders Büro. Beim Rausgehen fragte Schröder Jupp wispernd, ob der Richter auch auf Jungbluths Liste ... er wisse schon.

Jupp guckte ihn, Erstaunen heuchelnd, an. Er habe keine Ahnung, von was Schröder da redete.

Otto Klante saß völlig entspannt in einem Sessel seiner guten Stube, als Schröder mit dem Haussuchungsbefehl vor seiner Nase wedelte, und machte eine einladende Handbewegung: »Bitte.«

Becker bemerkte leise, daß Klante sich nicht gerade wie jemand aufführte, der eine Rubens-Frau heimlich verstecken würde. Eher wie einer, der gegen Schröder und ihn eine Dienstaufsichtsbeschwerde einreichen wird. Und daß ihm schon bei dem Gedanken daran schlecht sei.

»Außerdem, wenn er die Nackte hat, warum wäre er dann so blöd, sie als gestohlen zu melden?«

»Er wurde doch gezwungen, sie gestohlen zu melden«, flüsterte Jupp zurück.

Schröder verteilte seine Beamten auf dem Klante-Anwesen und instruierte sie, bei der Durchsuchung angemessen vorzuschreiten. Daß hieße, sollte jemand auf die Idee kommen, Matratzen aufzuschlitzen, dürfte er sich die Sonntagsdienste mit Kunz teilen. Die Drohung saß, an den Gesichtern war es deutlich abzulesen. Al kniepte Jupp grinsend ein Auge zu. Er sah immer noch sehr angeschlagen von seiner Feier aus.

»Wieso?« wunderte sich Becker. »Habe ich was verpaßt?«

»Nein, nein. Sie erinnern sich? Sabine war es, die den Diebstahl gemeldet hat. Klante war in Zugzwang. Er mußte uns irgend etwas präsentieren, was die Diebe geklaut haben könnten. Und da das ganze Haus voll von mehr oder minder wertvollem Kram steht, mußte es etwas sein, das deutlich wertvoller als der Kram ist, der hier rumsteht. Da ist er auf die Idee gekommen, uns das Märchen mit der Rubens-Frau aufzutischen, um davon abzulenken, daß der Dieb die Elis-Münze gestohlen hat.«

Becker schien etwas beruhigt. Er sah Klante an, der

immer noch seelenruhig in seinem Sessel saß und seine Fingernägel auf Schmutz kontrollierte. Der BKA-Mann drehte sich wieder zu Jupp: »Und warum ist der Blödmann so ruhig?«

Jupp zuckte mit den Schultern. »Entweder hat er sich in sein Schicksal ergeben und sieht keinen Grund, sich darüber unnötig aufzuregen, oder er hat ein so gutes Versteck, daß er nicht damit rechnet, daß wir es finden!«

»Verdammt!« zischte Becker. »Was machen wir jetzt?«

»Wir unterhalten uns mit ihm. Meinen Sie nicht auch?«

Becker straffte seinen Anzug und sah sich nach Sitzgelegenheiten um. Sie fanden Stühle und setzten sich so neben den Bauern, daß er in ihrer Mitte saß. Jupp versuchte, etwas in Klantes Gesicht zu lesen. Aber Klante hielt seinem Blick mühelos stand.

»Gutes Versteck, hm?« fragte Jupp lächelnd.

»Jot Versteck för wat?« gab Klante ungerührt zurück.

»Interessiert, wer Ihnen die Münze gestohlen hat?«

Klantes Miene blieb versteinert. »Wat för en Mönz? Ich dacht, Ihr söckt die Rubens-Frau?«

»Sie kennen doch einen Herrn Detras?« fragte Becker.

Klante sah zu dem BKA-Mann herüber und nickte. »Der wonnt en Dörreschem. Ich han letztens möt em Skat jespellt.«

»Wie lange kennen Sie Herrn Detras?«

»Seit demm Skatspell.«

»Das kann nicht sein, das muß nicht sein!« rief eine Stimme. Jupp brauchte gar nicht erst zur Tür zu blicken. Alles, was er dort sehen würde, war eine Frau, anfang Vierzig mit einem Pepitahut und einer Pfeife.

»Was machen Sie denn hier, Frau Hühnerbein?« fragte Becker ärgerlich.

Jupp sah auf und tatsächlich: Pepitahut und Pfeife. »Setz dich, Hermine. Und halt die Klappe, auch wenn's schwerfällt!« befahl er und machte eine einladende Bewegung.

Hermine nahm sich einen Stuhl und wechselte die Pfeifen. »Zuerst die Spitfire von Lorenzo, jetzt eine Punto d'oro«, flüsterte sie Jupp zu. »die läßt mich immer so arrogant aussehen.«

Jupp sagte ihr nicht, wie sie mit der Punto d'oro aussah. Oder mit der Spitfire. Oder mit der Valsesia. Oder mit sonst was. »Wieso kann das nicht sein?« fragte Jupp dagegen leise.

»Irgendeiner hat erzählt, daß er Klante schon mal im *Lolas* gesehen hat. Den Namen kann ich dir nicht sagen. Ich habe der Person Informantenschutz zugesagt. Außerdem gebe ich gewöhnlich meinen Hauptinformanten schriftlich, daß sie mein Manuskript lesen können, bevor ich es meiner Redaktion auf den Tisch lege.«

»Ich erstarre in Ehrfurcht«, meinte Jupp und wandte sich wieder Klante zu. Hermine schwieg beleidigt.

»Also, würden Sie gerne wissen, wer Ihnen die Elis-Münze gestohlen hat, oder nicht?« machte Becker weiter.

»Soll ich Ihnen mal eine komische Geschichte erzählen, Herr Klante?« schlug Jupp vor, als Klante nicht reagierte.

»Jetz kütt et!« Der Bauer schien sich aufrichtig auf die Geschichte zu freuen.

Und Jupp erzählte zum zweiten Mal alles, was er sich bis jetzt zusammengereimt hatte. Klante hörte aufmerksam zu, sagte aber kein Wort. Als Jupp geendet hatte, war es eine Weile still.

Natürlich war es Hermine, die zuerst zu Worten fand. »Das war gut, das gefällt mir, das wird Wirkung haben!« flüsterte sie Jupp ins Ohr.

Aber es hatte keine Wirkung, jedenfalls nicht auf Klante. Der sah Jupp immer noch belustigt an. Dann zuckte er mit den Schultern. »On wat kütt jetz?«

Jupp wußte es nicht. Woher auch.

»Isch kresch disch at!« sagte Jupp vieldeutig.

»Versök et«, antwortete Klante, der sich zufrieden in seinen Sessel zurücklehnte.

Wir haben nichts mehr auf der Pfanne, dachte Jupp, und das weiß er genau.

Becker und Jupp gaben es auf und verließen die gute Stube. Hermine, die gleich nach dem BKA-Mann aus dem Raum dackelte, wollte wissen, was *wir* jetzt unternehmen würden.

Jupp machte unmißverständlich klar, daß er auf ihre Anwesenheit verzichten konnte. »Du hast doch deine Story. Also, wenn du uns jetzt entschuldigen würdest?«

Hermine verschwand grummelnd aus dem Hauseingang; Jupp und Becker schlugen auf dem Hof eine andere Richtung ein. Schweigend liefen sie am Gesindehaus vorbei, kletterten über einen Zaun und schlenderten über eine Wiese. Das Wetter war ganz ausgezeichnet, und Jupp hatte große Lust, sich etwas in die Sonne zu legen.

»Was machen wir jetzt?« fragte Becker nervös.

Jupp hatte ein schlechtes Gewissen. Sollten sie nichts finden, konnte er nur hoffen, daß Klante keine Dienstaufsichtsbeschwerde einreichen würde. Damit hätte er Richter Keller, Becker und Schröder fein in die Scheiße geritten, schließlich würde keiner von den dreien zugeben, daß das mit der Hausdurchsuchung seine Idee war. Dann wären die drei erst recht fällig. Er seufzte leise.

»Hoffen, daß Schröder und seine Männer was finden«, sagte er kleinlaut.

»Oh, nein!« Becker klang ehrlich verzweifelt. »Wir sollten die Aktion abbrechen und Klante um Entschuldigung bitten. Vielleicht zeigt er sich gnädig und reicht keine Dienstaufsichtbeschwerde ein. Warum hab ich bloß auf Sie gehört? Ich leite die Untersuchung, ich gebe hier die Befehle. Und Sie, Schmitz, sind ein Idiot!«

Jupp war geneigt, Becker zuzustimmen. Klante war sich so verdammt sicher. Er mußte ein fantastisches Versteck haben, ein Versteck, auf das niemand kommen würde. Etwas, das so gut war, daß niemand auch nur eine Idee daran verschwenden würde, dort zu suchen. Was könnte es sein? Er gab die Frage an Becker weiter.

»Was ist, wenn er es vergraben hat? Dann können wir mit unserer albernen Durchsuchung einpacken. Was ist, wenn er es in sein Ferienhaus auf Mallorca geschickt hat?«

»Hat er denn eins?«

»Weiß ich doch nicht!« gab Becker genervt zurück. »Er könnte es irgendwo hingeschickt haben, verdammt noch mal!«

Jupp schielte zu Becker herüber. Der biß sich nervös auf die Unterlippe und atmete schwerer, als es nötig gewesen wäre. Er muß einen Blutdruck von zweihundert haben, schätzte Jupp. Sie gingen zurück auf den Hof und latschten ziellos von hier nach da. Schröder kam nach einer Weile vorbei und zuckte schon von weitem mit den Schultern.

»Bis jetzt noch nichts!« rief er. »Jupp, bist du sicher, daß das alles stimmt, was du dir da zusammengereimt hast?«

»Eigentlich ja.«

»Und uneigentlich?«

»Nein.«

»Na, super!« stöhnte Schröder. »Was machen wir jetzt?«

»Dumm Jeseech unnen juten Eindruck!« gab Jupp lakonisch zurück, der langsam keine Lust mehr hatte, auf Was-machen-wir-jetzt-Fragen zu antworten. Schröder stöhnte wieder: »Super.«

Die verschwundene Nackte blieb verschwunden. Jupp lief planlos über das Klante-Anwesen und sah sich all die seltsamen Sachen an, mit denen Klante so sein Geld verdiente. Mehr aus Langeweile suchte er den Schrank in Klantes guter Stube ab, sah sich Silberbesteck und Senfgläser an, fand Charrieres *Papillon* wieder an seinem Platz zwischen den anderen Büchern und spielte mit dem Gedanken, sich hinzusetzen, um zu lesen. Er unterließ es, um niemanden zu provozieren.

Schließlich erkundigte sich Otto Klante nach den Ergebnissen der Hausdurchsuchung.

»Ich fürchte, wir müssen uns bei Ihnen entschuldigen, Herr Klante!« meinte Becker kleinlaut. »Wir haben nichts gefunden.«

»Soso«, sagte Klante, »soll ich Ihnen mal verraten, warum Sie nichts gefunden haben?«

»Weil es nichts zu finden gab?« fragte Becker.

»Su isset.«

Jupp wollte sich das siegessichere Gequatsche von Klante nicht mehr anhören. Er wandte sich ab und steuerte die Weiden an. Er blieb an einem Zaun stehen. Zwei Bullen und sechs Kühe grasten friedlich auf der Weide. Jupp sah ihnen dabei zu, lehnte sich an einen Pfosten und ließ seinen Gedanken freien Lauf. Unwillkürlich starrte er einer Kuh auf den Hintern, die mit ihrem Schwanz so regelmäßig wie ein Uhrpendel hin und her pendelte. Das Ganze hatte geradezu etwas Hypnotisches. Jupp folgte minutenlang scheinbar willenlos den Bewegungen, bis er plötzlich zusammenzuckte und wie von der Tarantel gestochen zurück auf den Hof lief.

»Das wird Konsequenzen haben!« hörte er Klante sagen, und Becker nickte schuldbewußt mit dem Kopf.

»Vielleicht gibt es eine Möglichkeit, wie ...« begann er, als Jupp ihn erreichte und am Arm zupfte.

»Becker?«

»Was ist?« sagte Becker ärgerlich.

»Sagen Sie mal, haben Sie eigentlich das Buch *Papillon* gelesen?«

»Was?«

»Haben Sie es gelesen?« drängte Jupp.

»Ich hab's gelesen«, gab Schröder preis und sah Jupp neugierig an.

»Nein«, sagte Becker. »Und würden Sie bitte das Weite suchen, bevor ich mich vergesse, denn sonst ...«

»Dann, mein Lieber, sind Sie der einzige von uns, der es nicht gelesen hat. Nicht wahr, Herr Klante?«

Jupp grinste Klante an. Und für einen Moment glaubte er, eine Spur von Unsicherheit in seinem Gesicht zu erkennen.

Odin der Killer

Was an diesem schönen Juliabend geschah, würde für immer in die Annalen der ungeschriebenen Dörresheimer Geschichten eingehen. Becker erklomm an diesem Abend den Olymp der Dummheit, und sein Satz wurde zum geflügelten Wort: »Ich hab's bei *Der Doktor und das liebe Vieh* gesehen!«

Jupp sah ihn verwundert an. »Wie meinen?« fragte er, weil er sich nicht sicher war, ob er richtig gehört hatte.

»Du wirst schön warten, du klugscheißeriger Städter!« befahl Schröder, aber Becker schüttelte den Kopf und begann, sich den Ärmel seines Hemdes hochzukrempeln.

»Wenn er so gerne möchte ...« sagte Jupp resignierend.

Ein Angestellter Klantes flüsterte, daß »er demm dusseljen Honk saache sollt, dat do Odin op der Weed stönd«.

»*Der* Odin?« fragte Jupp beeindruckt.

Der Mann nickte.

»He, Schröder!« zischte Jupp. »Der Bulle da vorne ... weißt du, wer das ist?«

Schröder schüttelte den Kopf.

Jupp kicherte: »Das ist Odin!«

»Odin der Killer?« erkundigte sich Schröder leise.

»Hm.«

»Findest du wirklich, daß wir Becker da rein lassen sollten?«

»Du hast es gehört. Er hat alle Folgen von *Der Doktor und das liebe Vieh* gesehen. Da kann nichts schiefgehen.«

Becker stand am Zaun und beobachtete die acht Kühe. Dann wandte er sich an einen Angestellten und fragte, ob er warmes Wasser, Seife und Schmiere oder so etwas haben könnte. Der Mann nickte und eilte zurück ins Haupthaus.

»Hör mal, Bernie, der Veterinär ist doch schon in ein paar Stunden da. Selbst, wenn er es heute nicht schafft, haben wir noch den ganzen morgigen Tag. Kein Grund zur Eile also!« Schröder hatte noch nicht aufgegeben.

Bernie Becker winkte energisch ab.

»So ein stures Arschloch!« sagte Schröder zu Jupp und steckte die Hände in die Hosentasche. »Soll er doch machen, was er will.«

Jupp, Schröder, zwei Angestellte Klantes und der Bauer selbst rückten an das Gatter vor, während Becker beschloß, sich doch sein Hemd auszuziehen. Er war so hellhäutig wie eine Forelle auf dem Bauch und hatte Schultern, die so breit waren wie ein Hering Platz zwischen seinen Augen hatte. Klante und seine Angestellten schlossen bereits Wetten ab.

»Hättest du ihm doch nichts von *Papillon* erzählt«, warf Schröder Jupp vor. »Blöd wie der ist, kann der doch nicht mal eine Kuh von einem Bullen unterscheiden.«

»Kanner nicht?« fragte Jupp.

»Woher denn? Der war doch noch nie auf'm Land. Das sind die ersten Kühe, die der nicht im Fernsehen sieht.«

»Tatsächlich«, murmelte Jupp und wandte sich an Klante: »Kann ich noch einsteigen?«

»Jupp!« rief Schröder. »Laß den Quatsch. Ich mach mir wirklich Sorgen um Bernie.«

»Wenn Sie noch einsteigen wollen, Herr Schröder«, sagte Klante, »dann müssen Sie sich aber beeilen.«

»Bernie!« versuchte es Schröder wieder. »Komm laß uns bis morgen warten, okay?«

Doch Becker winkte wieder energisch ab. Der Angestellte kam zurück aus dem Haupthaus und mühte sich mit einer Wanne, aus der Wasser schwappte. Becker tauchte seine Arme in die Bütte und wusch sie sorgfältig mit Seife.

Schröder seufzte. »Na gut«, lenkte er ein, »auf was wetten wir?«

»Daß es Odin erwischt!« sagte einer der Männer.

»Wer hat drauf gewettet?«

Jupp und Klante hoben die Arme.

»Ich setz einen Zehner, daß er's nicht tut.«

Die Männer nickten. Jupp lehnte sich mit seinen Ellbogen auf das Gatter und beobachtete die Kühe. Die anderen taten es ihm nach. Becker hatte sich mit Fett die Arme bis zur Achsel eingeschmiert und kletterte gerade über den Zaun.

»Wo ist die Rubens-Frau?« fragte er Klante. »Ich meine, sie ist doch da, wo ich sie vermute?«

Klante sah ihn listig an, blinzelte zweimal und antwortete: »Esmeralda hat sie.«

»Dann hatte Schmitz tatsächlich recht? Sie haben *Papillon* gelesen und sind dann auf die Idee gekommen, ihre Kunstgegenstände auf gleiche Art und Weise zu schmuggeln?«

»Wer hat denn was vom Schmuggeln erzählt?« empörte sich Klante. »Ich hab nur gesagt, daß Esmeralda die Rubens-Frau hat. Ich kann's ruhig zugeben, weil Sie sie ja ohnehin finden.«

Dann schwiegen die Männer wieder und beobachteten Becker, der sich an das Grüppchen der Kühe heranschlich. Geduckt wie ein Soldat auf Spähtrupp lief er auf Zehenspitzen, machte einen kleinen Bogen, um sich eine bessere Position zu verschaffen und näherte sich Schritt um Schritt der ersten Kuh, die unglücklicherweise gar keine Kuh war, sondern ein Bulle. Becker war nervös, das konnte Jupp von weitem sehen, als er zwei Schritt hinter Odin stand und auf sein Gesäß stierte. Sekundenlang verharrte der BKA-Mann, immer noch geduckt, hinter dem Bullen. Dann blickte er herüber zu den Männern und zeigte stumm mit dem eingefetteten Arm auf Odins Hintern.

Die Männer am Zaun nickten grinsend.

Becker trat einen weiteren Schritt vor. Er konnte Odins Hintern schon mit den Fingern berühren, aber sein rechter Arm baumelte noch kraftlos an seiner Seite.

Noch ein Schritt.

Der BKA-Mann hob den linken Arm und visierte schon einmal die Stelle an, die er mit der rechten treffen wollte. Er rückte ein weiteres Stückchen vor.

Jupp fragte sich, ob Odin tatsächlich nicht bemerkt hatte, daß ihm Gefahr von hinten drohte. Oder, ob sich dieses bösartige Vieh nur eine neue Grausamkeit ausdachte, wie bei dem armen Teufel von Stallknecht, dem er dermaßen in die Genitalien getreten hatte, daß der Chirurg gleich nach einem Fotoapparat gerufen hatte, als er das auf Handballgröße geschwollene Organ sah. Seitdem lief der arme Kerl nur noch mit einem Ei durch die Gegend und machte einen Riesenbogen um Rindviecher. Jupp hatte darüber im *Dörresheimer Wochenblatt* berichtet, schließlich hatte der Mann kurze Zeit in Lebensgefahr geschwebt. Seit dieser Zeit kannte jeder ›Odin den Eierkiller‹, was sich mittlerweile mit Rücksicht auf den armen Stallknecht auf ›Odin der Killer‹ verkürzt hatte. Daneben hatte Odin noch andere verletzt, aber diese Unfälle verliefen einigermaßen glimpflich ab. Ein Biß hier, blaue Flecken und Stauchungen da. Odin war fünfhundert Kilo lebendes Kampfgewicht, verschlagen, hinterlistig, und kein mieser Trick war ihm zu gemein.

Beckers Muskeln, oder das, was man für Muskulatur halten mußte, spannten sich. Seine rechte Hand näherte sich Odins Gesäß. Der Schwanz wedelte mal nach links, mal nach rechts. Der Bulle sah sehr zufrieden aus, wie er da so graste. Becker betrachtete den gewaltigen Hintern, der sich vor ihm aufbaute, und wippte, scheinbar ohne es zu bemerken, mit dem Oberkörper im Takt des

Schwanzes hin und her. Dann streckte er den rechten Arm aus und verharrte einige Sekunden nur wenige Zentimeter vor der Öffnung. Kleine Schweißperlchen traten auf seine Stirn, während er unentschlossen auf der Unterlippe kaute. Für einen Moment sah es so aus, als ob er sich die Sache mit ihm, seinem eingefetteten Arm, dem Bullen vor sich, den er für eine Kuh hielt, noch einmal überlegen wollte. Doch dann nahm er noch einmal tief Luft, genau wie die Männer am Gatter, und stieß zu.

Der Angriff war ein voller Erfolg. Während Becker hektisch im entjungferten Bullen nach etwas Brauchbarem suchte, trat das röhrende Vieh nach hinten aus und traf Beckers Schienbein.

Dann schrien beide wie am Spieß.

Odin schleifte den hilflosen Beamten am Gatter vorbei. Becker, der es – aus welchen Gründen auch immer – für ratsam hielt, keinen Zentimeter seines neu gewonnenen Terrains preiszugeben, glotzte mit haßerfülltem Blick in die erstaunten Gesichter der Männer hinter dem Zaun.

»Das werdet ihr mir büßen!« preßte er wütend heraus.

Odin zerrte Becker auf die Weide. Irgendwann ließ der BKA-Mann von dem Tier ab, oder Odin wehrte sich durch eine Verdauung, im Nachhinein war es nicht mehr genau zu klären, jedenfalls blieb Becker liegen, und der Bulle lief laut brüllend weiter.

»Tja«, sagte der Mann im weißen Kittel und hob ein Röntgenbild gegen das Licht, »der Arm ist durch. Sauber gebrochen ... sehen Sie?«

Becker hatte keine Lust hinzusehen und sagte: »Jaja.« Jupp saß neben ihm und beobachtete den Arzt der Euskirchener Notaufnahme, der Becker fachmännisch einen Gips anlegte.

»Wie ist denn das passiert?« fragte der Doktor.

Becker schwieg.

»Hm?« machte der Doktor ein weiteres Mal.

»Ich möchte nicht drüber sprechen!« zischte Becker entnervt.

»Und was soll ich in den Unfallbericht schreiben?« fragte der Arzt, als er mit dem Gips fertig war.

»Ist mir doch egal!« motzte Becker und ging zur Tür.

»Ein, ähem, Dienstunfall!« schlug Jupp vor und gab dem Mediziner die Hand. »Die Wahrheit würden Sie uns sowieso nicht glauben.«

Becker verließ das Behandlungszimmer und knallte die Tür.

»Was soll denn ein Dienstunfall sein?«

»Mein Gott, Doktor. Was weiß ich? Schreiben Sie, daß er sich den Arm im Arsch eines Bullen gebrochen hat.«

»Werden Sie bloß nicht unverschämt!«

Jupp ging ebenfalls hinaus und murmelte, daß er's ja gewußt habe. Das mit der Wahrheit.

Becker wartete draußen mit Schröder und einem der Klante-Angestellten. Beide gaben sich größte Mühe, ein Lachen zu verkneifen. Becker sah sehr unglücklich aus.

Der Klante-Mann, ein grauhaariger Kerl mit krummen Beinen und dichtem Schnäuzer, klopfte dem BKA-Mann sanft auf die Schulter. »Jung, määste dat bei dinger Frau och esu?«

Schröder kreischte los, versuchte sich gleichzeitig zu entschuldigen, was natürlich nicht funktionierte, und für einen Moment glaubte Jupp, Schröder würde ersticken.

Irgendwann, als sich Schröder wieder unter Kontrolle hatte und alle drei im Auto saßen, bat Becker leise: »Ich würde es sehr schätzen, wenn das alles unter uns bleiben könnte.«

Keiner hatte einen Einwand.

Später am Abend traf Jupp zufällig auf Becker, der auf einer Bank auf dem Dörresheimer Rathausplatz saß und nachdenklich vor sich starrte. Jupp nahm neben ihm Platz und lehnte sich zurück. Ein paar Dörresheimer kamen vorbei und grüßten Jupp freundlich. Als sie den Mann mit dem Gips sahen, kicherten sie. Jupp legte, ohne daß es Becker sehen konnte, den Zeigefinger auf den Mund. Die Leute gaben sich redlich Mühe, ihr Gekicher zu unterdrücken, aber sobald sie sich von der Bank ein paar Schritt entfernt hatten, brach es aus ihnen heraus, und sie beeilten sich, außer Hörweite zu kommen. Becker schien nichts zu bemerken.

»Als ich dir von *Papillon* erzählt habe und vor allem davon, wo die Häftlinge ihr Geld vor den Wärtern versteckt haben, konnte ich nicht damit rechnen, daß du dich höchstpersönlich an die verdammten Kühe heranmachen willst«, begann Jupp und schaute in den Nachthimmel.

»Ihr habt mich angeschissen. Keiner von euch hat mir gesagt, daß die Kuh ein Bulle war. Oh, Mann, und was für einer!« Beckers Stimme verriet keinen Zorn, eher Müdigkeit.

Jupp drehte sich um. »Entschuldige bitte, aber wer hat denn alle Folgen von *Der Doktor und das liebe Vieh* gesehen?«

»Da ist jedenfalls keiner von einem Monstrum über die Wiese geschleift worden!«

»Liegt vielleicht daran, daß es nur ein Film war. Außerdem, so wie du Odin den Arm in den Arsch gerammt hast, hätte dich wohl jedes Lebewesen über die Wiese geschleift«, wandte Jupp ein.

Wieder kamen ein paar Dörresheimer vorbei, und wieder fand das gleiche Schauspiel wie beim ersten Mal statt.

Becker seufzte.

»Habt ihr die Rubens-Frau wenigstens gefunden«, wollte er nach einer Weile wissen.

»Ja, der Tierarzt ist noch gekommen und hat sie bei Esmeralda gefunden, in einem wasserdichten Stahlrohr. Die anderen Rinder hatten nichts in sich. Klante hat allen ein Abführmittel gegeben, bevor er Esmeralda die Rubens-Frau, ähem, anvertraut hat. Vielleicht wollte er den anderen heute auch noch eine Fracht mitgeben, ist aber durch die Hausdurchsuchung nicht mehr dazu gekommen. Esmeralda sollte irgendwohin transportiert werden, Klante hat uns nicht verraten, wohin. Darum stand sie auf der Wiese. Sie durfte was essen, damit die Verdauung angeregt wurde. Spätestens morgen hätte sie den Rubens ausgeschissen. Aber wo sollte sie hingebracht werden? Na, jedenfalls hat er 'ne Anzeige wegen Versicherungsbetruges bekommen. Solange wir keine Beweise haben, daß er mit der Elis-Münze und dem Einbruch bei mir etwas zu tun hat oder daß er Kunst schmuggelt, wird's erst mal dabei bleiben.«

Becker nickte. »Vielleicht hätte Schröder ihn festnehmen sollen?«

»Wollte er nicht. Ich meine, alles, was er besitzt, ist hier. Er ist nicht vorbestraft, und somit besteht kaum Fluchtgefahr. Außerdem glaube ich, daß es Schröder unangenehm gewesen wäre, Klante einzubuchten. Und sei es auch nur für ein paar Stunden. Er kommt aus der Gegend und wäre sowieso gegen Kaution herausgekommen. Da konnte er's auch gleich lassen.«

Becker sah Jupp trotzig an. »Ihr macht hier oben, was ihr wollt, ihr verdammten Eifler Eierköppe, nicht wahr?

Jupp sah ihn erstaunt an. »Seit du hier bist, quengelst du, daß alles nicht schnell genug geht. Du bist so verdammt nervös, als ob dir irgend etwas im Nacken sitzt. Es gibt Fälle, die lassen sich nicht hoppla hopp lösen. Es sei denn, es wird von dir erwartet, daß du ...«

»Seit wann duzen wir uns eigentlich?« fuhr Becker dazwischen.

Jupp versuchte ein Lächeln.

»Wir sehen uns morgen, nehme ich an. Bis dahin ersparen Sie mir Ihre Klugscheißereien. Ich wünschte, ich fände einen Weg, Sie und auch meinen neunmalschlauen Onkel loszuwerden. Ich wünschte, ich könnte hier einmal in Ruhe echte Polizeiarbeit leisten. Aber nein: Ich stecke hier irgendwo auf Land, wo die Eingeborenen alles besser wissen und die Polizei an der Durchführung ihrer Pflichten hindern. Ständig warten Sie mit immer neuen abstrusen Theorien auf, und das Schlimmste ist, daß mein minderbemittelter Onkel Ihnen auch noch Glauben schenkt. Der einzige, der professionell denkt, den Beruf von der Pike auf gelernt hat, sich mit den miesesten Großstadtzuhältern, Mördern, Blutschändern und was weiß ich für ein Gesocks herumgeschlagen hat, das bin ich. Und ich bin es auch, der eine lupenreine Weste hat, der Mann mit der höchsten Trefferquote in der ganzen Abteilung, derjenige, dem eine großartige Laufbahn bevorsteht und derjenige, dessen Personalakte gespickt ist von lobenden Auszeichnungen seiner Vorgesetzten. Und dieser Mann muß sich mit Ihnen und Ihresgleichen herumschlagen. Ich hab die Nase so voll, voll, voll! Warum verziehen Sie sich nicht wieder in Ihre kleine Redaktion, schreiben Ihre kleinen Artikel und überlassen die Arbeit einem Profi?«

»Gute Nacht, Bernie«, entgegnete Jupp pikiert und ließ den BKA-Mann allein.

Licht an, Licht aus

Edna hatte keinen freien Abend, aber trotzdem etwas Zeit für Jupp, weil Montag war und nicht gerade viel los im *Lolas*. Detras war auch da, begrüßte den Journalisten freundlich, begleitete ihn in ein Séparée und versicherte, daß Edna alles tun würde, um ihm einen angenehmen Abend zu verschaffen. Jupp dankte, hatte aber Mühe, freundlich zu bleiben.

Zwei Minuten später gesellte sich Edna zu Jupp in die Nische. »Du wünscht dich also zu entspannen?« begann sie ein Gespräch.

Jupp nippte an einem Bier und schwieg.

»Was darf's denn sein, Josef?« fragte Edna, immer noch ohne das strahlende Lächeln, das Jupp so begeistert hatte, und auch ohne daß sie ihre Stimme, die so voll und tönend sein konnte, anhob.

»Möchtest du etwas trinken?« fragte Jupp.

»Nein«, lehnte Edna ab.

»Sag mir deine Preise!« forderte er.

»Ab 150 aufwärts je nach Extras. Französisch 100, für ganz Spezielles bin ich nicht zu haben. Das machen hier die anderen.«

»Die Hälfte bei mir. So war das Angebot, nicht wahr?«

»Ja.«

»Detras wünscht meine vollste Zufriedenheit. Es soll mir an nichts fehlen. Er hat dich gebeten, mir jeden auch noch so ausgefallenen Wunsch zu erfüllen. So ist es doch, Edna?«

Edna nickte ernst.

Jupp grinste. »Dann, bitte schön, wünsche ich, daß du mit mir ein Bier trinkst. Das wäre alles!«

Edna kicherte, dann rutschte sie zu ihm herüber und gab ihm einen dicken Kuß auf die Wange. »Du Scheißkerl, für einen Moment hab ich geglaubt, du würdest die Freiernummer durchziehen!«

Jupp lehnte sich lachend zurück und verschränkte die Arme hinter seinem Kopf. »Woher willst du wissen, daß ich das nicht vorhatte?« fragte er listig.

Edna antwortete nicht, schob den Vorhang zur Seite und verlangte lauthals Bier. »Niemand versteht mehr von Menschen als Nutten, mein Lieber«, erklärte sie dann. »Du hast mich nur drangekriegt, weil ich mich nicht auf mich selbst verlassen habe.«

Die nicht mehr ganz neue Blondine, in deren Ausschnitt Zank gelegen hatte, brachte Bier und verschwand genauso schnell und leise wie sie gekommen war.

»Was treibt dich her?« fragte Edna.

»Ich weiß nicht. Ich hatte keine Lust, nach Hause zu gehen.«

»Zu ... wie heißt die Kleine?«

»Sabine. Die ist in Urlaub gefahren, irgendwohin, wo sie mich nicht sieht.«

»Und jetzt suchst du Trost bei einer Hure, hm?«

»Du bist ... ja, vielleicht. Warum ist Detras so um mein Wohlergehen besorgt?«

Edna zuckte mit den Schultern. »Vielleicht mag er dich«, lachte sie.

»Glaubt er wirklich, daß er mich ruhig hält, wenn er mir Rabatt bei seinen Damen gewährt?«

»Unterschätz ihn nicht, Jupp! Der Blödmann kann zwar nicht lesen, aber er weiß genau, wie man Menschen für sich gewinnt. Für die einen reicht ein Freifick ab und zu, andere sind vielleicht anders zu ködern.«

»Du meinst, er glaubt, daß ich dich ganz nett finde, und daß ich auf diesem Wege ...«

Edna erwiderte nichts, und Jupp ließ den Satz im Raum stehen.

»Hat er noch was gesagt, als er gestern wiederkam? Ich meine, nachdem er es morgens so verdammt eilig hatte?«

»Nein, mal davon abgesehen, daß er der alten Edna ohnehin nichts mehr anvertrauen würde. Aber eines war doch noch. Er hat Olga losgeschickt, die letzte Ausgabe vom *Dörresheimer Wochenblatt* zu besorgen.«

»Was will er damit? Er kann doch sowieso nicht lesen?«

»Weiß nicht. Vielleicht wollte er dich auf diese Art und Weise etwas besser kennenlernen. Außerdem gehe ich davon aus, daß Olga ihm vorgelesen hat.«

»Was?« Jupp mußte grinsen. »Eine Polin, die kein Deutsch kann, liest einem Legastheniker aus der Zeitung vor? ...« Jupp hielt inne und überlegte laut: »Dann hat er mich also erkannt, als er mich überholte ...«

»Was?« wollte Edna wissen.

»Nichts, schon gut. Auf dein Wohl!«

Jupp kam am folgenden Morgen eine Stunde zu spät zum Dienst, verkatert, übermüdet, übellaunig und vor allem nicht gewillt, lange Diskussionen mit Zank über seine Verspätung führen zu müssen. Aber er brauchte nicht zu streiten, nicht mal zu grüßen, weil Zank ihm gar nicht hätte antworten können, selbst wenn er gewollt hätte.

Zank saß an seinem Schreibtisch, wie immer eigentlich, bis auf die Tatsache, daß er an diesem Dienstag morgen geknebelt war. Hände und Füße waren an seinen Stuhl gefesselt worden, und er sah Jupp mit großen, fragenden Augen an.

»Tag, Chef!« sagte Jupp fast schon wieder gutgelaunt. »War jemand mit einer deiner Artikel nicht zufrieden?«

Zank machte Geräusche, aus denen Jupp nur die Vokale o und i heraushören konnte. Der Rest blieb im Knebel stecken.

»Ooo-Iii? Was könnte das wohl heißen?« fragte sich Jupp und kratzte nachdenklich mit Zeigefinger und Daumen sein Kinn. Es fiel ihm ein, daß o und i als Vokale im Wort Vorsicht auftauchten, da traf etwas sehr Hartes seinen Kopf, und die Welt um ihn herum wurde schwarz.

»Kuhscheiße« war das erste, das Jupp durch den Kopf ging, als er langsam wieder zu Bewußtsein kam. Hier stinkt's nach Kuhscheiße, dachte er, dann wurde es wieder schwarz. Nach einer Weile erwachte er ein zweites Mal und sah durch einen Schleier ein Fenster mit zugezogenen Vorhängen, einen Tisch, zwei Stühle, einen Holzboden und eine niedrige Decke. Ihm wurde schwindelig, als er nach oben schaute, er kämpfte wieder mit einer Ohnmacht.

Es war ruhig in dem Raum, und Jupp registrierte, daß er auf einem Stuhl saß und daß seine Hände hinter seinem Rücken an der Rückenlehne festgebunden waren. Er hatte fürchterliche Kopfschmerzen, und eine Stelle an seinem Hinterkopf fühlte sich feucht und verklebt an. Draußen war es noch hell, die Vorhänge ließen

Licht durch den Stoff. Außer ihm war keiner im Raum, der sehr spärlich eingerichtet war. Ein paar nichtssagende Bilder, ein Bauernschrank, sonst nichts. Nur Stille.

»He, ist da wer?!« rief Jupp, so laut er konnte, und bereute es gleich. In seinem Kopf hämmerte und pulsierte es unerträglich. Kurz darauf hörte er Schritte, dann öffnete sich die Tür, und ein Mann mit einer Motorradmaske betrat den Raum.

Jupp blickte auf. »Kann ich vielleicht 'ne Kopfschmerztablette haben?« fragte er.

Der Maskierte nickte und ging wieder nach draußen. Draußen quietschten Reifen, und Jupp hörte Stimmen. Der Mann kam zurück in den Raum und hielt Jupp ein Glas Wasser hin, in dem die Reste einer Tablette schwammen.

»Sehr witzig. Schütten Sie mir's einfach ins Gesicht, ich leck's mir dann schon runter!« wurde Jupp langsam sauer.

Der Mann kam etwas näher ran und setzte das Glas an Jupps Lippen. Der nahm gerade den ersten Schluck, als draußen Bernie Beckers wohlvertraute Stimme zu hören war, allerdings etwas verzerrt durch ein Megaphon: »Hier spricht die Polizei! Das Haus ist umstellt. Lassen Sie die Geisel frei, und kommen Sie mit erhobenen Händen heraus!«

Der Maskierte eilte aus dem Zimmer und kam mit einem Vorderlader wieder herein. Wortlos ging er zum Fenster, schob den Vorhang etwas zur Seite, kippte die Scheibe und feuerte einen Schuß in die Luft. Der Lärm war ohrenbetäubend, fand Jupp und beschwerte sich auch sofort darüber. Draußen war hektische Betriebsamkeit zu hören. Der Mann stiefelte wortlos zurück zu Jupp, um ihm den Rest des Kopfschmerzmittels zu verabreichen.

»Danke«, nickte Jupp. »Sie sind ein Idiot, Radschlag!« stellte er dann ruhig fest.

»Wie hätt Ihr misch erkannt?« fragte der Angesprochene erstaunt.

»Ich kenne nur einen, der im Sommer mit Gummistiefeln herumläuft. Außerdem, wie hätte Becker uns so schnell finden können, wenn Zank nicht auch nur einen gekannt hätte, der Gummistiefel im Sommer trägt?«

»Is uch ejal«, meinte Radschlag resignierend.

»Der hat auf uns geschossen, der Schweinepriester!« rief Becker aufgeregt. »Wir werden sofort ein Sonderkommando bestellen und ihn ausräuchern, dieses Arschloch!«

Becker griff wutentbrannt nach der Funke in Schröders Streifenwagen. Schröder packte sein Handgelenk und schob es beiseite.

»Er hat nicht *auf* uns, sondern in die Luft geschossen. Und mit Sonderkommandos hab ich so meine Erfahrungen. Das lösen wir hier selbst, klar?«

»Und was ist, wenn er die Geisel erschießt? Oder flüchtet? Oder einen von uns erschießt?«

Schröder drehte sich zu Al und fragte: »Sag mal, ist Kunz mitgekommen?«

»Das ist mein Ernst!« mahnte Becker.

»Ja, steht dahinten irgendwo und riegelt das Haus ab oder so etwas«, sagte Al.

»Schön, hol ihn mal her!« befahl Schröder und grinste.

»Ich glaub nicht, daß er sich einfach so erschießen lassen will. Was soll ich ihm sagen?« fragte Al.

»Nur, daß ich einen Sonderauftrag für ihn habe!«

Al nickte und verschwand.

Becker gab nicht auf. »Komm, schon, Onkel. Wir holen ein Einsatzkommando. Dann sind die es wenigstens schuld, wenn was schiefgeht.«

Schröder sah sich um, aber niemand stand in ihrer Nähe. »Tu mir einen Gefallen: sag in der Öffentlichkeit nicht Onkel zu mir, okay?! Und zum letzten Mal: Wir werden kein Kommando holen!«

»Ich leite die Ermittlung!« stellte Becker fest.
»Hier oben hat es sich ausgeleitet, klaro!? Ansonsten setz ich dich hier irgendwo aus, und du kannst sehen, wie du nach Hause kommst. Hier hat nur einer das Kommando, und das bin ich. Also, halt den Schnabel, du zittriger Klugscheißer!« herrschte ihn Schröder an. »Wir werden jetzt erst mal warten, was Radschlag will.«

Becker war beleidigt.

Kunz hechelte heran und meldete sich zur Stelle. »Was gibt's Chef?«

»Halten Sie sich zur Verfügung, Polizeimeister Kunz. Ich glaube, Sie werden in Kürze einen Auftrag von enormer Wichtigkeit übernehmen müssen. Kann sein, daß es gefährlich werden könnte. Ich hab Sie ausgewählt, weil Sie ledig, jung und, ähem ... mutig sind!« sagte Schröder mit der gebührenden Feierlichkeit.

Kunz schluckte schwer und nickte stumm. Schröder war mit sich sehr zufrieden. Wieder einmal bahnte sich ein polizeiliches Ereignis an, das die Erfahrung und Hartgesottenheit eines erstklassigen Bullen verlangte. Hier umhauchte ihn endlich wieder der wilde Atem des Lebens. Er blickte auf Radschlags Hof hinunter, umfaßte die schwere Kühle seiner Dienstwaffe und träumte von der endlosen Prärie Texas' ...

Radschlag saß immer noch in aller Ruhe auf seinem Stuhl und blickte auf seine Gummistiefel. Die Fesseln schnitten Jupp ins Fleisch, aber er dachte sich, daß Radschlag sie ihm wohl kaum lösen würde, um ihm einen Gefallen zu tun.

»Hören Sie«, sagte Jupp ruhig, »tut mir leid, daß ich Sie gestern vergessen habe. Aber es war so viel zu tun ...«

Radschlag winkte ab. »Haal doch deng Muul. Isch benn halt nur 'ne eenfache Buur. Do bruch me sich net drömm ze kömmere. So es et doch?«

Jupp entgegnete nichts. Was auch? Die Tatsachen

sprachen nun mal gegen ihn, obwohl es ihm aufrecht leid tat, den Termin nicht abgesagt zu haben.

»Was wollen Sie jetzt eigentlich?« fragte Jupp schließlich.

Radschlag verschränkte die Arme vor der Brust. »Veleesch sehn die jez, dat isch net duet ben!« erklärte er energisch. Dann stand er auf, ging ans Fenster und spähte aus einem Schlitz hinaus.

»Häste de Honge?« fragte er und drehte sich wieder zu Jupp.

»Ja. Wie spät ist es eigentlich?«

»Sibbe Uhr.«

»Ich hätt gerne 'ne Pizza!« forderte Jupp. »Mit Pilzen und Knoblauch.«

Radschlag nickte. »Wir haben Hunger!« rief er aus dem Fenster hinaus.

Jupp und Radschlag warteten einen Moment auf die Antwort. Etwas knackte, dann war Schröders Stimme am Megaphon.

»Was darf's denn sein?« fragte er. Jupp fand, daß seine Stimme einen Hauch zu gelassen klang.

Radschlag gab die Bestellung durch.

»Wie lauten Ihre Forderungen, Radschlag?« fragte Schröder dann.

»Isch bin net duet!« schrie Radschlag zurück und schloß wütend das Fenster.

»Hast du das kapiert?« fragte Schröder Al, der aber auch nur verwundert den Kopf schütteln konnte.

»Die Behörden haben ihn für tot erklärt!« erläuterte Zank, der sich neben sie gesellte. »Eine Verwechslung. Der tote Radler hieß zufällig auch Radschlag ...«

» ... ach so«, unterbrach Schröder.

Becker tippte Schröder auf die Schulter und zeigte ihm einen städtischen Arbeiter.

»Und?« fragte Schröder.

»Er wird Radschlag den Strom abdrehen. Dann kann

er heute nacht kein Licht machen, und wir können ihn besser überwältigen!« bestimmte er.

»Wir?« fragte Schröder. »Ich geh da nicht rein.«

»Ist mir egal«, sagte Becker und nickte dem Arbeiter zu. »Drehen Sie ihm den Saft ab.«

Der Mann machte sich auf den Weg. Über Walkie-talkie verfolgte Becker den Stand der Arbeiten.

Eine ganze Weile später, die Pizza war längst geliefert und die Dämmerung brach herein, meldete die Stimme über Funk, daß sie jetzt den Strom abdrehen könnten.

»Abschalten!« befahl Becker.

Das Licht in der guten Stube von Bauer Radschlag erlosch, und Radschlag schaute Jupp perplex an. »Sischerunge russ?« fragte er, mehr sich selbst.

»Strom fott«, vermutete Jupp und beschwerte sich gleich darauf, daß die Fesseln weh täten.

»Wat heeß dat: Strom fott?«

»Die haben den Strom abgedreht. Kennt man doch aus dem Fernsehen. Als Entführer sind Sie wirklich eine Niete«, urteilte Jupp, dem seine unbequeme Lage langsam aber sicher auf die Nerven ging.

»Haal die Fress!« herrschte ihn Radschlag an und eilte zum Fenster. »Schröder!« schrie er nach draußen. »Mach dat Leet an!«

Das Licht kam wieder, um ein paar Sekunden später wieder auszugehen. Jupp seufzte. Schröder und Becker beim Kompetenzgerangel, dachte er. Man mußte kein Hellseher sein, um sich vorzustellen, daß die beiden sich da draußen am Revers packten und abwechselnd »Strom an« und »Strom aus« befahlen.

»Leet aan!« schrie Radschlag.

Das Licht ging an, gleich darauf wieder aus. Jupp konnte nicht mehr und lachte lauthals.

»Wat laachs du dann!« schrie Radschlag, stampfte wütend auf ihn zu und schlug ihn mit dem Handrücken auf die Wange. Jupps Kopf flog herum, das

Licht ging an, dann trat Jupp Radschlag mit aller Wucht in den Unterleib, das Licht ging wieder aus. Radschlag unterdrückte einen Schmerzensschrei zu einem »Hmpfff«, krümmte sich nach vorne und preßte seine Hände in den Schritt.

»Du hast vergessen, meine Beine zu fesseln, du Anfänger«, bemerkte Jupp zufrieden und leckte sich das Blut aus dem Mundwinkel.

Drei Leitern in der Nacht

Schröder hatte Becker tatsächlich mit einer Hand am Revers und schrie ins Walkie-talkie: »Licht an! Und damit basta!«

Mit der anderen Hand umschloß er Beckers Hand, der das Sprechfunkgerät weit über seinen Kopf hielt. Becker versuchte, sich aus dem Griff herauszuwinden und schrie seinerseits, daß das verdammte Licht ausbliebe. Schröder kreischte, daß er ihm gleich den Arsch versohlen würde, wenn er noch einmal ›Licht aus‹ befehlen würde, und der Mann am anderen Ende des Leitung gab durch, daß er langsam keine Lust mehr habe, den Strom an- und auszumachen, weil er gleichzeitig ganz Matzerath den Saft an- und abdrehen würde.

»Licht an!« schrie Schröder und versuchte erneut, Becker das Sprechfunkgerät aus der Hand zu reißen.

»Licht aus!« befahl Becker und stellte sich auf die Zehenspitzen, damit Schröder nicht an seine Hand heranreichen konnte.

»Mann, ist das würdelos«, flüsterte Al Zank zu, der stumm nickte. Glücklicherweise konnten die Einwohner Matzeraths die beiden nicht sehen, weil Radschlags Hof hinter einer kleinen Anhöhe lag und das ganze Gebiet weiträumig abgesperrt war.

Ein Schuß zerriß die abendliche Dämmerung. Schröder und Becker verharrten, jeder mit einer Hand an dem Walkie-talkie, in ihrer Stellung. Fast sah es so aus, als ob die beiden bei einem Tänzchen gestört worden wären, so eng umschlungen standen sie beieinander.

»Wenn das Licht noch ein einziges mal ausgeht«, rief Radschlag mit einer eigenartigen Ruhe in der Stimme herüber, »dann ...«

Er stockte, und Schröder fragte: »Was dann?«

»Dann erschieße ich die Geisel!« kreischte Radschlag hysterisch. »Ich schwöre, daß ich das tue. Mach noch einmal das Licht aus, und ich erschieße erst die Geisel und dann euch beide!«

Er schlug das Fenster so hart zu, daß das Glas aus seinem Rahmen fiel und klirrend auf dem Boden zersprang. Schröder nutzte den Überraschungsmoment, schnappte sich das Sprechfunkgerät und gab dem Strommann durch, daß er nach Hause gehen solle.

»Der blufft doch!« sagte Becker überzeugt.

»Der hat zum ersten Mal hochdeutsch geredet«, stellte Al fest, »ich glaube, diesmal meint er's ernst. Ich an seiner Stelle würde es auch ernst meinen.«

»Halten Sie den Mund!« zischte Becker und setzte sich in den Streifenwagen. »Dann werden wir eben warten.«

Radschlag hatte immer noch eine Hand im Schritt, als das Fenster bereits in Scherben lag. Sehr vorsichtig ließ er sich auf dem Stuhl nieder und rieb sich beinahe zärtlich über den Hosenstall. Jupp nahm erfreut zur Kenntnis, daß sich Schröder offensichtlich durchgesetzt hatte: das Licht blieb an.

Radschlag hatte mittlerweile seinen Kopf auf seine Hände gestützt und stierte auf einen Punkt auf den Boden. Er hat ziemliche Sorgen, dachte Jupp, was nicht weiter verwunderlich war: Immerhin war er der Hauptakteur einer Belagerung. Aber andererseits machte er einen verdammt ruhigen Eindruck angesichts des Umstands, daß draußen ein Haufen Bullen vor seinem Haus herumlungerte.

Nach einer ganzen Weile brach Jupp das Schweigen. »Komm schon, Georg. So schlimm kann's doch nicht sein, von den Behörden für tot erklärt zu werden«, versuchte er es freundschaftlich.

Radschlag seufzte. »Wenn et nur dat wöör.«

»Was denn noch?« fragte Jupp, aber Radschlag winkte ab. Irgendwie muß ich an ihn ran, dachte Jupp, und zerbrach sich den Kopf, welche Sorgen Radschlag noch haben könnte. Ihm schien, daß der Bauer in der Stimmung war, ein paar Geheimnisse auszuplaudern. Die Frage war, wo man den Hebel ansetzen mußte? Was hatte Radschlag zu der Entführung veranlaßt? Nur die Tatsache, daß er von Jupp versetzt worden war? Wohl kaum. Der Frust saß viel tiefer. Die ganze Aktion schien eher eine Verzweiflungstat als eine wohlüberlegte Handlung gewesen zu sein. Daß er ihn versetzt hatte, war nur der berühmte Tropfen, der das Faß zum Überlaufen brachte.

»Warum reden wir nicht über deine Geldprobleme?« riskierte er einen Schuß ins Blaue. Immerhin wirkte Radschlags gute Stube nicht sonderlich luxuriös.

Radschlag sah ihn neugierig an. »Woher ...?« fragte er zurück. »Ach su, weeß jeder he im Dörp. Wat hann se dir jesaat?«

»Nicht viel«, log Jupp, »nur, daß du in Schwierigkeiten bist.«

»Schwierigkeiten!« stieß Radschlag spöttisch aus. »Pleite bin ich. Nicht mehr und nicht weniger. Pleite und obendrein verschuldet bei der Bank. Weißt du, daß die mir den Hof nehmen wollen? Die sagen, daß ihnen das leid tut, aber sie könnten nix dafür, weil ihre Bosse darauf bestehen, daß die Vorschriften eingehalten werden. Und daß sie mir keinen Kredit mehr geben können, weil das auch gegen ihre Vorschriften wäre. Was soll ich denn machen? Ich kann doch nix anderes als Bauer.«

Er schluckte schwer. »Ich meine, was soll ich in einer Fabrik? Ich ... hab immer an der frischen Luft gearbeitet ... mit meinen Tieren und hab meine Felder ... Weißt du, daß ich mein Vieh verkaufen mußte? Mein ganzes ... Immerhin hat mir Klante einen guten Preis dafür bezahlt, das muß man ihm lassen ... da hat er sich anständig verhalten.«

»Und wo hat er sich nicht anständig verhalten?« fragte Jupp, dessen graue Zellen rotierten.

»Ich hab nie was Schlimmes gemacht, in meinem Leben. Aber ... manchmal muß man was machen, was nicht so schön ... verstehst du mich?«

Radschlag war sehr verzweifelt, und Jupp hatte das Gefühl, daß er den Tränen nahe war. Und wenn er etwas noch weniger ertragen konnte als heulende Frauen, dann waren es heulende Männer.

»Würdest du mir meine Fesseln lösen?« fragte Jupp.

Zu seiner Überraschung stand Radschlag auf, verließ den Raum und kam mit einem Küchenmesser zurück. Mit einem kräftigen Ruck schnitt er Jupps Fesseln durch.

»Wenn du möchtest, kannst du jetzt gehen«, sagte er leise.

Jupp rieb sich die Handgelenke.

»Nein«, sagte er freundlich, »jetzt werden wir reden.«

Hermine Hühnerbein war mittlerweile eingetroffen und redete auf Schröder ein.

»Er hat ein Schießgewehr?« rief sie ungläubig. »Ich Arschloch hätte daran denken sollen. Ich Trottel! Und ich habe daran gedacht. Und ich habe die Schnauze gehalten, weil ich dachte, ich mache mich lächerlich.«

»Regen Sie sich ab, Frau Hühnerbein«, sagte Schröder väterlich, »Radschlag wird niemanden erschießen.«

Er sah sie scharf an und grinste verschlagen. »Auf der anderen Seite ...«

»Hm?«

»Nichts, seien Sie einfach nur still.«

»Du brauchst bloß in die Eifel kommen, da ist was los«, meinte sie beleidigt und stopfte sich eine Pfeife.

»Eine Royal Briar von Stanwell«, erklärte sie Schröder, der gelangweilt auf Radschlags Hof herunterschaute. Sie zog an der Pfeife, zückte eine Nikon und begann, Fotos von Radschlags Hof zu machen.

»Du mußt reden, Schröder,« forderte sie und lugte durch den Sucher der Kamera. »Rede, Junge, rede! Reden stoppt ihn, Reden hält ihn auf, Reden macht ihn unsicher.«

Schröder sah ihr fest ins Gesicht und senkte seine Stimme zu einem fast weinerlichen Flehen. »Warum kannst du nicht mal eine Sekunde ruhig sein. Bitte, Hermine, ich hab dir doch nichts getan.«

Hermine schwieg, und Schröder atmete auf. Dann rief er Al. »Wo ist Kunz?«

»Was zu essen holen«, antwortete Al.

»Wenn er wieder hier ist, soll er sich bei mir melden.«

Kunz erschien schon fünfzehn Minuten später mit einer Portion Pommes frites in der Hand.

»Geben Sie das her, Kunz!« befahl Schröder und nahm ihm die Pommes ab. »Der große Moment ist da. Wir werden versuchen, Sie gegen die Geisel auszutauschen!«

»Worüm misch?« fragte Kunz, der überhaupt nicht begeistert war, daß Schröder seine Pommes aß.

»Verlustminimierung«, sagte Schröder knapp und stopfte sich ein paar Fritten in den Mund. »Gefen Fie mir daf Megaffon!«

Er schluckte die Kartoffelstäbchen herunter und machte seine Ansage: »Radschlag, wir möchten Ihnen einen Vorschlag machen. Können Sie mich hören?«

»Ja«, antwortete Radschlag hinter dem Vorhang.

»Wir möchten, daß Sie die Geisel herauslassen und dafür einen von uns als Geisel nehmen!«

Einen Moment entstand eine Pause. Dann rief Radschlag: »Die Geisel will aber nicht rauskommen!«

Schröder sah Al konsterniert an. »Hast du sowas schon mal gehört?« fragte er.

»Lassen Sie mich mal mit Jupp reden«, schlug Al vor

und griff nach dem Megaphon. »Jupp? Kannst du mich hören?«

»Ja!« gab Jupp zurück.

»Was soll das? Kommst du jetzt raus oder nicht?«

»Nein!«

»Hör mal, ich würd gern nach Hause. Wenn's dir recht ist, kommen wir jetzt rein und lösen das Spektakel auf, okay?«

»Dann wird Georg auf euch schießen!«

»Komm jetzt *sofort* raus, du Blödmann!« rief Al böse.

»Nein.«

»Weißt du was? Du kannst mich mal am Ar ...!«

Schröder riß ihm den Lautsprecher aus der Hand und erinnerte ihn an eine gewisse »Funkdisziplin«. Schließlich konnte das ganze Dorf mithören.

»Was ist denn jetzt mit dem Austausch?« fragte Schröder laut.

»Du kannst Kunz reinschicken, wenn du willst, aber deswegen komme ich noch nicht heraus!« erklärte Jupp die Lage.

»Woher weiß der, daß Sie mich reinschicken wollen, Herr Hauptkommissar?« fragte Kunz neugierig.

»Das ist, ähem, woher soll ich ... stell dich einfach dahinten hin, Kunz!« sagte Schröder und setzte das Megaphon wieder an den Mund. »Warum willst du nicht raus?«

»Wir haben etwas zu bereden. Danach komme ich raus. Einverstanden? Wenn ihr wollt, könnt ihr die Belagerung abblasen. Ich gebe dir mein Wort, daß alles friedlich ausgeht!«

»Den Teufel werd ich tun! Ich schick dir jetzt Kunz rein, und in einer halben Stunde laß ich die Bude räumen. Wir sind hier nicht auf einem Kindergeburtstag, kapiert?«

»Gut, eine halbe Stunde. Aber Kunz bleibt draußen!« lenkte Jupp ein.

Schröder setzte die Flüstertüte ab und gab Kunz die

leere Pommesschachtel wieder. Dann sah er auf die Uhr, setzte sich in den Wagen und schloß die Augen.

Jupp sah Radschlag forsch an. »So, mein Lieber. Jetzt wird Tacheles geredet. Ich hab so ein paar Vermutungen, aber mir fehlen die Zusammenhänge. Also, warum der Quatsch mit der Entführung?«

Radschlag war etwas überrascht, daß Jupp plötzlich einen so forschen Ton anschlug, und hob verwundert eine Augenbraue. »Wat meenst de?«

»Komm, das langt jetzt. Ich will was hören.«

»Wat dann?«

»Zum Beispiel, wie's kam, daß du Klante dabei geholfen hast, seine eigene Tochter zu überfallen!«

Radschlags Wangen röteten sich. »Aber ...«

»Nix da«, wehrte Jupp ab, »ich weiß es. Seit dem Moment, seit dem du Klante erwähnt hast. Ich nehme an, daß er dir Geld angeboten hat, wenn du ihm hilfst?«

Radschlag nickte. »Er wollte einen Teil meiner Schulden übernehmen, hat er gesagt. Wir hatten nicht damit gerechnet, daß jemand zu Hause war, und haben uns die Masken nur übergezogen, falls du früher als erwartet zurückkommen solltest. Oder falls uns jemand aus dem Haus kommen sieht. Daß Sabine da war, war für uns beide eine Überraschung, aber wir konnten nicht mehr zurück. Naja ... wir haben wie wild die Münze gesucht und nicht gefunden, da ist Klante ... er hat deine Kamera gesehen und ... er hat sie mir gegeben und ...«

»Schon gut, ich kenn den Rest«, sagte Jupp. »Weiter!«

»Ich hab am nächsten Tag die Münze an dem Vorfahrtschild geholt und sie zu Klante gebracht. Dann wollte ich mein Geld in bar, aber Klante hat gesagt, daß ich froh sein könne, wenn er mir überhaupt was gibt, und daß ich gefälligst warten soll, bis sich die Wellen gelegt haben. Zwei Tage später, am Donnerstag also, hab ich dann in der Zeitung deinen Artikel über die Münze gelesen und vor allem, daß die so viel wert ist.

Klante hat immer behauptet, daß sie eher ein Liebhaberstück sei, schon wertvoll, aber nicht mehr als 5.000 Mark. Ich bin am nächsten Tag zu ihm hin und hab ihm gesagt, daß er mich angelogen hat und daß er deswegen meine ganzen Schulden übernehmen soll und mir mein Vieh zurückgibt. Aber da hatte man ihm die Münze auch schon geklaut, und er hat getobt deswegen, hat rumgeschrien, daß dieser dreckige Puff-Lui ihm die Münze geklaut habe, er wisse es genau, und daß er ihm am liebsten den Schädel einschlagen würde. Jedenfalls bin ich wieder weg und hab mir überlegt, daß ich Detras die Münze klaue und sie dann Klante verkaufe. So konnte ich wenigstens sicher gehen, mein Geld auch zu bekommen. Also hab ich mich am Samstag abend, als dieser große Polterabend war, auf die Lauer gelegt und ein bißchen Glück gehabt, weil Detras und die Frauen geschlossen raus sind aus dem Laden.«

»Das war kein Glück«, erklärte Jupp, »Al hatte sie zum Polterabend eingeladen.«

»Ach so. Naja, ich hab 'ne Scheibe eingeschlagen und bin in Detras Büro. Aber diesmal hab ich wirklich Glück gehabt, weil er keinen Tresor hat. Oder er hat die Münze nicht darin eingeschlossen. Jedenfalls war eines seiner Schreibtischfächer abgeschlossen, und ich hab im Haus nach einem Brecheisen gesucht und ...«, Radschlag kicherte, » ... im Keller konnte ich mir Brecheisen in jeder Größe aussuchen. Ich hätte sogar einen Tresor aufschweißen können, weil da auch ein Schweißgerät war. Jedenfalls hab ich mit einem Stemmeisen die Schublade aufgehebelt, und da lag sie: die Münze. Mann, ich hatte noch nie so viel Angst in meinem Leben, aber in dem Moment war ich so froh, daß ich um ein Haar die Musik angemacht hätte. Weißt du, er hat so eine gewaltige Stereoanlage ...«

»Schön«, unterbrach Jupp schnell. »Nur als Information für mich: Hat Klante dich gebeten, für eine Weile eine seiner Kühe zu beherbergen?«

»Woher weißt du das?«

»Ich weiß es einfach. Also, wie ging's weiter?«

»Dann hab ich wohl einen Fehler gemacht und die Münze Klante angeboten. Ich war so froh, daß ich zur Abwechslung einmal ein echtes Druckmittel in der Hand hatte und daß ich jetzt auf jeden Fall meine ganzen Schulden begleichen konnte, weil ich ja das hatte, was alle haben wollten. Ich wollte hören, was er dafür abdrücken wollte ... du weißt schon, Detras wollte die Münze auch ... und da hab ich mir gedacht ...«

» ... du könntest den Preis hochtreiben, wenn du beiden die Münze anbietest«, vollendete Jupp den Satz.

»Ja, su isset. Jedenfalls ist es so, daß ich die Münze nicht mehr habe.«

»Was?!« rief Jupp überrascht.

»Ja, sie ist mir gestern nacht gestohlen worden.«

Jupp rieb sich mit dem Zeigefinger den Kopf. Der erste Diebstahl, eigentlich ja nur ein Versuch, bei ihm zu Hause von Montag auf Dienstag, der zweite bei Klante von Donnerstag auf Freitag, der dritte bei Detras von Samstag auf Sonntag und jetzt der vierte bei Radschlag von Montag auf Dienstag. Plus des Verwirrspiels, bevor der Radler Radschlag tödlich verunglückt war. Langsam hatte Jupp die Nase voll von der Klauerei. Er sah Radschlag streng an und fragte: »Wo war die Münze?«

»In meinem Arbeitszimmer«, antwortete Radschlag.

»Kann ich es sehen?«

»Hm.«

Radschlag ging vor, Jupp folgte ihm durch eine Waschküche, eine Treppe hinauf und betrat hinter Radschlag das Zimmer. Es sah sehr unordentlich aus. Blätter lagen auf dem Boden, das Fenster war aufgedrückt worden. Der altertümliche Verschluß war zersplittert. Man brauchte nicht sehr viel Kraft, um so ein Fenster aufzudrücken, schätzte Jupp. Auch hier war eine Schublade des Schreibtisches aufgehebelt worden. Während Jupp die Schublade untersuchte, entschuldigte sich Radschlag dafür, daß er ihm so viele Umstände gemacht habe, aber er wäre nach dem Einbruch schlichtweg ausgeflippt, weil er ja jetzt einfach nichts mehr hatte, und da wollte er wenigstens wieder für lebendig erklärt werden. Das mit dem Schlag auf den Kopf täte ihm entsetzlich leid, aber er hätte ein so aufbrausendes Temperament und sei so wütend wegen allem gewesen. Natürlich würde er einsehen, daß er alles falsch gemacht habe, und er wäre bereit, dafür seine Strafe zu bekommen, es wäre halt nur wichtig, daß Jupp ihm seine Ausbrüche und sein schlechtes Benehmen verzeihen könne.

»Geschenkt«, sagte Jupp, der kaum zugehört hatte. Etwas anderes beanspruchte seine volle Aufmerksamkeit. Er kroch auf allen vieren über den Fußboden, die Nase fast auf dem Boden wie ein Hund, der eine Witterung aufgenommen hatte.

»Ich hab nicht saubergemacht«, rechtfertigte sich Radschlag unaufgefordert, als er Jupp so über den Boden rutschen sah.

»Gott sei Dank«, sagte Jupp knapp. »Sieh dir das mal an!«

Radschlag ließ sich neben Jupp auf die Knie fallen und äugte angestrengt auf den Boden. Nachdem er eine satte Minute auf den Boden gestarrt hatte, fragte er: »Auf was soll ich achten?«

»Da sind Fußspuren«, zeigte Jupp ungeduldig.

Radschlag sah wieder auf den Boden. »Ja, stimmt!« Er sah Jupp erstaunt an. »Bringt uns das weiter?«

Jupp kreiste mit dem Finger über zwei Stellen und fragte: »Fällt dir nix auf?«

Radschlag begutachtete beide Fußspuren. Es dauerte eine ganze Weile, und Jupp wollte den Prozeß schon abkürzen, als Radschlag rief: »Das sind ja zwei verschiedene!«

»Stimmt.«

Jupp huschte ans Fenster, öffnete es und schaute nach unten. Ein paar Lampen, die ein schwaches, gelbliches Licht auf den Hof warfen, gaben den Blick frei auf eine schäbige Scheune, zwei kleine Ställe und auf allerlei Gerät, das alt und angerostet unter einem Vordach stand. Der Hof war nicht asphaltiert.

»Was hast du in der Scheune?« fragte er Radschlag, der mittlerweile neben ihm stand.

»Heu, etwas Stroh, sonst nichts.«

»Ich bin sicher, da steht auch noch 'ne Leiter, oder?«

»Stimmt, woher weißt du das?«

»Komm mit«, sagte Jupp und stürmte aus dem Zimmer. Sie stiegen die Treppe wieder hinab und betraten den Raum, der unter Radschlags Büro lag. Offensichtlich wurde er als Abstellraum genutzt. Jupp öffnete hier das Fenster und bat um eine Taschenlampe. Radschlag brachte ihm eine, und Jupp hielt den Lichtkegel auf die Erde vor dem Fenster.

»Wußt ich's doch!« sagte er zufrieden. Sie konnten deutliche Abdrücke einer Leiter sehen.

»Siehst du«, meinte Jupp, »hier sind die Abdrücke der Leiter, die sich die Diebe aus deiner Scheune geholt haben. Da sieh, es sind eins ...« Jupp hob verwundert die Augen. » ... zwei ... und, ähem, ... drei?«

»Tatsächlich«, sagte Radschlag erstaunt. »Drei verschiedene Abdrücke von der Leiter. Das ist aber komisch!«

»Allerdings. Los, noch mal ins Büro!« forderte Jupp. Wieder liefen sie die Treppe hoch, und Jupp rutschte erneut auf dem Boden herum und suchte nach Fußabdrücken. Nach einer ganzen Weile rief er: »Tatsächlich. Hier ist der dritte!« Und malte wieder mit einem Finger einen Kreis in der Luft.

»Drei Einbrecher?« fragte Radschlag. »Ist doch eigentlich ein bißchen übertrieben, oder?«

Jupp zuckte mit den Schultern. Drei verschiedene Einbrecher, dreimal wurde die Leiter an Radschlags Bürofenster gelehnt und alles in einer Nacht. Die müssen sich gegenseitig beim Einbrechen auf den Füßen gestanden haben, dachte Jupp. Aber wieso drei? Zwei Abdrücke hätte er sich noch erklären können. Aber drei?

Er wandte sich an Radschlag: »Wollen wir den Spuk jetzt beenden?«

»Du meinst, Schröder?«

»Klar.«

Radschlag nickte. »Aber ich möchte nicht mit Handschellen abgeführt werden. Die gucken alle zu, die aus dem Dorf, meine ich. Geht das?«

Natürlich ginge das.

Der unsichtbare Dritte

Mittlerweile war es nach zehn Uhr abends, und die abendliche Dämmerung hatte sich fast vollständig in eine warme Sommernacht verwandelt. Schröder ließ Radschlags Gehöft mit großen Scheinwerfern beleuchten, so daß er und alle Anwesenden sofort erkennen konnten, daß die Belagerung vorbei war, als Jupp und Radschlag Schulter an Schulter das Haus verließen. Hermine Hühnerbein schoß Foto um Foto, und sogar Zank hatte sich dazu herabgelassen, ein paar Bilder zu machen, obwohl Jupp sich sicher war, daß sie die hinterher wegschmeißen konnten. Zank benutzte kein Blitzlicht, und für Nachtaufnahmen ohne Blitz hatte er weder die ruhige Hand noch die Kenntnis, Blende und Verschluß den Verhältnissen anzupassen.

Schröder kam breitbeinig auf beide zu, offensichtlich der Meinung, daß nur ein erfahrener Bulle wie er das Format hatte, eine Verhaftung wie diese vorzunehmen. Noch weit entfernt öffnete er seine Jacke, und ein leichter Westwind ließ sie an den Enden flattern, so daß Jupp und Radschlag ein Schulterhalfter sehen konnten. Jupp fragte sich, seit wann Schröder so ein kleidsames Schulterhalfter besaß. Auf jeden Fall war es sehr eindrucksvoll, wie er da betont lässig die Anhöhe heruntersteig. Der Hauptkommissar griff mit einer Hand in seinen Rücken, zückte ein paar Handschellen, die im

Scheinwerferlicht glitzerten, und ließ sie um den Zeigefinger kreisen. Radschlag sah Jupp fragend an, der machte aber eine beruhigende Geste.

»Dann wollen wir mal!« verkündete der Hauptkommissar feierlich und öffnete die Handschellen.

»Wir machen's ohne«, sagte Jupp ruhig. »Radschlag ergibt sich ohne jeglichen Widerstand.«

Schröder wirkte überrascht. »Kommt nicht in Frage. Vorschrift ist Vorschrift!« Er hob ein Ende der Handschelle an, um sie gegen ein Handgelenk Radschlags zu schlagen. Jupp hatte auch schon mal mit Polizeihandschellen herumgespielt. Wenn sie auf das Handgelenk trafen, schnappten sie um den Knochen herum, schlossen sich und rasteten genau richtig ein, ohne die Handgelenke übermäßig zu strapazieren. Das sah sehr lustig aus und machte auch ein hübsches Geräusch.

»Aber ...«, stammelte Radschlag.

»Schon gut«, beruhigte Jupp. »Schröder, ich muß dir was zeigen.«

»Was denn?« fragte Schröder und zielte wieder mit den Handschellen auf Radschlags Handgelenk. Jupp zog ihn am Arm weg und zerrte ihn in Richtung Haus. Schröder rief über die Schulter, daß man Radschlag festnehmen, aber auf Handschellen verzichten sollte. Wenn er nicht den Spaß einer Festnahme haben konnte, dann die anderen auch nicht.

Sie gingen ins Haus, und Jupp führte Schröder in den Abstellraum. Die Taschenlampe lag auf dem Fensterbrett, und Jupp hielt ihren Lichtkegel auf den Boden unter dem Fenster.

»Was sind das für Abdrücke?« fragte Schröder.

Jupp erklärte ihm die Zusammenhänge.

»Und du meinst, hier sind nacheinander drei Leute eingebrochen, um sich die Münze von Radschlag zu klauen?«

»Hm.«

»Aber wer sollte das sein?« überlegte der Hauptkommissar.

»Zwei fielen mir ein: Detras und Klante. Wer der dritte sein könnte, ist mir völlig schleierhaft. Vor allem, woher könnte ein Dritter wissen, daß Radschlag die Münze hatte?«

»Woher wußten's die anderen?« fragte Schröder zurück.

»Bei Klante ist das nicht so schwierig. Er hat mit Radschlag das Ding mit seiner Tochter gedreht. Als Detras die Münze geklaut worden ist, blieben ja nicht so viele Leute übrig. Um genauer zu sein, nur zwei: Radschlag und Klante selbst. Außerdem hat Radschlag ihm die Münze nach dem Bruch angeboten, wollte den Preis hochtreiben und Klante gegen Detras ausspielen. Also ist Klante bei Radschlag eingestiegen, um sie nicht später teuer von ihm kaufen zu müssen.«

»Und Detras?«

»Ich gebe zu, daß ich keine Ahnung habe, wieso er von Radschlag wußte. Eigentlich hätte er davon ausgehen müssen, daß Klante die Münze zurückgestohlen hat. Oder derjenige, der als zweiter Mann bei mir eingestiegen ist. Aber Detras konnte nicht wissen, daß das Radschlag gewesen war. Er hat es irgendwie erfahren. Aber von wem?«

»Und was ist mit Mister X, dem unsichtbaren Dritten?«

»Keine Ahnung.«

»Könnte es nicht sein, daß nur zwei eingestiegen sind, aber einer von ihnen noch mal zurück ist, weil er uns verwirren will?«

»Du meinst, er hat sich andere Schuhe angezogen, um so einen unsichtbaren Dritte zu schaffen, der uns eine Weile auf Trab hält? Wäre ganz schön abgebrüht, einfach so wiederzukommen, findest du nicht auch?«

»Jemandem mit viel Erfahrung bei so was würde ich das zutrauen. Jemandem, der abgewichst genug ist. Jemandem wie ... Detras«, überlegte Schröder.

»Na, dann mal los. Wen nehmen wir mit?« fragte Jupp im Gehen.

»Am liebsten keinen. Höchstens noch deinen Kumpel Alfons.«

»Gut, dann kann sich Becker um das Radschlagverhör kümmern, und wir nutzen die Zeit, um uns aus dem Staub zu machen.«

Schröder und Jupp hatten Glück, daß sich Becker und Hermine Hühnerbein gleich auf Radschlag gestürzt hatten und ihn bereits an Ort und Stelle mit Fragen eindeckten. Schröder flüsterte dem Verhafteten zu, daß er Beckers Fragen erst auf dem Revier beantworten solle, und Jupp nutzte den Moment, Al zur Seite zu ziehen. So kam es, daß sich die drei von den anderen unbemerkt aus dem Staub machen konnten.

Zügig fuhren sie durch das nächtliche Matzerath, bogen ab in Richtung Bad Münstereifel. Schon bald passierten sie das kleine Buderath, dann den Berg hinab auf Eicherscheidt zu. Jupp erklärte Al, worum es ging und wo sie hinwollten. Al schwieg die ganze Zeit und nickte an ein paar Stellen. Schließlich räusperte er sich. »Warum habt ihr mich mitgenommen?« fragte er.

»Schröder hielt es für eine gute Idee«, antwortete Jupp.

»Ist das so?«

Schröder schwieg, obwohl ihn Al auffordernd ansah. In diesem Moment ging Jupp ein Licht auf. Er hatte tatsächlich gedacht, daß Schröder mehr oder minder zufällig darauf gekommen war, daß Al mitkommen sollte. Weil Al Jupps bester Freund war, neben Schröder der einzig fähige Polizist, und weil er sich mit einer Verstärkung sicherer fühlte. Jupp wurde es sehr warm, weil er erst jetzt begriff, was Schröder eigentlich im Sinn hatte: es ging um Olga – Als Frau und Detras' Angestellte. Jupp spürte die Spannung, die jetzt unerwartet in der Luft lag. Das hatte Schröder wahrlich meisterhaft eingefädelt, egal, was sich ergeben sollte, so war er doch fein raus. Al würde Jupp vorwerfen, ihn hintergangen zu haben, sollte sich herausstellen, daß Olga in den Fall verwickelt war. Schließlich hatte er Al gebeten, bei dem Besuch dabeizusein. Jupp hoffte inständig, daß Schröder nichts in der Hinterhand hatte.

»Was ist?« Al hatte lange auf eine Antwort Schröders gewartet. Doch der schwieg beharrlich und steuerte den Wagen durch Dörresheim, hinauf zum *Lolas*.

»Sollte ich irgend etwas wissen?« fragte Al Jupp.

»Ich hoffe nicht«, antwortete Jupp aufrichtig. Schröder sah ihn kurz im Rückspiegel an, konzentrierte sich aber gleich wieder auf die Straße.

Sie erreichten den Parkplatz vor *Lolas*, stiegen aus und gingen zur Tür. Schröder klopfte.

Zu ihrer Überraschung öffnete Olga die Türe. Sie hob verwundert eine Augenbraue, dann lächelte sie: »Schatz, was machen hier?«

Al suchte nach den passenden Worten, bekam aber nur ein gestottertes »Könnt ich auch fragen« heraus. Jupp empfand die Situation mehr als peinlich.

»Ich dachte, du müßtest heute nicht arbeiten?« fragte Al, der sehr blaß geworden war.

»Personal knapp«, erklärte Olga und lächelte milde. »Du nix Geiselnahme?«

»Vorbei«, antwortete Al.

»Können wir mit Detras sprechen?« fragte Schröder streng.

»Nix da«, sagte Olga. Sie stand mittlerweile mitten in der Türöffnung. In ihrem Rücken baute sich ein muskulöser Türsteher auf. Zu Jupps Überraschung reagierte Schröder blitzschnell. Im nächsten Augenblick hatte er die Dienstwaffe in der Hand und machte eine klare Ansage: »Wenn Sie bitte aus der Tür gehen möchten?«

Dann drängelte er sich an Olga vorbei, Jupp und Al im Schlepptau, und marschierte sicheren Schrittes auf den Türsteher zu.

»Wo ist sein Büro?« fragte er unmißverständlich. Der Muskulöse tauschte einen kurzen Blick mit Olga, dann nickte er zu einer Tür, die neben der Tür lag, die zum Schankraum vom *Lolas* führte.

»Wenn ich bitten darf?« Schröder deutete mit seiner Dienstwaffe, daß der Mann vorgehen solle. Der öffnete die Tür, und Schröder mahnte ihn, die Hände hinter dem Kopf zu verschränken. Jupp wunderte sich, mit welcher Sicherheit Schröder die Nummer durchzog. Der Türsteher stieg eine Treppe hoch, und Schröder entsicherte hörbar seine Waffe. So ersparte er sich jeden weiteren Kommentar und konnte sicher gehen, daß der Mann vor ihm vernünftig blieb. Al sah Jupp an und zog bewundernd die Mundwinkel nach unten. Niemand achtete mehr auf Olga. Als der Mann eine weitere Tür erreichte, befahl Schröder leise: »Moment.«

So standen sie bewegungslos auf der Treppe und lauschten. Nicht einmal ihr Atem war zu hören, dafür konnten sie Stimmen hinter der Tür ausmachen, und Jupp identifizierte Detras' Stimme und eine zweite, die ihm sehr bekannt vorkam. Schröder stupste den Mann mit seiner Kanone in den Rücken. Langsam drückte das Muskelpaket den Türgriff nach unten.

Dann ging alles sehr schnell: Schröder warf sich gegen den Türsteher, der längs ins Zimmer stürzte, und stürmte über ihn hinweg ins Zimmer. Jupp und Al sprangen hinterher, und auf einmal wußte Jupp, wessen Stimme ihm so vertraut vorgekommen war.

»Nettekove?« rief er erstaunt.

Detras saß auf einem Sessel hinter seinem Schreibtisch, Nettekove hatte es sich in einem roten Samtsessel bequem gemacht und glotzte verstört auf Schröders Kanone. Der Türsteher stöhnte kurz und griff sich an die Schulter, auf die der Hauptkommissar getreten war. Jupp zerrte den Schläger und schubste ihn auf Detras' Schreibtisch.

»Schön die Hände nach oben!« sagte Schröder, sehr lässig.

Der Bordellchef verschränkte die Hände hinter seinem Kopf. Nettekove tat es ihm nach, der Türschläger folgte mit einem weiteren Stöhner.

»Alfons!« befahl Schröder kurz. »Durchsuchen!«

Al stellte sich vor Nettekove und deutete mit einem erhobenen Daumen und einem kurzen Pfiff an, daß sich Nettekove hinstellen sollte. Dann tastete er ihn ab. Der Vorsitzende der *IG Glaube, Sitte, Heimat* war sauber. Al machte bei Detras weiter und fand einen kurzläufigen Revolver. Auch der Türsteher hatte eine Kanone, die er in sicherer Entfernung vor sich auf den Boden warf.

Schröder sah für einen kurzen Moment zu Jupp und flüsterte, die Augen wieder auf Detras gerichtet: »Na, wie mache ich mich?«

»Wie der junge John Wayne«, flüsterte Jupp schnell zurück, obwohl er dem Hauptkommissar eigentlich kein Kompliment machen wollte.

»So, meine Herren!« begann Schröder in preußischem Kasernenhofton. »Habt gedacht, ihr könnt den alten Schröder reinlegen, was, wie, oder?!«

Niemand sagte etwas, und Jupp grinste, obwohl er den Auftritt mittlerweile wirklich peinlich fand.

»Also, wer von euch Arschlöchern hat die Münze?«

»Isch fing, du övverdriefst e bißje!« moserte Nettekove.

»Haal die Fress, Schäng!« fuhr Schröder ihn an. »Also, ich höre?«

»Ich weiß gar nicht, worauf Sie hinauswollen, Herr Hauptkommissar?« lächelte Detras, wobei sein goldener Zahn tückisch funkelte.

»Alfons!« befahl Schröder. »Schreibtisch durchsuchen!«

»Warte«, sagte Jupp schnell, »zuerst Nettekove.«

»Worüm isch?« protestierte Nettekove.

»Hier kommt jeder mal ran«, sagte Schröder fast schon gutgelaunt.

Al durchsuchte Nettekove ein zweites Mal, diesmal aber sorgfältiger. Dennoch zuckte er nach zwei Minuten Gefummel mit den Schultern. »Nix.«

»Versuch's mal mit seinen Socken. Ist 'n bißchen eklig, ich weiß«, forderte Jupp.

Al zeigte mit dem Daumen auf Nettekoves Schuhe

und pfiff wieder kurz. Nettekove protestierte, doch wieder fuhr ihn Schröder an, daß er die Fresse halten sollte. Daraufhin präsentierte Nettekove Al Socken und Schuhe.

»Wieder nix.«

Jupp nahm sich Nettekoves Schuhe und untersuchte sie. Gleich als erstes stellte er fest, daß Nettekove Plattfüße haben mußte. Das Aroma der schwarzen Slipper, die er in den Händen hielt, konnte Fensterkitt zum Schmelzen bringen. Widerwillig griff er in den rechten Slipper und zog an der dünnen Ledereinlage. Sie gab nicht gleich nach, und so riß er sie mit Gewalt ab. Dann sah er Schröder an und kippte den Schuh nach unten. Eine silberne, schwere Münze fiel auf den weichen Teppich und blieb mit der Adlerseite nach oben liegen.

»Hoppla, Herzchen!« sagte Jupp und warf Nettekove den Schuh zu. »Da fand ich Klantes Versteck aber wesentlich einfallsreicher. Auf der anderen Seite können Sie dankbar sein, daß Sie nicht *Papillon* gelesen haben. Wir haben nämlich einen Spezialisten für anale Penetration. Einen ziemlich gnadenlosen kann ich Ihnen sagen!«

Al und Schröder lachten begeistert. Die Spannung löste sich, und Jupp freute sich.

»Woher wußtest du, daß er sie hat?« fragte Al.

»Wer sonst blieb über? Nur ärgerlich, daß ich nicht früher draufgekommen bin. Nettekove kannte Klante und Detras. Aber vor allem unseren Puff-Lui hier. Seinen heimlichen Verbündeten, nicht wahr, Herr Nettekove?«

Nettekove schwieg.

»Ich hab mich sehr gewundert, wie sicher Detras war, daß ihm die *IG Glaube, Sitte, Heimat* nichts anhaben würde, wo solche Aktionsgemeinschaften normalerweise einen ganz schönen Wind machen. Aber Señor Detras fürchtete sie nicht. Warum wohl? Ein kleiner Versprecher hat mich drauf gebracht. Bei unserem ersten Treffen erwähnte Detras, daß Señor Nettekove schon ein paarmal da gewesen war. Bißchen oft, finden Sie nicht auch, Señor Nettekove?«

Jupp wartete die Antwort nicht ab. »Dann noch die kleine Unvorsichtigkeit, sich mit Detras im *Dörresheimer Hof* zum Skat zu treffen. Schließlich ein kleiner Insider-Tip, daß Detras dafür bekannt ist, daß er sich die Gunst der für ihn wichtigen Männer durch, ähem, Naturalien erhält. Was soll ich sagen? Dafür, daß Sie hier ab und zu mal auf eine junge Nutte statt auf die Alte zu Hause steigen durften, haben Sie Detras gleichzeitig versichert, nicht allzuviel Druck mit der IG zu machen. Ein, wie soll ich sagen, Gentleman's Agreement. So ist es doch?«

Detras antwortete grinsend: »Und?«

Jupp wandte sich ihm zu. »Nichts weiter, schlimm genug. Aber es hat mich drauf gebracht, daß Sie, Señor Detras, Nettekove, vielleicht unvorsichtigerweise, vielleicht als heimlicher Verbündeter, von dem Doppelstater berichtet haben. Ist letztendlich auch egal. Jedenfalls haben Sie Nettekove erzählt, daß Klante Ihnen dazwischen gefunkt hat, und dann haben Sie Klante beklaut. Vielleicht haben Sie auch nur gesagt, daß jemand Sie beschissen hat, und Nettekove hört nur wenig später von dem Einbruch bei Klante. Übrigens wurde der Tresor Klantes von einem Spezialisten geöffnet, jemandem, der die Kombination herausgefummelt hat. Jemand wie Sie, Señor Detras. Inzwischen war auch schon das *Dörresheimer Wochenblatt* draußen, und Nettekove liest, wie wertvoll die Münze eigentlich ist. Also hat er sich zusammengereimt, was passiert sein könnte, und lag auch gar nicht so falsch, obwohl er die Zusammenhänge nicht kannte. Aber die Münze wird wieder geklaut. Wie Nettekove davon erfahren hat, weiß ich nicht. Ich nehme an, eine Ihrer Damen hat ein bißchen viel gequatscht. Schließlich gehört er ja schon fast zur Familie. Aber wie geht's weiter?«

Jupp überlegte. Weder Nettekove noch Detras taten ihm den Gefallen, sich zu dem Thema zu äußern. Dann, nach einer Weile, hellte sich Jupps Miene auf. »Ah, na klar, ganz einfach. Detras wurde beklaut, Nettekove wußte es und hat Klante im Verdacht. Was macht er also?«

Schröder und Al sahen ihn fragend an.

»Er beobachtet Klantes Haus. Was sonst? Er spioniert aus, ob Klante nicht zufällig ein paar Stunden sein Haus verläßt, vielleicht abends, wenn auch sonst niemand mehr da ist, um ihm die Münze zu klauen. Und dann macht er eine eigenartige Entdeckung: Wie er da so rumlungert, beobachtet er Georg Radschlag, wie er in Klantes Haus schleicht. Da fragt er sich, was Radschlag hier so treibt, und geht ihm nach. Richtig?«

»Leck mich!« zischte Nettekove. Er schien nicht sonderlich kooperativ zu sein.

»Wie dem auch sei. Ich nehme an, daß er beide belauscht hat. Auf jeden Fall hat jeder hier gesehen, daß Sie die Münze bei sich hatten, was ja nur bedeuten kann, daß ich mit meinen Vermutungen einigermaßen richtig liege. Jedenfalls folgten Sie Radschlag und stiegen bei ihm ein. Als erster von dreien?«

»Drei?« Detras schien aufrichtig neugierig.

Jupp wollte gerade antworten, als jemand hinter ihm »Hände hoch« rief, mit einem starken polnischen Akzent. Al drehte sich als erster um und schaute in die Mündung einer Automatik. »Olga?!«

Es klang eher entsetzt als überrascht. Detras sprang behende aus seinem Sessel und griff sich seine Waffe, die auf dem Teppich lag. Dann hob er in aller Ruhe den Doppelstater auf, steckte ihn in seine Hosentasche und bedankte sich bei Nettekove fürs Bringen.

»Tja, meine Herren, wie sooft im Leben wendet sich das Blatt zu Gunsten des Tüchtigen. Sind die Frauen weg?«

Olga nickte kurz.

»Fein. Vielleicht haben Sie bemerkt, daß wir heute einen Ruhetag eingelegt haben. Bevor wir nun aus Ihrer aller Leben verschwinden, möchte ich Señor Schmitz doch ausreden lassen, warum drei Einbrecher in der Nacht unterwegs waren. Währenddessen wird meine Assistentin Olga ein paar Seile holen, damit ich Sie ausreichend fesseln kann.«

Olga verschwand rasch aus der Tür.

»Ich denke, Sie sind so schlau und machen keinen dummen Fluchtversuch. Es würde mich wirklich ärgern, jemanden erschießen zu müssen, weil Sie im großen und ganzen recht sympathisch sind. Ach, bevor ich's vergesse, Herr Schröder, würden Sie die Freundlichkeit besitzen, Ihre Waffe fortzuschmeißen. Sie macht mich etwas nervös.«

Schröder warf seine Waffe weg, und der Türschläger steckte sie ein.

»Also, Señor Schmitz, wollen Sie mir nicht die Geschichte zu Ende erzählen?«

»Ich hab da auch noch ein paar Lücken. Zum Beispiel, warum Sie in dieser Nacht ...«

Jupp stockte, dann fuhr er fort: »Oh, natürlich. Jetzt weiß ich es«, kicherte er und wandte sich zu Schröder. »Wußtest du, daß unser feiner Señor Detras, der so ausgezeichnet unsere Sprache spricht, Legastheniker ist?«

»Das reicht, Señor Schmitz!« herrschte ihn Detras an. »Wie ich bemerke, liegt Ihnen nichts daran, die Geschichte zu beenden.«

»Doch, doch«, beeilte sich Jupp zu sagen, »ich bin gerade dabei. Lesen Sie dann und wann das *Dörresheimer Wochenblatt*?«

Detras schluckte, bewahrte aber scheinbar Gleichmut.

»Nein, natürlich nicht«, meinte Jupp, »Sie können ja gar nicht lesen. Aber Sie haben ja jemanden, der für Sie liest. Sie haben sich von Olga eine Meldung auf Seite 6 des *Dörresheimer Wochenblatt*s vorlesen lassen. Unmißverständlich für jemanden, der der deutschen Sprache mächtig ist, aber nicht für Olga. Die Überschrift lautete: ›Georg Radschlag lebt‹, und im Text steht etwas über einen Georg Radschlag aus Matzerath, den die Behörden fälschlicherweise für tot erklärt haben. Und da haben Sie sich gedacht, wie kann das sein? Ihr Radler-Kurier war doch tot, und jetzt lebte Georg Radschlag. Das wiederum könnte auch bedeuten, daß er Ihre Münze geklaut hat. So beschließen Sie, Radschlag einen nächtlichen Besuch abzustatten. Aber dummerweise waren Sie noch nie bei dem Kurier zu Hause gewesen. Sie fragen in Matzerath nach Georg Radschlag, und man sagt Ihnen, wo Georg Radschlag wohnt. Der Bauer Georg Radschlag. Und obwohl Sie eigentlich die völlig falsche Adresse hatten, war doch alles richtig. Der Bauer Georg Radschlag hatte tatsächlich die Münze. Doch nun hatten Sie Pech: Jemand war vor Ihnen da gewesen. Alles, was Sie vorgefunden haben, war ein durchsuchtes Arbeitszimmer und ein aufgedrücktes Fenster.«

»Caramba! Voy a matar a Edna!« zischte Detras.

»Was Sie auch mit Edna vorhaben, so würde ich davon absehen. Sie haben doch alles, nicht wahr? Schlußendlich ist doch alles zu Ihren Gunsten ausgegangen.«

»Ich wußte gleich, daß Sie ein schlauer Kopf sind, Señor Schmitz. Und zur Belohnung möchte ich Ihnen ein wenig Information schenken. Ich habe tatsächlich Señor Nettekove erzählt, daß mich jemand betrogen hat, um etwas, das sehr wertvoll ist. Ich habe ihm aber nicht gesagt, wer oder was. Das hat er sich wohl selbst zusammengereimt. Übrigens glaube ich auch, daß eine meiner Angestellten geplaudert hat. Noch am Sonntag abend hat Señor Nettekove einer unserer Damen beigewohnt. Es wird nicht schwierig werden, diese Dame ausfindig zu machen. Ich denke, sie hat sich ihre Strafe redlich verdient. Was den Fall Edna betrifft, so war sie mir die ganzen letzten Monate ein Dorn im Auge. Für sie werde ich mir etwas Besonderes ausdenken. Etwas, was sie den Rest ihres Lebens nicht vergessen wird. Ihre Bemühungen um sie, Señor Schmitz, sind rührend, aber in diesem Gewerbe gelten gleichwohl strenge wie auch eindeutige Gesetze. Edna weiß das.«

»Was soll denn das!« protestierte Jupp. »Lassen Sie sie doch einfach laufen. Sie können doch sowieso keinen neuen Puff aufmachen. Wenn erst herauskommt, daß Sie die Münze haben, wird man Sie überall suchen!«

»Sie verstehen nicht, Señor Schmitz. Das hier ist eine Frage des Prinzips. Außerdem werde ich meine Angestellten verkaufen, und meine Geschäftspartner verlassen sich darauf, loyale Damen zu erwerben, die den Umsatz steigern. Niemand will eine Nutte, die bei den ersten Problemchen zu laut plaudert. Das würde nur auf mich zurückfallen und meinen Ruf schädigen. Ich hätte eine Menge Ärger am Hals, vielleicht würde auch mein körperliches Wohl darunter leiden. Nein, nein, Ednas Tage sind gezählt. Ich kann so etwas nicht durchgehen lassen. Sie können mir glauben, eigentlich mag ich sie ja, und sie hat immer gute Zahlen erwirtschaftet. Aber ich stehe vor anderen da wie ein Idiot, und das kann ich nicht zulassen. Das ist auch nichts Persönliches, ich bin sicher, daß Edna das verstehen wird.«

»Sie wollen sie umbringen?« Jupp war im Begriff, die Fassung zu verlieren.

»Señor Schmitz, bitte keine Melodramatik. Sie haben sich in etwas eingemischt, das Sie nichts angeht. Und lassen Sie diesen vorwurfsvollen Blick. Gut, ich verspreche Ihnen, daß ich's kurz machen werde. Ist das in Ihrem Sinne?«

»Ich zeig dir mal, was in meinem Sinne ist!« schrie Jupp und machte einen Schritt nach vorne.

Detras fackelte nicht lange und feuerte auf Jupps Fuß. »Das tut mir leid, Señor Schmitz! Warum drohen Sie mir auch?« meinte er dann.

Jupp wälzte sich wimmernd und fluchend auf dem Boden. Schröder und Al knieten sich neben ihn nieder und versuchten, ihn zu beruhigen. Detras sah auf die Uhr und steckte seine Waffe in den Hosenbund.

»Vielleicht könnten wir Verbandszeug haben?!« schrie Al wütend.

»Nein, Señor Meier. Das hier ist nicht die Notaufnahme des Euskirchener Krankenhauses. Außerdem ist die

Wunde nicht schlimm. Sie wird schon bald aufhören zu bluten.«

Olga kam zurück, und schon wieder wendete sich das Blatt.

Tiefflieger

Diesmal war es Detras, der in die Mündung einer Waffe schaute, genauer gesagt, in die Mündung eines doppelläufigen Schrotgewehrs, das auf seine Brust zielte.

»'n Abend zusammen. Die Tür stand auf, und da hab ich mir gedacht, daß ich mal reinschau. Keine Minute zu spät, schätze ich. Wenn Sie bitte alle Ihre Waffen fallen lassen würden?!«

Otto Klante hätte tatsächlich keinen besseren Zeitpunkt erwischen können. Er schubste Olga, die einen Haufen Seile in den Händen hielt, in die Zimmermitte zu Al, Schröder und Jupp, der sich schmerzverzerrt den Fuß hielt und fluchte wie eine Seemannsbraut.

Detras zog sehr langsam die Pistole aus dem Hosenbund. »Du hast zwei Schuß, wir sind aber zu dritt. Das heißt, du triffst im besten Fall zwei von uns. Der dritte legt dich dann um!«

Klante zuckte mit den Schultern. »Dann laß dir gesagt sein, daß ich bei dir anfange.«

»War nur 'n Versuch«, lächelte Detras listig und warf die Kanone auf den Boden. Der Türschläger tat es ihm nach.

»Wer hat den Elis-Doppelstater?« fragte Klante in aller Ruhe.

Da niemand anderer antwortete, stöhnte Jupp: »Detras«, gefolgt von einer ganzen Kanonade von Schimpfwörtern der allerübelsten Sorte. Klante ruckte zweimal mit seiner Flinte, worauf Detras in seine Hosentasche griff und die Münze vor Klantes Füße warf. Langsam, ohne irgend jemand im Zimmer aus den Augen zu lassen, hob Klante den Doppelstater auf, warf einen kurzen Blick darauf und steckte ihn zufrieden lächelnd ein.

»Danke sehr«, sagte er knapp. »Upjepass, Mädsche, die dehst de jetz schön innwickele!«

Olga sah ihn fragend an.

»Du sollst uns fesseln!« zischte Al.

Olga schnappte sich die Seile und begann, Als Hände hinter seinem Rücken zusammenzubinden.

»Nicht so fest!« flüsterte Al, den Kopf zur Seite gewandt, daß Klante sein Gesicht nicht sehen konnte. »Aua!«

Olga zog den Knoten mit aller Kraft zusammen. Dann ging sie zu Schröder.

»Alle schön zusammensetzen!« befahl Klante streng. »Ist übersichtlicher für mich.«

So blieb zum Schluß nur noch Olga übrig. Alle anderen saßen Schulter an Schulter in einem Kreis auf dem Teppich. Klante band Olga ebenfalls die Hände zusammen und quetschte sie zwischen die sitzenden Männer. Mit den restlichen Seilen verschnürte er die Beine. Er verschonte Jupps angeschossenen Fuß und band dafür den gesunden an einem Bein von Al fest. Einen Moment lang begutachtete er die Wunde, dann sagte er: »Wenn ich in Sicherheit bin, rufe ich einen Krankenwagen.«

»Zu gütig.« Jupp war schlecht, und er schwitzte am ganzen Körper, obwohl er fror.

Der Bauer prüfte ein letztes Mal die Fesseln und verabschiedete sich. Sie hörten seine Schritte auf der Treppe und eine Tür, die heftig ins Schloß fiel. Dann wurde es ruhig. Eine Weile versuchte jeder erfolglos, seine Fesseln zu lösen oder aufzustehen, was aber unmöglich war, weil Klante sie auch aneinander gefesselt hatte.

Jupp sah sich seinen Fuß an, wo ihm ein rotes Loch entgegen klaffte. Glatter Durchschuß, seufzte er in Gedanken und versuchte, durch das Loch auf den roten Samtteppich zu spinksen. »Sie wollten doch wissen, wer das mit der dritten Leiter war?« rief Jupp dann.

»Danke«, sagte Detras freundlich, »ich denke, ich hab's kapiert.«

»Wie war das denn jetzt, Nettekove?« hielt Jupp das Gespräch in Gang.

Nettekove schwieg.

»Mann, mach doch endlich das Maul auf. Hast du immer noch nicht kapiert, daß es vorbei ist?« schrie der Hauptkommissar wütend.

»Ich hab Klante und Radschlag nicht belauscht!« erklärte Nettekove mit einem Anflug des Beleidigtseins. »Ich hab's ohne Hilfe herausgefunden.«

»Glückwunsch!« sagte Jupp ironisch.

»Es stimmt, daß ich mich vor Klantes Haus rumgetrieben habe, weil ich ihn in Verdacht hatte. Am Montag nachmittag kommt plötzlich Radschlag und geht in sein Haus. Ich wußte, daß letzte Woche zwei Typen bei dir in die Wohnung eingestiegen sind. Ich muß ja wohl keinem erzählen, daß im Dorf viel gequatscht wird. Nach der ganzen Klauerei konnte es nur Klante oder Detras sein. Und Detras ist nicht bei Ihnen eingestiegen. Wie ich gehört habe, waren Sie mit Zank an dem Abend bei ihm, und ihr habt ihm die halbe Bar leergesoffen. Auf lau, versteht sich.«

»Jaja«, grummelte Jupp.

»Auf jeden Fall war es Klante, der bei Ihnen eingestiegen ist, das wußte ich. Und da kommt auf einmal Radschlag aus Matzerath, und ich habe mich gefragt, was macht ein Typ bei Klante, der eigentlich überhaupt nichts mit Klante zu tun hat. Und da hab ich mir gedacht, daß Radschlag der zweite Einbrecher gewesen sein könnte. Naja, ich bin nach Hause, hab die Dämmerung abgewartet und bin in der frühen Nacht bei Radschlag rein. Ich hab mir schon gedacht, daß Klante sowas auch vorhatte. Darum hatte ich es eilig, und darum war ich auch der erste.«

»Hat Ihnen eine der Damen gesteckt, daß Detras beklaut wurde?«

»Ja, indirekt. Sie hat nur gesagt, daß der Chef tierisch

sauer war, ja richtig ausgeflippt sei, weil jemand seinen Schreibtisch aufgebrochen hat. Ich wollt sie noch 'n bißchen ausquetschen, aber mehr hat sie nicht gesagt. Doch ich konnte mir schon selbst zusammenreimen, was passiert ist oder passiert sein könnte. Naja, lag ja auch nicht schlecht.«

»Scheiße, hätte ich Klante doch verhaftet!« ärgerte sich Schröder.

»Warum?« fragte Jupp. »Wohl nicht wegen Versicherungsbetruges. Und alles andere hat sich ja erst jetzt rausgestellt. – Wo kann er hin sein?«

»Keine Ahnung«, sagte Schröder, »der hat bestimmt alle seine Konten gelöscht, und bis wir 'ne Fahndung rausgegeben haben, ist er in Südamerika.«

»Vielleicht hat Becker ja mal 'n hellen Moment und holt uns hier raus!« hoffte Al.

Keiner antwortete ihm. Nach Beckers Auftritt mit Odin traute ihm wohl niemand einen hellen Moment zu.

Die ganze Nacht zog zäh, für alle schlaflos und für Jupp obendrein schmerzhaft vorbei. Ab und an klopfte jemand an die Tür, und Schröder oder Al bemühten sich, möglichst laut zu schreien, aber niemand reagierte. Dann, als der Morgen graute, hörte das verschnürte Grüppchen splitterndes Holz und rasche Schritte, die die Treppe hochstürmten. Und tatsächlich: Becker stand im Türrahmen und blickte überrascht auf die Anwesenden.

»Da seid ihr ja!« rief er erfreut.

»Schön, daß du reinschaust. Detras, Nettekove, Olga und den Türsteher festnehmen«, befahl Schröder ruhig, »den Rest befreien, und Jupp ins Krankenhaus.«

»Was ist passiert, Schmitz?« wollte Becker wissen.

Jupp antwortete nicht. Er war schon vor einiger Zeit bewußtlos geworden.

»Ich rase nicht, ich rase nie!« rief Hermine Hühnerbein erbost.

»Was ist denn hier los?« fragte Schröder erstaunt, als er am Nachmittag sein Büro betrat, nachdem er sich im Krankenhaus einer Routineuntersuchung unterzogen hatte.

Vor seinem Schreibtisch saßen Hermine Hühnerbein mit Pepitahut, aber ohne Pfeife und ... Otto Klante. Mit einem Kopfverband.

»Hondetsechsich!« schrie Klante zurück und hielt sich mit schmerzverzerrtem Gesicht den Kopf. »Mendestens, du Flittche!«

»Scheiße!« schimpfte Hermine.

Schröder sah Becker fragend an, der an der Tür gestanden hatte.

»Das geht jetzt schon seit Stunden so«, berichtete Becker entnervt. »Die beiden hatten, wie soll ich sagen, einen kleinen Unfall!«

»Klein?!« widersprach Klante cholerisch. »Ömjebrat hätt die mich, die Schlamp. Ne halefe Meter widde, on ich wär nur noch Matsch!«

»Ich bin nicht gerast!« beharrte Hermine.

»Jefloore beste, Drießjeseech! Wie 'ne Tornado em Deefflooch ...«

»Ruhe!« schrie Schröder. »Alle beide. Was ist passiert, Bernie?«

»Frau Hühnerbein war wohl auf dem Heimweg und mit Sicherheit viel zu schnell. Klante fuhr seinen Wagen von Antweiler in Richtung Satzvey auf der Vorfahrtstraße. Frau Hühnerbein steuerte ihr Auto, von Billig kommend, auf die kleine Kreuzung vor Antweiler zu und hat wohl Klantes Wagen übersehen. Auf jeden Fall hat sie ihn geradezu von der Straße gebombt. Beide Pkws haben einen Totalschaden. Ernsthaft verletzt wurde glücklicherweise niemand, Klante hat nur eine leichte Gehirnerschütterung. Das ganze passierte heute früh. Ich hab Klante gleich in Gewahrsam genommen. Nach dem, was Radschlag ausgesagt hat, bestand dringender Tatverdacht!«

»Der hatte kein Licht an!« schaltete sich wieder Hermine ein.

»Du bess jo beklopp! Natürlesch hat isch et Leet an. Wäje dir kann isch me Auto doch net en Neon aanstriche!«

»Schnauze, alle beide!« fuhr Schröder dazwischen. »Gut gemacht, Bernie. Habt ihr die Münze?«

»Wieso?«

Schröder trat hinter Klante, tippte ihn an die Schulter und hielt fordernd die Hand hin. Klante griff mißmutig in seine Hosentasche und gab ihm den Doppelstater.

»Und nicht verlieren«, mahnte Schröder Bernie, als er ihm die Münze in die Hand drückte. Bernie sah den Doppelstater fast ehrfürchtig an, dann lachte er erleichtert, warf ihn in die Höhe, schnappte ihn geschickt und verließ gutgelaunt Schröders Büro.

Hermine sah den Hauptkommissar erstaunt an. »Er hatte die Münze?!«

»Sieht fast so aus.«

Dann erklärte er ihr den Rest der Geschichte. Hermine stopfte sich eine Pfeife, natürlich nicht, ohne zu erwähnen, daß es sich dabei um eine Neuilly von Jeantet handelt. Schröder zeigte sich nur wenig beeindruckt.

»Ein seltsames Spielchen, die ganze Geschichte«, grübelte Schröder laut vor sich hin, als er fertig war, »ein sehr seltsames Spielchen.«

Des Hofrats Narretei

Jupp lag in einem Dreibettzimmer des Euskirchener Marienhospitals und guckte gelangweilt auf den Fernseher. Sein Fuß war operiert und eingegipst worden.

Bei der Visite versicherte ihm der Chefarzt, daß alles gut gehen und er keine bleibenden Schäden davontragen würde. Er riet ihm davon ab, jemals wieder Fußball zu spielen, jedenfalls nicht im Leistungsbereich. Ein Kick dann und wann würde nicht schaden, aber immer mit der gebührenden Vorsicht.

Dann wandte sich der Arzt Jupps Bettnachbarn zu und zog dabei den Troß der Assistenzärzte und Schwestern mit sich. Der Patient war etwas jünger als Jupp, und seine Bettdecke schien etwa dreißig Zentimeter über seinem Unterleib zu schweben. Seine Verletzung war mindestens so ungewöhnlich wie der Modus Operandi. Erst nach einigem Zögern hatte er Jupp mit glühenden Wangen erzählt, was ihm widerfahren war: Nach seiner Version saß er in der Badewanne, als er auf die Idee kam, sich die Fußnägel zu schneiden. Also stand er auf, griff sich die Nagelschere und begann mit der Pediküre. Das Telefon klingelte, und er schreckte auf, weil er so in die Schneiderei versunken war. Dabei rutschte er mit dem Standbein auf dem glatten Badewannenboden ab. Das nächste, was er sah, war die Nagelschere, die in seiner Eichel steckte, als hätte Reinhold Messner die deutsche Flagge auf den Gipfel des Mount Everest gepflanzt.

Jupp glaubte ihm kein Wort, sagte aber, daß es schon ziemlich unglückliche Zufälle gab.

Später hatte der Bettnachbar gefragt, was mit Jupp passiert sei. Jupp erzählte ihm, daß ein Zuhälter in seinen Fuß geschossen hätte. Der Mann hatte »aha« gesagt und sich dann umgedreht.

Jetzt sah der Unglückliche den Chefarzt mit treuem Blick an und fragte: »Sagen Sie, Herr Doktor, kann ich, ähem, Sie wissen schon, wie steht ... ich meine, werde ich wieder ...«

»Jedenfalls nicht im Leistungsbereich«, schaltete sich Jupp ein, bevor der Chefarzt antworten konnte, »und ein, ähem, Kick dann und wann, aber immer mit der gebührenden Vorsicht.«

Der Chefarzt mahnte Jupp, daß er sich zusammenreißen solle, und beendete die Visite.

Al und Käues waren die ersten, die Jupp besuchten, und brachten Schnaps mit.

»Wie geht's?« erkundigte sich Jupp bei Al.

»Weiß nicht«, gab Al zu, »ich bin ein bißchen ratlos.«

»Hm.«

»Vielleicht hätte ich auf die Leute hören sollen, aber ich dachte, ich wär auf der sicheren Seite. Du weißt ja, die Leute quatschen viel, vor allem über Sachen, die sie nicht verstehen. Aber vielleicht verstehen sie mehr von den Dingen, als ich gedacht habe. Jedenfalls ist das passiert, was jeder sowieso schon vorher wußte. Jeder, außer mir, versteht sich. Manchmal glaube ich, die Leute haben recht: man sollte bei seinesgleichen bleiben.«

»Vielleicht reden die Leute auch einfach nur zuviel«, sagte Jupp.

Al zuckte mit den Schultern, und Käues öffnete die Flasche. »Ers' ma ein Schlückchen auf den Schreck, falldera!« Dann nahm er einen tiefen Schluck und reichte die Flasche weiter.

»Danke, ich darf keinen Alkohol trinken«, lehnte Jupp ab.

»Sind Vitamine drin«, klärte Käues ihn auf und drückte ihm die Flasche in die Hand.

»Wieso?«

»Aus Pflaumen gebrannt.«

»Na dann«, sagte Jupp, lächelte und nahm einen Schluck. Sie unterhielten sich noch eine Weile über Olga Pryc ... Prss ..., wie auch immer, und als Al und Käues gingen, war die Flasche leer und Jupp voll. Er schlief ein Stündchen, dann folgte das Mittagessen und wieder ein Schläfchen.

Er wurde davon wach, daß jemand an seiner Schulter rüttelte.

Edna saß an seinem Bett. Sie lächelte. »Na, Süßer. Wie sieht's aus?«

»Immer noch schwarz«, antwortete Jupp und grinste.

»Was hast du erwartet?« fragte Edna. Sie sahen sich an, und keiner wußte so recht, was er sagen sollte.

»Weißt du schon, was du nun machen wirst?« fragte Jupp.

»Du meinst, einen ehrbaren Beruf anfangen?«

»Weiß nicht, wär vielleicht mal was Neues.«

Edna schüttelte den Kopf. »Ich kann nichts anderes, und ich will auch nichts anderes.«

Sie griff nach seiner Hand. »Schröder hat mir erzählt, was passiert ist. Als Held bist du ja geradezu hinreißend!«

»Hättest du gewußt, was Detras vorhatte?«

»Nicht in dieser Konsequenz.«

Stille kehrte ein, eine ganze Weile.

Dann sagte Edna: »Ich bin nicht so gut im ›Adieu sagen‹. Also mach ich's kurz.« Sie beugte sich zu Jupp herunter und küßte ihn.

Einen Moment spürte er ihre Zunge in seinem Mund, dann richtete sie sich auch schon wieder auf und verließ das Krankenzimmer, ohne sich noch einmal umzudrehen.

Ein paar Tage später durfte Jupp das Krankenhaus verlassen. Käues holte ihn ab, und Jupp legte die Krücken auf den Rücksitz seines Kombis. Die meiste Zeit über schwätzten sie über dies und das, bevor Käues ihm erzählte, daß Becker wieder weg wäre, der Puff geschlossen und Anzeigen gegen Nettekove, Klante, Radschlag und Detras gestellt worden seien. Die Angestellten vom *Lolas* hatte man laufen lassen; Olga hatte nicht einmal ihre Klamotten zu Hause abgeholt. Sie war verschwunden, wie die anderen auch. Jupp wollte nach Edna fragen, unterließ es dann aber. Käues kaute auf seiner Unterlippe. Jupp beobachtete ihn aus dem Augenwinkel.

»Was?« fragte er.

Käues räusperte sich. »Sieh mal ins Handschuhfach!«

Jupp öffnete es und fischte die neueste Ausgabe des SPIEGEL heraus.

»Und?«

»Bist erwähnt«, sagte Käues kleinlaut.

»Fein«, meinte Jupp und legte den SPIEGEL zurück ins Fach. »Der Fall ist noch nicht beendet.«
»Nicht?«
»Nein.«
»Was denn noch?«
»Fahr mich zum Dörresheimer Wochenblatt«, bat er statt einer Antwort.

Sie hielten vor der Redaktion, und Jupp hieß Käues, auf ihn zu warten. Er humpelte die Treppen hinauf, begrüßte kurz Zank, der in seinem Sessel saß, die Füße auf dem Tisch, und den SPIEGEL las.

»Ich werd mit keinem Wort erwähnt!« moserte er. »Wie geht's?«

»An Krücken«, sagte Jupp. »Ist Post für mich gekommen?«

»Das Übliche. Liegt auf deinem Schreibtisch. Hast du noch Schmerzen?«

»Nein.«

»Dann kannst du bald wieder arbeiten«, freute sich Zank, ohne vom SPIEGEL aufzusehen.

»Ja, in sechs Wochen.«

»Was?!« Zank sprang auf. Die Äderchen an seinen Schläfen, traten bläulich hervor.

Jupp grinste frech. »Mit Schußwunden ist nicht zu spaßen, sagt der Doktor!«

»Quatsch, du Weichei. Du willst dich bloß vorm Dienst drücken. Ich bin damals zwanzig Kilometer durch meterhohen Schnee und mit drei Kugeln im Bein durch die russische Tundra gerobbt, zurück zu meiner Einheit, um sie vor einem russischen Überfall zu warnen. Das Eiserne Kreuz hab ich dafür bekommen, so sieht's aus, und noch am selben Abend hab ich mit den Kameraden im Schützengraben gelegen und einen gesoffen. Scheißkalt war's, aber wir haben durchgehalten. Und warum haben wir durchgehalten? Weil wir aus einem anderen Holz geschnitzt sind. Echte Kerle, eben, Männer, die ihre Heimat verteidigen, Männer ...«

»Chef?«

»Was?!«

»Du warst doch gar nicht im Krieg.«

»Aber mein Vater. Außerdem, was spielt das für eine Rolle? Ich hätt's genauso gemacht.«

»Ist ein Brief aus Weimar gekommen?«

Zank überlegte kurz. »Ja, heute morgen. Liegt ganz obenauf.«

Jupp fischte einen braunen DIN A 4-Umschlag mit einem schwarzen Stempelaufdruck *Stiftung Weimarer Klassik – Goethe-Nationalmuseum* von seinem Schreibtisch und humpelte zurück zu Käues' Wagen.

Während seines Krankenhausaufenthaltes hatte Jupp genügend Zeit gehabt, das Geschehene noch einmal Revue passieren zu lassen. Er war die ganze Zeit über das Gefühl nicht losgeworden, daß noch irgend etwas fehlte an der Geschichte, bis ihm auffiel, daß sie gar keinen Anfang hatte. Einen ursprünglichen Auslöser. Etwas, was den ganzen Stein ins Rollen gebracht hatte. Warum wollte Sassmannshausen seine Münze loswerden? Das war die große Frage, die es noch zu klären galt. Und Jupp war sich sicher, den richtigen Weg gefunden zu haben.

Käues lenkte den Wagen behutsam, während Jupp den Brief aus Weimar öffnete und sich in die Papiere vertiefte.

»Und? Schlauer geworden?« fragte Käues, als Jupp fertig war.

»Nein, nicht wirklich. Das Schlimmste ist, daß ich nichts beweisen kann. Vielleicht läßt mich Sassmannshausen in seine Karten schauen.«

Käues brachte ihn nach Marlberg, zum Schloß auf dem Michelsberg. Die Reifen des Kombis knirschten auf dem sorgfältig gepflegten Kiesbett des Hofes. Käues stellte das Auto ab und half Jupp beim Aussteigen.

»Danke, Mann. Warte hier auf mich«, sagte Jupp knapp.

»Ja, Bwana!« antwortete Käues.

Jupp stakste mit Hilfe der Krücken die Stufen zur

Eingangstür hoch und klingelte. Mindestens eine Minute verstrich, bevor Jupp im Innern Schritte hörte. Dann öffnete Sassmannshausen die Türe. Er schien ehrlich erfreut zu sein, daß Jupp ihn besuchte.

»Schön, Sie zu sehen!« grüßte er.

»Darf ich eintreten?«

Sassmannshausen machte eine einladende Handbewegung. Wieder gingen sie in den Rittersaal, und Jupp wählte einmal mehr die Ledergarnitur, um sich zu setzen. Der Raum wirkte noch dunkler als bei seinem ersten Besuch, und es herrschte eine empfindliche Kühle. Sassmannshausen setzte sich erwartungsvoll Jupp gegenüber.

»Hat man Ihnen die Münze wieder zurückgegeben?« kam Jupp gleich zur Sache.

»Ja, sie liegt in einem Safe.«

»Fürchten Sie nicht, daß Detras Sie verpfeift?«

Sassmannshausen sah ihn mit kalten, blauen Augen an. »Warum sind Sie hier?«

»Ich will die Wahrheit erfahren. Nein, ich will Gewißheit, weil ich die Wahrheit bereits weiß.«

»Sind Sie verkabelt oder so etwas?« fragte Sassmannshausen.

»Sie sollten weniger amerikanische Spielfilme sehen, Herr von Sassmannshausen. Dann wüßten Sie auch, daß solche Aufnahmen vor deutschen Gerichten kein Beweismittel sind. Aber ich kann Sie beruhigen, da ist niemand, der mithört.«

»Möchten Sie etwas trinken?« spielte Sassmannshausen nun den höflichen Gastgeber.

»Bitte.«

Sassmannshausen verließ den Raum und kehrte mit zwei Gläsern mit Wasser zurück. Sie tranken.

»Also«, begann Jupp, »warum fürchten Sie nicht, daß Detras Sie verpfeift?«

»Was könnte er schon sagen?«

»Ah, natürlich. Ein vorbestrafter Zuhälter beschuldigt ein angesehenes Mitglied der Gesellschaft, einen

Diebstahl vorgetäuscht zu haben. Aussage gegen Aussage. Kein Richter der Welt würde ihm mehr Glauben schenken als Ihnen. Warum sollten die das auch tun? Es macht keinen Sinn, sich eine wertvolle Münze stehlen zu lassen, nicht wahr?«

»Richtig.«

»Wir kommen gleich noch mal darauf zurück.«

Jupp blickte zu dem Fenster. Ohne Sassmannshausen anzusehen, sagte er: »Sie habe mich ganz schön erschreckt mit Ihrer Gespensternummer. Wissen Sie das?«

Sassmannshausen kicherte. »Verzeihen Sie mir. Ich sah Sie durch den Garten schleichen, und da bin ich auf die Idee gekommen. Ziemlich kindisch, ich weiß. Aber ich konnte nicht anders.«

»Hm.« So etwas Ähnliches hatte Jupp erwartet. »Soll ich Ihnen noch einen kindischen Einfall Ihrerseits verraten?«

»Da bin ich aber neugierig.«

»Sie haben Detras den Tip gegeben, einmal ins *Dörresheimer Wochenblatt* zu schauen. Eine Meldung auf Seite sechs sollte ihn interessieren. Sie haben darauf spekuliert, daß er den Artikel mißverstehen würde. Nun, was soll ich sagen: Er hat ihn mißverstanden.«

»Woher wissen Sie das?«

»Woher zeugt das plötzliche Interesse Detras an einem regionalen Anzeigenblättchen an jenem Sonntag, nachdem er bei Ihnen war. Woher, wenn nicht jemand darauf aufmerksam gemacht hat? Außerdem haben Sie mich nicht zufällig durch Ihren Garten schleichen sehen, sondern Detras hat Ihnen gesagt, daß ich ihm gefolgt bin an jenem Sonntag morgen.«

»Nehmen wir an, es wäre so gewesen.«

»Was mich wirklich interessiert: woher wußten Sie, daß Radschlag die Münze haben könnte?«

»Ich wußte es nicht. Dazu war ich nicht nah genug dran. So wie Sie. Ich habe die Meldung gelesen, und ich habe mir gedacht ...«

»... daß es neuen Schwung in die Geschichte bringen könnte, die Sie aus sicherer Entfernung und mit einigem Amüsement beobachteten. Ein echter Krimi, im wirklichen Leben – zum Mitknobeln.«

»Das mit Ihrem Fuß tut mir leid«, lenkte Sassmannshausen ab.

»Das sollte es auch«, sagte Jupp, »Wußten Sie, daß es nur ein Zufall war, daß bei diesem ganzen hin und her niemand getötet wurde?«

»Sie meinen den Unfall zwischen der Journalistin und Klante?«

»Ich meine, daß Detras eine seiner Angestellten töten wollte, weil Sie mir Informationen gegeben hatte.«

»Ist das wahr?«

Der alte Mann senkte den Blick und flüsterte: »Das habe ich nicht gewollt.«

»Wissen Sie, was mich ärgert? Sie haben wirklich alles: Geld, gesellschaftliches Ansehen und ...«

»Ich habe keine Freunde, falls Sie das meinen.«

Stille senkte sich über die beiden Männer. Schließlich fuhr Jupp fort: »Sie haben alles inszeniert, weil Ihr Leben so scheißlangweilig ist, daß Sie nicht mehr damit zurecht kommen. Sie haben eine Lawine losgetreten, bloß um zu sehen, was sie mit sich reißt. Ein Scheiß-Experiment, um sich davon zu überzeugen, wie habgierig und dumm die Menschen doch sind. Alles nur der eigenen Eitelkeit willen. Nur, um sich ein weiteres Mal der eigenen Intelligenz zu versichern. Was sollte schon groß passieren? Ein paar Schwachköpfe, die sich gegenseitig beharken, vielleicht sogar gegenseitig verletzen. Kein großer Verlust. Das ist es doch, was Sie sich gedacht haben?! Und jetzt kommen wir zum Clou der Geschichte. Ihrem persönlichen Triumph, der Pointe des Witzes. Sie haben gespielt, aber nichts eingesetzt. Nicht einmal dazu hatten Sie Mut. Sie haben zugesehen, wie wir uns um eine völlig wertlose Münze geschlagen haben!«

»Wie können Sie so etwas sagen!« empörte sich Sassmannshausen. »Der Doppelstater ist eine der wertvollsten Medaillen, die es zur Zeit gibt. Jeder will sie haben. Wie können Sie sagen, daß ich nichts eingesetzt habe?!«

»Sie verlogener, alter Heuchler!« schrie Jupp und fügte mit gedämpfter Stimme an: »Verzeihen Sie, das ist sonst nicht meine Art.«

Jupp sortierte seine Argumente. »Im Krankenhaus habe ich viel Zeit gehabt, über alles nachzudenken. Und je mehr mir Ihre beschissene Aktion einleuchtete, desto klarer wurde mir, daß so ein Spiel für denjenigen, der's spielt, besonders viel Spaß machen muß, wenn er dabei zusehen kann, daß alles, was die Protagonisten tun, eigentlich umsonst ist. Außerdem paßt es zu einem verzogenem Feigling, wie Sie es sind, daß er das Risiko für sich selbst minimiert. Also blieb die Frage, warum Sie den Doppelstater aufs Spiel setzten?«

»Ja, warum sollte ich so etwas tun? Nach Ihrer Theorie hätte ich einen außerordentlichen monetären Verlust zu ertragen. Mal davon abgesehen, daß so ein Verlust mich als leidenschaftlichen Sammler auch emotional nicht härter hätte treffen können!«

»Nicht aber, wenn die Elis-Münze eine Fälschung wäre«, stellte Jupp fest.

»Das ist doch Unsinn. Experten aller Welt haben die Echtheit dieser Medaille bestätigt. Das gilt übrigens auch für den zweiten Doppelstater in Weimar. Außerdem lassen sich Fachleute nicht täuschen.« Sassmannshausen lächelte zufrieden.

»Die Fachleute haben nicht das, was Sie haben.«

Sassmannshausen richtete sich auf. »Was sollte das sein?«

»Ein Brief. Vermutlich aus dem Jahre 1816, vielleicht auch 1817. Niemand weiß das. Niemand, außer Ihnen.«

»Bitte«, sagte Sassmannshausen und lehnte sich wieder zurück.

»Ich muß etwas weiter ausholen.« Jupp zückte ein paar Papiere aus dem braunen Umschlag aus Weimar, die er in Käues' Auto auf der Hinfahrt gelesen hatte.

»Die Geschichte beginnt 1815. Johann Wolfgang von Goethe war gerade auf seiner zweiten Rhein-Main-Reise, als er einen bemerkenswerten Mann kennenlernte: Carl Wilhelm Becker, auch als Hofrat Becker bekannt. Ein Münzliebhaber, vor allem aber ein Meister-Medailleur und Gauner, der ständig abgebrannt war. Goethe war beeindruckt von seiner Sammlung und knüpfte 1816 über den Frankfurter Arzt Johann Christian Ehrmann erneut Kontakt zu Hofrat Becker. In diesem Jahr wechselten die beiden einige Briefe und tauschten Münzen und Medaillen. Goethe war hocherfreut, seine Sammlung zu vervollständigen, vor allem weil er ziemlich billig davonkam. Mal tauschte er eine Fassung von Benvenutos Leben, mal ein paar Briefe oder die Biographie Hackerts gegen seine geliebten Metallscheiben.

So weit, so gut. Aber Becker hatte sich zu seiner Zeit schon einen Namen gemacht, als Mann, der wie kein zweiter Duplikate von Münzen und Medaillen herstellen konnte. In einem seiner Briefe an Goethe beklagte er die fabrikmäßige Herstellung von Medaillen und Münzen, die ohne Charakter und Gefühl produziert würden. Nur zu verständlich: In den Augen eines Meisterfälschers hielten nur die allerwenigsten Duplikate seinen Qualitätsstandards stand. Anfangs dosierte er den Verkauf seiner Fälschungen, später schnitt er mehrere hundert Stempel und verkaufte seine Kopien in Serie. Fachleute unterstellen ihm nicht einmal Böswilligkeit bei seiner Fälscherei. Sie glauben, daß Becker der Meinung war, daß er den Liebhabern einen Dienst erwies, wenn er sie mit preiswerten Kopien teurer Raritäten versorgte.

Jedenfalls richteten diese Fälschungen im 19. Jahrhundert große Schäden bei den Sammlern an. Mittlerweile haben die Numismatiker einen guten Überblick über alle Prägungen, die Becker vornahm. Man muß aber schon ein geübter Sammler sein, um die Fälschungen auszumachen.«

»Wie sind Sie auf Becker gekommen. Ich meine, wir

Sammler kennen ihn alle. Aber ein Laie?« fragte Sassmannshausen erstaunt.

»Ich hatte Glück. Im Krankenhaus habe ich mir überlegt, warum Sie sich die Münze haben stehlen lassen, konnte mir aber keinen Reim drauf machen. Also habe ich erst einmal in einem Lexikon für Numismatik geblättert, um ein bißchen mehr über Münzen und Sammler zu erfahren. Und da bin ich irgendwann auf Becker, beziehungsweise auf Beckersche Fälschungen gestoßen. In knappen Zügen wurde sein Leben umrissen, daß seine Produkte erhebliche Schäden angerichtet hätten und einiges mehr. Dann fiel mir sein Geburtsdatum auf: 1772. Ein Zeitgenosse Goethes, also. Und da hat es Klick gemacht. Ich rief im Weimarer Nationalmuseum an und erkundigte sich, ob es Korrespondenz zwischen Becker und Goethe gab. Es gab sie. Fast alles unveröffentlichtes Material.«

Jupp hielt den Umschlag aus Weimar in die Höhe. »Und so kommen wir zum verschwundenen Brief. Zugegeben, nur Vermutungen meinerseits, aber ich möchte Ihnen erzählen, was ich mir zusammengereimt habe. Goethe beauftragt Becker in diesem Brief mit der Kopie der Elis-Medaille, weil er einen Diebstahl fürchtet. Er schickte ihm das Original. Natürlich weiß Becker um die Einzigartigkeit der Münze. Da er sich geschmeichelt fühlt, daß eine Persönlichkeit wie Goethe ihn mit so einem Auftrag beehrt, nimmt er sich vor, die Kopie so schön und perfekt wie möglich zu machen.

Und dann passiert etwas Eigenartiges: Becker prägt den Doppelstater und erkennt sofort, daß er sich selbst übertroffen hat. Kopie und Original sind nicht mehr voneinander zu unterscheiden. Er wagt einen zweiten Versuch, und auch die zweite Kopie ist an Perfektion nicht mehr zu übertreffen. Vielleicht hat er nicht gleich an einen Betrug gedacht. Aber jetzt? Wer sollte ihm auf die Schliche kommen, wenn nicht einmal er, der Meisterfälscher, einen Unterschied erkennt. Also entschließt er sich und schickt Goethe die Kopien mit einem Hinweis, welche der beiden das Original ist. Und tatsächlich: Der Betrug gelingt.

Irgendwann später verkauft Goethe die Kopie, vielleicht wurde sie ihm auch gestohlen, und viele Jahrzehnte später gelangte sie in Ihren Besitz. Fachleute aller Welt bescheinigen ihre Echtheit, weil keiner das Original kennt. Nur Becker weiß, wo es verblieb. Und Becker ist tot. Er starb 1830 und hat niemandem mitgeteilt, wo der Doppelstater ist. Am Ende sind alle auf seine Narretei hereingefallen. Während all dieser Jahre gab es niemanden, der die Echtheit anzweifelte. Bis Ihnen eines Tages dieser Brief oder sogar die kurze Korrespondenz, die den Handel besiegelte, in die Hände fiel.

Mann, Ihr Gesicht möchte ich gesehen haben, als Sie von dem Auftrag Goethes an Becker gelesen haben. Sie sind Numismatiker, der Name des Hofrat Becker ist Ihnen so geläufig wie Ihr eigener Vorname. Und plötzlich sind Sie im Zweifel: War da nicht doch etwas an dem Doppelstater, was Sie schon immer gestört hat? Und jetzt, wo Sie den oder die Briefe haben, fällt Ihnen auf, wie perfekt und gut erhalten die Münze ist. Und natürlich kennen Sie die andere Münze in Weimar. Die ist auch so verdammt gut erhalten! Und je länger Sie darüber nachdenken, desto mehr fällt Ihnen auf, daß die Münzen erhebliche Ähnlichkeiten aufweisen, vielleicht eine identische Prägetiefe oder irgend etwas anderes, was Ihnen als Fachmann, jetzt wo Sie einen Verdacht haben, überhaupt nicht mehr schmeckt.«

»Und jetzt wollen Sie wissen, ob ich im Besitz des verschwundenen Briefes bin. Oder der ganzen Korrespondenz?«

»Ja.«

Sassmannshausen sah Jupp listig an und schwieg.

Nach einer Weile fragte Jupp: »Sie wollen es mir nicht sagen?«

Sassmannshausen schüttelte den Kopf.

Jupp rappelte sich auf, griff nach seinen Krücken, verabschiedete sich und humpelte hinaus. Dann drehte er sich noch einmal um: »Wollen Sie wissen, wo das Original ist?«

»Wo?« fragte Sassmannshausen schnell.

Jupp lächelte böse und ging.

Draußen wartete Käues auf ihn und wollte wissen, was Jupp und Sassmannshausen so lange bequatscht hätten. Auf der Rückfahrt erzählte Jupp ihm die Geschichte.

»Er war ein bißchen zu neugierig, als du ihm gesagt hast, daß du weißt, wo das Original ist. Nicht wahr?«

»Er ist ein Klugscheißer«, meinte Jupp.

»Und? Weißt du, wo das Original ist?« fragte Käues.

»Ich glaube.«

»Wo?«

»Vermutlich hat er es mit ins Grab genommen, inklusive der Prägestöcke. Wo sollte es sonst sein?«

Das Gespräch versiegte, und Käues setzte Jupp zu Hause ab. Die Wohnung sah immer noch ramponiert aus. Neue Möbel brauchten ihre Zeit. Jupp setzte sich auf das Sofa und entdeckte einen Zettel, der auf seinem Wohnzimmertisch lag.

Lieber Jupp,

das, was Du meinen Vater angetan hast, werde ich Dir nie verzeihen. Meine Koffer sind gepackt, Manni hilft mir mit dem Auszug. Ich hoffe, daß wir uns so schnell nicht wiedersehen werden.

Adieu, Sabine

Jupp legte den Zettel wieder auf den Tisch, rappelte sich auf und kontrollierte den Kleiderschrank. Überall waren Lücken, dort, wo vorher ihre Wäsche gelegen hatte. Auch im Badezimmer fehlte einiges: ihr Parfum, die Zahnbürste und der ganze andere Kram. Selbst die gemeinsamen Fotos waren verschwunden. Sabine hatte nichts zurückgelassen.

Er ließ sich wieder auf dem Sofa nieder, lehnte sich zurück und fühlte sich völlig erschöpft, obwohl es noch früh am Tag war. Ein paar Minuten später war er auch schon eingeschlafen.

Jupp hatte einen schönen Traum: es war noch eine Minute zu spielen, Lodda stand neben ihm und sagte: »Nur du kannst ihn reinhauen!«

Jupp nickte und schluckte schwer: »Ich muß aber mit links schießen. In meinem rechten Fuß steckt 'ne Kugel.«

Nachbemerkung

Goethe lernte Carl Wilhelm Becker während seiner zweiten Rhein-Main-Reise 1815 kennen. Dabei besichtigte er auch dessen Münz- und Medaillensammlung. Über den Frankfurter Arzt Professor Johann Christian Ehrmann frischte Goethe im Frühjahr 1816 die Beziehung erneut auf. Über Monate unterhielten die beiden rege Korrespondenz. Im Herbst 1816 brach diese Verbindung ab.

Einen Brief, vielmehr eine Korrespondenz, wie Jupp sie bei Sassmannshausen vermutete, existiert nicht. Was aber nicht heißt, daß sie nie geschrieben wurde.

Wer weiß das schon ...

Interessierten sei gesagt, daß es zwar Elis-Statere, doch keine Doppelstatere gibt, was aber nicht heißt, daß keine gefertigt wurden. Es wurden nur noch keine gefunden.

Lachen Sie nicht, das ist mein voller Ernst!

Danksagung

Mein ausdrücklicher Dank geht an Doktor Jochen Klauß vom Goethe-Nationalmuseum, ohne dessen Hilfe dieses Buch sehr viel ärmer an (historischer) Information geworden wäre. Dr. Klauß stellte mir die teils unveröffentlichte Korrespondenz zwischen dem wohl größten deutschen Dichter aller Zeiten und Carl Wilhelm Becker (1772-1830), dem wohl größten deutschen Münzfälscher aller Zeiten, zur Verfügung.

Darüber hinaus möchte ich allen danken, die unmittelbar und mittelbar an der Entstehung dieses Romans beteiligt waren. Anke und Andreas für das Korrekturlesen und Rat, Stefan für den literarischen Fachverstand, Paul für die Kontrolle über das Platt. Daneben Doktor Wilhelm Schmitz, unbekannterweise, der vor Jahren eine Goethe-Ausstellung in der Halle der Kreissparkasse Köln organisiert hat und dessen Texte über Goethes Sammlung mir eine große Hilfe waren.

Last but not least möchte ich mich bei Tyll Kroha und Günter Grosch bedanken, die mir ihre kostbare Zeit geopfert haben, um mich in die Geheimnisse der Numismatik einzuweihen. Sollten Sie trotzdem einen dicken Fehler entdeckt haben, so ist der von mir.

Andreas Izquierdo
Der Saumord

ISBN 3-89425-054-2 DM 14,80
2. Auflage

In Dörresheim geschieht Seltsames: Die vielversprechende Zuchtsau Elsa wird aufgeschlitzt, und die preisgekrönte Kuh Belinda begeht Selbstmord. Jupp Schmitz, Reporter des »Wochenblattes«, glaubt nicht an solche Zufälle.

»Der Saumord von Andreas Izquierdo läßt für den deutschen Krimi hoffen. ... Izquierdo liefert eine genaue und urkomische Schilderung des dumpf-anarchischen Provinzmilieus.« (Listen)

»Realistisch und spannend erzählt.« (ran)

»Der Saumord ist eine Geschichte mit haarsträubenden Bildern, urkomischen Szenen und seltsamen Typen. Eine Geschichte voll ernster Inhalte, menschlicher Schwächen und echter Freundschaft.« (Blickpunkt)

»Ganz sicher wird's Leser geben, die sich am Eifel- und Menschenbild des Andreas Izquierdo reiben werden.« (Kölner Rundschau)

»Ein schweinisch guter Krimi ...« (Radio Köln)